半在陰影裡 半在陽光下

華文環境文選

古碧玲 主編

目錄

推薦序

冠冕之作——2022建蓁環境文學獎

蟲遊鳥飛

陪伴動物

草木道

水中事

遠上山

安土

人類事

推薦序

一幅光影交織的環境拼貼畫

——讀《半在陰影裡 半在陽光下》

黃宗潔（國立東華大學華文文學系教授）

在閱讀《半在陰影裡 半在陽光下》時，我腦中浮現的，是一種蒙太奇馬賽克拼貼畫的樣貌——遠看是人像或風景的圖片，一旦將距離拉近，就會發現有如放大解析度般出現了每格小圖片各自的顏色與形象，這部環境文選亦是如此。合共八輯的作品中，除了收錄二〇二二年建蓁環境文學獎獲獎的「冠冕之作」外，其餘各輯在物種上涵蓋了蟲魚鳥獸、植物、犬貓，書寫的環境則上山下海，無所不包，既有傳統「自然書寫」常見的關於生態之思考，亦有過去較少被歸爲「環境文學」範疇的，書寫同伴動物或城市建築的篇章。閱讀多人合集的趣味亦在於此，儘管每格馬賽克圖片的細節光影是如此迥異，難以盡數，它們卻共構出與這大千世界互動的多重可能、立場與聲音。

以首輯「冠冕之作」爲例，幾位創作者即展現了相當多元的關懷與思考。若將對生態、物種的細緻觀察與互動反思視爲自然書寫的某種「本格」路線，首獎蕭舜恩的〈自營之光〉無疑是種優雅的示範；至於張庭怡寫與擱淺海獸近距離相遇的遺憾之感、許明涓對鳥類行動、聲音與色彩的刻畫，亦可看出此一文類脈絡的繼承與轉化。另一方面，有若干作者選擇更貼近自身之處爲創作起點，如潘鎮宇流露出內心對家鄉望安捕魚方式的矛盾不安；蘇婕以住家附近遭到路殺的蟾蜍與雛鳥連結生死之思。馮孟婕描述侃侃而談的「抓鳥伯」與陳泓名旁觀的紅火蟻防治標準作業程序，則觸及了我們看待不同物種的差別心，以及不同價值系統的碰撞。至於曾達元筆下看似科幻感的場景，更直指當「生物形態」的雞被高密度集中飼養的機制轉化為大量複製的「雞械」時，如何透顯出人類無上權力所創造的，冰冷的當代造物神話。

這些篇章無論在文字風格、關懷面向等各方面都未必有所交集，但某程度上，它們卻提示了本書最核心的意義與特色，就是透過紛呈的人與環境之碰觸、探索或反思，開啟讀者看見環境、感受環境、想像環境的更多途徑。進一步來說，一如地球上幾乎已不存在未曾受人影響的「荒野」——以平面空間而論——，或許也並不眞正存在「去人類」的環境文學。易言之，儘管本書僅有一輯「人類事」中的芳療、捧花與建築主題，看似明確指向人對自然元素的轉化、改造或應用，但這幾篇作品僅是更清楚地提醒了我們，人與自然的關係中如何夾纏著人間煙火：鄭育慧透過芳療師的手撫慰受創的靈魂、古乃方對友誼感到失落時，透過綁花體會「自然蓬鬆的關係」、楊順傑對城市年老的設計是否可能如生物般「代謝」的思考，都凸顯出自然如何在隱喻與實際的層面，串連著人類的種種投射、想望或欠缺。與承認「自己對於看生態的人的興趣大過於物種本身」的蕭舜恩，竟也產生某種微妙的首尾呼應之效。

而書名的「半在陰影裡，半在陽光下」一語，或許亦足以作爲「人」的角色在這些環境書寫中的位置之提示。儘管書寫的對象是蟲魚鳥獸、水土草木，但有些篇章著眼的重點，更偏向描述自身「進入」自然的起心動念、與自然相遇時被點燃的熱情與好奇，黃瀚嶢〈通泉草所能通往的〉，即爲箇中代表之一。他以都市人必然見過卻未必知其名的通泉草，通往自身回憶與歷史人文，童年時老師介紹的數種野花中，通泉草以其能夠「啟動想像」的語意，不只留在他的記憶中，更讓他的思考與視野走莖般延伸，在一片綻放通泉草，平平無奇的草坪上，亦能看見羅列的人文風景，與「世界記憶的匯聚」。這類「陽光」下的篇目，既能召喚對自然同感親切的讀者之共鳴，對於過往尚未培養出銳利之眼與敏感之心的讀者，作者或細膩或深情的視角，或許也是一種透過閱讀「開天眼」的經驗吧。

另一方面，也有作者將位置退得更後面一些，讓自己處於陰影之中，將關注的對象置於前景。類似把自己畫入作品中的畫家，儘管畫家確實是在場的，也透過作品提醒了觀者自己在場的事實，但筆下主角仍是他所素描的對象。這類文章中，「人」的比例相對小一點、身影模糊一點，例如游旨价的〈一生一次的綻放〉，儘管該文副標爲「我與夾金山上的綠絨蒿」，全文也反覆強調自己如何心心念念想見到綠絨蒿，但他的殷切與熱血烘托出的，是綠絨蒿的獨特與華麗，以及山脈、河流、白雪、季風共同孕育出的，高山植物群落迷人的世界。「我與綠絨蒿」的關係無疑是種單戀，但無損他對此種植物的讚嘆，如其文末所言，那些寶石般的光澤，是他心裡「綠絨蒿向所有在高山環境裡艱苦生存的植物所致敬的，一生一次的綻放」，綠絨蒿對話的對象從來不是人類，而是與它一同生長在遠離塵囂之處的生命。每一朵碩大的華麗，都是「第一次也是最後一次的綻放」。

於是，當我們看見一朵花的時候，也看見了一座山、一條河、與漫長的宇宙時間。這讓我想起愛咪—珍・畢爾（Amy-Jane Beer）在《擁抱河流》中反覆述說的，「一棵樹是一條河流，而一條河流是一棵樹」。河的概念遠比我們以爲地複雜，樹也是一樣。她在一棵老橡樹的樹槽中，彷彿聽見了來自橡樹、翠鳥、柳樹和河流的記憶與答覆，它們說：「沒有東西是平凡的。沒有東西遭到遺忘。我們記得對你來說是歷史的事物，而且在更長久之前亦是如此。」而在不只千里之外的劉崇鳳，同樣在〈山女〉一文中寫下：「妳說，若我們夠清醒，可以知覺全宇宙爲一體，風裡有鳥的振翅，松的芬芳、動物的鼾聲、祖先的傳喚，所有生命在終結前吐納給世界的最後一口氣，都混融在這裡。」

一即是多，多即是一。當我們將鏡頭逐漸拉遠，將會看見這些作者以其經驗、感受、想像與關注，透過文字所形塑的每一格馬賽克獨特的紋理，將共構出一幅朦朧的圖像，無論我們將其視爲什麼，它們都是永恆光影的一部分。是來自過去的記憶。

推薦序

從文學進入山林海，與蟲鳥獸共感共融

洪伯邑（國立臺灣大學地理環境資源學系教授）

在《半在陰影裡 半在陽光下》裡，我們認識、感受的是什麼「環境」？環境一詞，許多時候指的是自然環境；日常生活中，也許朗朗上口，因爲從小時候的課本裡，老師就教導我們要「愛護環境」，到當今面對極端氣候下的自然災害時，媒體報導不斷提醒人們對「全球環境變遷」的關切。是的，念課本看新聞，我們學習、認識、理解不斷改變中的自然，也的確讓你我都能朗朗上口談個幾句對「環境」的看法；然而，讀文學作品裡的自然，如何讓身為讀者的我們，構築出有別於課本或媒體裡談論的「環境」？

別誤會，這裡並不是要說文學中的「環境」，有別於現實世界的「環境」。不是的，畢竟地球只有一個，包括人在內的萬物身處於同一個地球環境。但即使萬物皆身處於同個地球尺度裡的自然，是文學讓「身處」成為關鍵，讓我們不會只是以旁觀者的視角讀課本、看新聞，以一種置身於自然之外看環境。相對的，文學讓我們隨著作家的文字，一起進入環境、領略自然；讓閱讀成為魔力，轉換讀者那狀似只是觀看「外在環境」的視角，把我們拉進作家們身體的所在，在敘事場景裡一同與文字在場、「身處」於自然。

為什麼這麼說？容我再回到「環境」一詞的意涵。更精確一點說，我認為「環境」應該是「環繞的境地」。所以，當我們常說「人與環境」，其實理應是「人在環境」，因為我們本應就是被萬物所環繞，所以理所當然就時刻「身處」於自然之中。只不過當代社會強調的卻是「人與環境」，此等不假思索的語彙，狀似將「人」與「環境」分開成兩個獨立的存在，讓我們常不自主的把自己和自然拉出一個距離，以爲我們在自然之外觀看、關心環境，無論是在小時候的課本裡，或在新聞媒體的呈現中。

然而，在這本由一卷文化出版的《半在陰影裡 半在陽光下》裡，作家們著實帶領讀者將「人與環境」裡的二元界線抹除，然後再一同從「身處」自然的視角，重新共感我們的環境。「共感」是文學的魔力，但魔力並非理所當然、唾手可得。文字要成爲讓讀者「共感」的敘事，需要透過作家們實際走訪、進入自然，不只是對環境知識的探索、書寫，更是讓五體感官打開，讓在自然裡的身體，與山林海、蟲鳥獸共築交織，織成理性與感性交融的環境：

那瞬間，我體會到什麼是自然。密集、目眩、拖曳著光，自然既不受時間、空間、距離的限制，也不得計算、預測，關於萬物與生俱來的斑斕，任何動靜的明暗

生滅，我想在場。自然而然的，靜待自然。（頁61）

於是，《半在陰影裡 半在陽光下》的作家們，各自有因著自然、與山海蟲獸「共感」而來的魔力；魔力迸出文字的魅力，讓讀者神遊在敘事場景裡。循著文字，心領神會的，不只是自然環境的改變，更是山海萬物牽起的情感，是自我生命的回望、探問與牽絆：

或許父親或老一代的討海人從未思考過保育、永續這些艱深晦澀的理論與名詞……卻被不懂事的我，套用考卷裡非黑即白的二元觀點標準答案，來檢視隱藏在大海下的是非善惡。如同藤壺所分泌黏液，切切實實地寄生在父親的肉身與思想，成了我難以釋懷的原罪。（頁40－41）

與自然環境的連繫，讓我們回望自己的生命，但這不應只是純粹個人抒懷，而是回過頭來重新省思什麼是環境、生命如何身處於自然的契機與動力。所以，回到開頭的提問：在《半在陰影裡 半在陽光下》裡，我們認識、感受的是什麼「環境」？我想，我會說，是先從學理中那些要不「環境保護」、要不「環境破壞」的二元性中解放出來，回到自身，跟著作家們體現自然的多重意義；畢竟：

> 生命紛亂的行走著，我們懷抱巨大的不確定性參與其中。There's so much time to question my life，我無從解答，於是開始寫字，從一座湖開始，從藻類開始。（頁30）

你可以從藻類開始，也可以是一座大山、抑或是家中的毛小孩，可以是海上的一座島嶼、或者單純人行道上的那叢小草；開始如同書中的作家般，讓自己活進這些自然萬物裡，每個人因此都會有屬於自己、獨一無二、從「身處」自然而得的故事，就像《半在陰影裡 半在陽光下》裡的每個獨立的篇章。但這些看似各自「身處」

自然而得的敘事，集結而成的，終究是關於我們如何與自然「共處」、我們要「共創」什麼樣環境的集體思考。而這，可以從文學開始！

冠冕之作

2022建蓁環境文學獎

首獎作品

自營之光——the light of algae, the eyes of those people

蕭舜恩

我知道自己對於看生態的人的興趣大過於物種本身，那種明白的感覺像洞穴探勘，自己走在一條歧路，知道周遭有畫，看不清。偶爾地道接通，看見他們眼睛中的火炬，借光借光，我們喊著，急切提光貼近壁畫，不用回頭也知道，我們在取得那一瞬之光的同時，也在背後投出巨大的影子。

地面散落著非洲大蝸牛的螺殼，花紋已經消褪，呈現淡白色。鞋底笨拙越過它們的同時，殼口處的積水會產生震紋，樹枝在腳下發出細脆的劈啪聲。次生林裡滯悶溫暖，鳥音在很遠的地方，整座樹林以低檔模式運作，此刻抓著果醬罐行走其中，會覺得自己像個夢境的闖入者。這次並沒有太多時間逗留，而我希望自己足夠安靜。

不久我站在湖邊，棲息的雁鴨顯然感覺到了什麼，牠們的腳成群往湖心擺去，但沒有驚飛。這樣就夠了，我蹲下，盡可能將罐口沒入水中，悶悶呑嚥正午太陽下橄欖綠的湖水。

十五分鐘後我們擠在實驗室，將採集來的水樣放入離心機，經過高速旋轉後，水中的微型藻類將貼附在試管壁面。抽掉試管內多餘的水，一滴藻類濃縮湯被放在玻片上，挪到顯微鏡下。水樣來自這座校園裡的湖的邊緣，一旦將臉貼上目鏡，湖水至此徹底與平靜脫節：充斥立體的疙瘩、爪子與長絲螺旋。光照之下，眾多綠點閃閃發亮，in the midst of chaos。

有什麼比觀看顯微鏡中的世界，更能讓人感受到「換眼」所帶來的搖搖欲墜呢？直鏈藻的管狀表面遍布細小顆粒，讓人想伸手撫觸，或者敲敲看有沒有聲音；微芒藻像分裂到一半的星系，連光芒都凝固了。我挑選的玻片顯然飽經風霜，畫面上全是細細長長的刮痕，直到「刮痕」動了起來——！我們震驚地調整滑輪，唇齒之間挑選著字詞，當觀看的單位瞬間凝縮成微米：「我以後要自己買一臺。」我那歷史系的朋友慎重宣告。

隔著目鏡與藻類對視的當下，會覺得它們存在一種奇怪的完足感：這些綠色的小東西自己產製養分，不受打擾地活在那擁擠的世界，並一定程度上維持著某種自我。我在看著某些人的時候，也會有同樣的感覺。

遠遠的就可以看見圖書館草地上有人蹲著，瘦長的草刀插在雨鞋桶裡。我想我不會認錯。學校裡會爲了草地停留的人不多，C就是其中一個。

我在他旁邊蹲下來，「你在看什麼？」

他的手輕輕拂過草地，「一開始我以爲是大還魂，現在我不太確定。」

自認爲也算是會留心地面的人，然而草地總會有料想不到的東西，眼前的植物蜿蜒固執自成一區，名字很像詭秘玄藥，卻毫無令人驚奇的特徵。一串微凹心形葉的複製排列。我設法讓自己產生一點共鳴，於是問了一些問題，但現今只記得C沒有解說的時候，雙手微帶侷促地垂在身側。

我再次試著集中注意力，然而眞正被凝集的是體溫，小黑蚊順勢如煙聚攏：手背、指節、神經。我試圖把手縮進袖子裡。C正在紀錄植株的特徵。他也不懂，但徹底專心致志，彷彿首次摸到魔術方塊的小孩，在那種氛圍下，幾乎所有緊閉的事物都會攤開。

我們已經在草地待了多久？無論如何，能說的話、能問的問題皆已說完，他仍沒有要離開的意思。我感覺自己鄰近某種邊緣，整隻手在發燙：「那，我先去吃飯。」他站起來揮揮手，往下一區大還魂移動。

吃完飯出來，他還在蹲在微暗的天色裡，姿態彷若冬夜旅者，虔敬生起今夜的第一團火。

我知道自己對於看生態的人的興趣大過於物種本身，那種明白的感覺像洞穴探勘，自己走在一條歧路，知道周遭有畫，看不清。偶爾地道接通，看見他們眼睛中的火炬，借光借光，我們喊著，急切提光貼近壁畫，不用回頭也知道，我們在取得那一瞬之光的同時，也在背後投出巨大的影子。

眞正令我好奇的是，假久可以成眞嗎？從讓自己喜歡到眞正愛上，能否有隨時間挪移的可能？眞正的投入沒有量表刻度，最讓人困擾的是，我是否只是想跟他人不同？「他們所熱愛的，只是那種以爲自己眞的熱愛的感覺。」某本書在談論藝術史家分析畫作的心態時如此評論。

那一陣子反覆聽著 Girl in Red 的歌，I wanna stay home, never go outside。聲音很輕，把太陽下褪色的憂傷固執的留在那裡，顯得朦朧慵懶。現在我們眞的哪裡都不用去了，課堂上眾人於雲端各自懸浮，把宿舍窩成幽深的洞。Summer depression / There's so much time to question my life。幽深的洞裡我想起母親，想起她的色彩學，當時她一邊開車，一邊指向前方平塗式的無雲天空：「帶一點灰，是夏天的天空。」

據說屬於秋天的顏色會帶橘，冬季是純色，絕對而純粹。夏天則帶有灰色的不確定性。後來的對話已不復記憶，高速公路筆直於眼前拉伸，大學最後一個夏天，我感覺自己正隱隱期待什麼明快而準確的事物降臨。

幾星期前，淳跟我說她看到遊隼。一雄一雌。那是還可以上實體課的日子，下課人流穿行，淳想必是在走過大草皮的通道時發現的。圖書館塔樓過去也曾有遊隼造訪，同時有兩隻卻是頭一遭，充滿塔樓的學校，提供牠們良好的棲位與狩獵制高點。疫病之下人的移動被侷限，自然界的流轉倒是很確實的繼續著。我們於多維度的世界裡，認真思索牠們留下育雛的可能。

如果Ｃ的眼睛屬於植物，那麼對我而言，Ｗ的眼睛屬於動物。Ｗ是生態攝影師，在這雙眼睛裡，理一塔樓是小雨燕的繁殖大廈，圖書館塔樓則是遊隼的理想峭壁，野鴿及其天敵飛翔於高聳的人工岩穴群，繼續牠們的演化與命運。

只要遇到Ｗ，某種離心力也隨之降臨，將我們自日常運行的軌道中拖拽而出，在懊惱待辦延宕的同時也會暗自慶幸，更多時候是默默的驚嚇。就在淳發現遊隼的當天下午，我們看見熟悉的身影，以仰望定點的姿勢於草地行走。不久，我們三人衝上附近塔樓的階梯。

牠的胸前羽色是相當乾淨的白，一隻成年雄遊隼。眼下的長型黑斑，讓牠像是姿態從容，卻正在流淚的悼喪者。如果沒有望遠鏡，很容易把他當成「直立的鴿子」而忽略過去，下方稍遠處，眞正的鴿子停棲於屋頂，不怎樣緊張。

學校所有的塔樓W都去過，我想像學生時期的W於校園中自在漫遊，眼中恆常有光。那些長期在野外行走的人，都有種視規則如無物的氣息。他們的大腦彈性、可以嘗試、能夠轉圜，永遠都有解決方案，也許那是因爲他們知道在隨時變化的自然場域，人世規則有時並不適用。

儘管高度相對接近，這裡要看清楚牠仍略顯吃力，W在試過每扇緊鎖的窗戶後有點失望：「我覺得圖書館的屋頂應該會更靠近一些。」我跟淳對望，兩隻擠在建物邊緣的幼鴿看著他，顯然也飽受驚嚇。

一旦知道視線該凝望何處，張望便成爲習慣。「啊，今天已經出去了。」牠們清晨飛離塔樓後，中午會短暫回來，一雄一雌各據一邊。之後會再出去巡一次，於傍晚六點左右歸返。這個規律在訊息串中逐步建立，我們彷彿參與某個以遊隼爲核心，終點未知的計劃。W傳了遊隼處理獵物的錄像，畫面上牠抬起頭，喙中全是紅鳩羽毛，在那當下如果有人正好經過，他會發現塔樓其中一角，正飄飛小小的雪。

W的世界因爲遊隼而燃燒起來，他開始頻繁出現在圖書館附近，偶爾遇見，聽他分享陸續觀察到鳴叫、對爪等繁殖期會有的行爲，從聲調的起伏裡我們感覺到他的興奮，進而發現自己的心也開始飛翔。然而因爲這股熱情去到未曾涉足的地方，又是另外一件事了。

那天我們要去趕報告，正好碰上W，他看見我們大喜：「我寫信跟主任說了，他說上去拍照沒問題。」

但他知會的地點是四樓，而此刻我們踩在六樓屋頂上，從這裡望向地面，草地中央的細長通道變成一條小小的綠色的河，於所剩不多的日光中抖動。河中有腳踏車小點，我不確定從那邊看過來的景象，不過確實有人往這裡望，大概是發覺一向銳利的邊緣此刻多了幾個疙瘩吧。風有點強，淳縮起身子但沒拿外套，外套是黃的。

我們坐著，以視線張網等待遊隼歸來。我們維持著那種「放鬆的懸置」，直到後面傳來呼喊聲，理工一館的塔樓上，三個剪影用力揮手，那是社團的學長姊，在空中我們無須交換更多語言，那雙翅膀就是最爲鮮烈的旗語。

屋頂的邊緣開始出現不固定、忽然轉向的飛行軌跡，傍晚是蝙蝠覓食的時間。

「你看那邊的雲。」巨大的藍灰手掌緩緩翻過海岸山脈。也許就在那時候，方才一直舉著的網子已輕輕垂落。而遊隼看見了我們意識的縫隙。

淳的表情突然變了。

從來不會有準備好的時候。神經元驚疑不定的時間對遊隼來說顯然太過漫長，我只瞥見牠斂翅前的最後幾秒鐘。結束如同開始一般，在瞬間發生且無聲無息。當強大的生命狠狠刮過眼球，我只能呆呆杵在那裡，被自己的空白迎面痛擊。

塔樓光照下，這隻石像鬼背對我們。牠微微轉頭，以比太陽篤定的姿態，宣告今日的終結。地面上一盞盞燈漸次亮起，建物的突起與凹陷逐步趨向平滑，所有細節融入夜色之中。

「你們剛剛有看到嗎？」W轉頭問我們，這時我總聽不出他是惋惜還是平靜。

初生的眼睛是無法追獵遊隼的。想要讓知識與經驗，手與心，兩者之間不存在任何落差，需要很長很長的時間，然而我已錯過太多決定性時刻，它們悄然彎過街口，無從挽留。

在眞正的生態觀察者眼中，是否每個瞬間都在放大的瞳孔中慢速撥放呢？Craig Childs 可以記住美洲獅躍過頭頂時，腳趾用力分開的樣貌。據說那跟人在遭遇瀕死經驗時，時間慢下來的感覺相若。（每次與動物相遇，都死掉一點點。）然而我與動物相遇的記憶往往更接近「如實般的模糊」，這是 John Berger 在描述印象畫派技法時的用字，用以形容失落卻又如此貼切。那些時刻從來不劇烈燃燒，往往跌入一團渾沌之中。

「我們不會對自己覺得長久熟悉的景物有印象。印象多多少少是一種暫時性的東西，是殘留下來的東西，因爲眞實的景物已經消失或改變了。知識和知曉可以共存；但印象卻只能單獨存活。無論當時觀看得多麼仔細，多麼精準，印象就和記憶一樣，在事過境遷之後，永遠無法證明。」

四月底吹起南風，地面開始反潮，滲出溫暖的溼氣。日子搖搖擺擺地列隊走過，其中一個日子，遊隼張開雙翅後未再回來。

沒有學生的教學區，風溫呑繞過建物的走道與孔隙。夏日將至，許多事情就此不同，行走於圖書館草地上，我想起C跟W，記得曾有大還魂與遊隼。這些人能讓荒漠般的十秒鐘茂密生長成十分鐘。有時我高高興興地跟著他們，有時則陷入無端的沮喪。無論是哪一種，這些內部閃閃發亮的自營生物們，顯然對自己具備什麼樣的質素渾然未覺。

畢業典禮線上舉辦，塔樓照舊於夜晚亮燈。生命紛亂的行走著，我們懷抱巨大的不確定性參與其中。There's so much time to question my life，我無從解答，於是開始寫字，從一座湖開始，從藻類開始。關於藻類如何演化成光合自營生物，其中一種說法是，原始眞核生物遇見帶有葉綠素的藍綠菌，將其吞食進去後，出於某種偶然沒有消化掉，藍菌安住其中，成爲體內一部分。
那是所有變化的開始。演化史上最吸引人的假久成眞。

蕭舜恩
二〇〇〇年生於桃園，雙胞胎之一，目前就讀東華大學華文所研究組。
喜歡看書、做自然觀察。

二獎作品

海的記憶

潘鎮宇

弟弟沉默許久，用一副無所謂的模樣，從嘴邊那短到不能再短的菸頭裡吐出心中的無可奈何：「如果沒有底拖網、電魚那些事，光靠後院那塊荒地，你也根本沒機會離開澎湖到臺灣念書對吧。」

最初只是想帶上面鏡潛入海裡，漫無目的順著海浪前進，游著游著竟被卡在礁石的廢棄漁網絆住腳，越掙扎卻越陷越深，幸好在滅頂之前，一股強而有力的暗流從反方向襲來，原本曲著的腿得以踢蹬石頭重返海面，吐掉呼吸管直接將頭露出大口換氣，鼻孔灌了好幾口鹹苦的海水。

離開望安數餘年的我，前幾天返鄉替父親做百日。許久未下海，原本還想順手撿幾顆海膽，回味記憶的味道。這在我們澎湖人的說法叫——煮一粒螺仔，開一個鼎。唉，想吃海膽的話，花點小錢買就好，其實沒必要花那麼多功夫，大費周章親自潛水尋找。幸好沒被海流帶走，葬身於故鄉的海底。

游回岸邊，暗紅色血絲從手臂的傷痕微微流出，身體不停地打著哆嗦，腳邊的潮汐即將進入大潮階段，規律的浪潮聲渾厚圓潤。我循著記憶回到石滬仔旁的野溪出海口，西邊的戶頭角沙灘不再清澈見底，原本一顆又一顆的咾咕石於岸邊所砌疊成的石滬，如今早已廢棄坍壞。龜壁崁尾的海面已不見翠綠的海藻隨波浪投射的光影搖晃。想起父親曾站在同樣的岸邊指向海面：「阿俊，討海嘸時海，你要認眞多念點書。」這番話順著海風，從悠悠遠遠的地方伴隨幽微的思念，直把我的心鬆緩地提到半空中，又緩緩壓下去，壓到了底。

望著空蕩蕩的海底，我不由得想起過去配合潮汐到潮間帶撿拾的深夜，半月形石滬圈內凹陷的坑動殘積海水，形成一灘灘的水窪潮池，表層懸浮天空繁星映照的光點，像是夢境中遺漏的美景。

我從小看著望安的海長大，熟諳島上的水性。差不多國小三年級的時候，我開始懂得潛水技巧，可以泡在海裡好幾個小時。假日最喜歡和同學下潛深水區，比賽看誰帶回的海底石頭最多最大。就算是在漆黑的夜晚，也敢一個人帶上頭燈跳到海裡探險。

彼時父親送我一根專用的丁字型鐵條，教我如何順著水岸邊的沙層插戳尋找貝類，例如被插到的簾貝會將雙殼緊閉並噴出小水柱，一旦發現蹤跡便要立刻向下挖掘。從有記憶以來就記得常被父親帶去海邊，幫忙撿螺仔、找海膽、挖螺螄、摘紫菜等簡單的漁獲爲晚餐加菜。

當時退潮後的海岸線礁洞裡，躲藏數也數不清的海膽。聽說日本人喜歡用海膽汁作しおから（鹽辛），望安的海膽在大量的貿易需求下被採集外銷日本，每次到海邊，父親總是叮囑我們要找價錢最好的馬糞海膽。

南岸這裡有偌大的黑石，加上珊瑚礁生態圈分布極廣，是村裡口耳相傳的海膽聚集區。長滿短小棘刺的馬糞海膽在父親熟練的刀尖下，像變魔術似的，轉眼間開出一盆又一盆五道花瓣的小黃花，把每一顆密密麻麻蠕動的海膽綻放成柔和的海風，深深滋潤我的童年記憶。

那時我們小孩子，要是能嘗上一口海膽的滋味，唉呀，是多麼美妙的的事，你可以含在嘴裡，嘴巴不要動，緩緩流出口水，讓現剖的海膽在舌尖悄悄化開，嘖，嘖，嘖，一口一口流經喉嚨的鮮嫩滋味，在臺灣是嘗不到的。這黃澄澄的東西太珍貴了，有時我捨不得吃，放在掌心上，慢慢的、張著嘴看著它，看著舌根發饞後，再把鼻子湊上去聞聞那甜甜的味道過過癮也就滿足了。

還記得那些豐收的夜晚，父親、我與弟弟三人各扛著塑膠繩編織的網袋，在退潮的岸邊踏尋螺貝與海膽。我們沿著漆黑的礁岩，跨步跳躍好一陣子。睡意依傍前額微弱的頭燈，被踩成斷斷續續的記憶。在夜的靜默中，視覺早已辨識不出色彩與距離。我回頭盯著弟弟的腳步，他混濁的眼珠載浮著倦意，費力地跟隨我們的腳步。

在我還沒來得及仔細欣賞腳下叫不出名字的新奇物種，父親用那白亮亮的探照頭燈光束將我拉回現實，指著頭上的月亮告訴我們：「月若中間，水就大飽；月若在落，水就在淹；月若起一半，水就在涸。」催促我和弟弟要趕在漲潮前，將海膽裝滿背後的網袋。老石滬圍繞的潮池區有大有小，深淺不一，愈接近潮線，便越常看見石蓴、寄居蟹、黑海參、蕩皮參、海膽等生物所反射的閃閃光點。

彼時仍年幼的視線總在半夢半醒間，隨著消波塊、堤防、建築物、天際線、砂礫灘、防風林等各種由近到遠的殘影，如電影膠卷的畫面轉動，我的視覺也隨父親貨車所經之路慢慢被抽離，直到轟隆隆的引擎熄火不再低鳴。漁獲的終點是後寮村阿吉叔家，旁邊有間用鐵皮搭建的簡易倉庫。冷凍冰櫃前時常聚集一群討海人，聽父親說，阿吉叔會將收來的漁獲從潭門港口用船運賣到馬公的海產店，他喊收的價錢最好又講信用，鄰近村子的人都喜歡跟他打交道。

冬天的望安，在強烈的東北季風吹襲下，囿於捕魚機具和技術的限制，真正能駕駛機動船出海的日子並不多，加上土地貧瘠、乾旱少雨的氣候也不利農業發展，島上唯一不受天氣限制的只有潮間帶漁業，也因此我們望安島上的孩子從小就很熟悉撿螺拾貝、採集海藻、立竿網、垂釣等等在潮間帶進行的漁業工作。

我們討海人都清楚，海並非總是豐收的。討海爲生的父親用粗壯的手臂，重重扛起家裡所有的開銷與阿公久病的身體。父親沒有固定的出海時間，漁獲隨海水來來去去，依著潮汐洋流時節看天吃飯。有時漁獲太小太雜，阿吉叔沒辦法出太高的價錢，父親也只能把討海的無奈吞回肚腹，即使埋怨也改變不了什麼。

不知從何時起，島上開始有人改用石碳酸、氰化納或是氰酸鉀等化學藥劑取代傳統草藥來毒魚。

望安島沿海的潮間帶擁有極多礁岩洞穴，早期爲了捕撈更多的漁獲量，部分漁民會將草藥丟灑於潮池或洞穴，在岸邊靜靜等待難耐草藥毒性的魚蝦游竄於水面，再用漁網撈篩外銷市場裡中盤商特別指定的高價值石斑魚苗。運氣好的時候，丟下一粒成本幾塊錢的藥劑所毒捕的石斑魚苗，可以獲得千餘元左右的利潤，收入十分可觀。每逢漲退潮時分，若從岸上小徑遠遠往海邊望去，隨處可見各村全家出動大大小小的人，分工精細地擠滿潮間帶毒捕網撈魚苗。

約略在我讀國中時期，海巡的官員開始強力取締化學藥劑毒魚的人。從馬公來的盤商和阿吉叔，勸誘島上的討海人改到ＣＴ４等級以上的拖網漁船工作，船上有新引進的電魚設備與底拖網機械。

「毒魚跟電魚的漁獲量完全是兩碼子的事，」阿吉叔告訴父親：「你只要利用海魚晚上躲在岩礁裡睡覺的習性，把電擊棒伸進去，用直流電電暈牠們，一個晚上多次操作下來，小一點的機動船電出來的漁獲，保守估計至少也有數萬塊，較大型的漁船甚至可達數十萬元。」我們從小就聽父親說隔壁村好多人靠著電魚在馬公市區電出好幾棟房子。

電魚的漁船多半在夜晚出海，底拖網漁船就更不用說了，投網、揚網的工作我們小孩子完全幫不上忙。只能聽父親的話，偶爾在岸上毒小魚苗賺些零用錢。

當時被貧窮看穿的父親，像極了在海面浮沉的小管，在漁船高流明的燈光探照下，微小而閃現的假餌，成了帶領我們走入希望的指引。然而欲望被底拖網越拉越大，誘惑我們吞下商人投下的假餌。讓當時的父親堅信只要順著光線所投射的星空盡頭航行，便能讓我與弟弟乘著風飛過海峽，在充滿希望的臺灣降落。

阿公在我國中畢業那年過世，也是在同時期，父親像是大澈大悟的樣子，認清自己賺再多的錢也換不了阿公健康的身體。於是他轉向接受鄉公所的輔導轉型計畫，把積蓄拿來經營機車出租與觀光民宿。父親的轉變彷彿海風的嘆息，在我們來不及眨眼的童年往事中，用一道荒涼感很重的咻咻聲，夾帶著砂粒飛進我的眼角。

然而也因爲這般「忘恩負義」提前回頭是岸的行爲，父親被村裡其他討海人冠上不合群、背叛等嘲諷辱罵，甚至擔心父親黑吃黑，將違法電魚和底拖網的事情反咬出來。曾經保舉父親上底拖網船工作的阿吉叔，更是因此與父親撕破臉，揚言要聯合抵制父親的觀光生意。父親爲此難過許多年，甚至到我和弟弟去馬公念高中的日子，仍能感受他對此耿耿於懷的失落。

如今父親離開我們一年了，鮮明的記憶仍歷歷在目。

在許多矛盾與質疑都被時間輕描淡寫成往事如煙的對年合爐儀式中，弟弟將父親香爐灰的一部分放進祖先牌位的香爐裡，合爐與祖先團圓一起祭拜。線香的煙捲動著裊裊的思念，隨著上升氣流飄散在屋內。

我好奇地問選擇留在望安繼承父親事業的弟弟：「你不覺得我們望安人所做的一切都是自作自受嗎？無論是毒魚、電魚、或是底拖網船的所有事情？」

弟弟沉默許久，用一副無所謂的模樣，從嘴邊那短到不能再短的菸頭裡吐出心中的無可奈何：「如果沒有底拖網、電魚那些事，光靠後院那塊荒地，你也根本沒機會離開澎湖到臺灣念書對吧。」

我望著父親牌位，頓時無言以對。

兒時的我，曾極其厭惡父親為了賺錢鋌而走險的違法行為，使我成為同學之間的笑柄。或許父親或老一代的討海人從未思考過保育、永續這些艱深晦澀的理論與名詞，僅是理所當然地承襲上一代甚至上上一代過去靠討海為生的日子，卻被不懂事的我，套用考卷裡非黑即白的二元觀點標準答案，來檢視隱藏在大海下的是非善惡。如同藤壺所分泌黏液，切切實實地寄生在父親的肉身與思想，成了我難以釋懷的原罪。

弟弟的一席話點醒我，一切猶如灘頭上等待浪淘沙的風。或許父親在阿公過世後，因爲我與弟弟的存在，才能在每道波濤洶湧的浪末找回正確的航向。我思索父親沒有在廣闊的欲望裡迷航的原因，是否來自始終實踐著討海人的信念——討海人討海，最終的盼望是下一代不要再重蹈討海的路。

後院草叢的蟲鳴聲，化成一陣涼風緩緩流進屋內，我看向門外濛濛山丘上隨風搖曳的銀合歡。想起父親每次述說自己的討海辛酸時，最後總是拍拍我的肩膀：「阿俊，會泅甲會沫，攏毋怕的不別字。」想起父親在每年迅期即將到來前對我說：「阿俊，歹船堵著好港路。」想起父親還活著的時候，在屋外大喊：「阿俊，要退潮了，快來幫忙整理等下要去海邊的網子。」

爾後每當我談起鄉愁、再次想起故鄉的海，腦中總是會浮現某個特定的畫面——月亮將潮間帶的角落照得雪亮，回頭一看，父親的背影就在不遠處。海，不論何時都隨著潮汐拍打岸邊，來自望安島上海的記憶，亦將永遠在我心中緩緩地起起伏伏。

潘鎮宇
二〇二二年移居美濃剛滿一年，喜歡從月光山吹來的風。

三獎作品

雞械複製時代

曾達元

正如當雞群被鋼鐵廠房圍起，自成全新的生態系時，人們更不知道雞是如何生長。腦海中，只停留在後院裡的土雞，啄食黃土、翻找蟲子的模樣，而不願相信造物神話早已成真，人類能製造高矮胖瘦的機械，與神祇捏出各種生物一樣。

我的健身教練總會在課後耳提面命：「運動只是起步，飲食才是關鍵。」每日熱量的限制只是大方向，要達成目標體態，每頓餐點的碳水脂肪蛋白質，都得斤斤計較，不得攝取過多或不足，否則運動也只是比較健康的生活而已。自煮比較容易精算飲食，少鹽少糖，無味久了，也就無謂。

雞胸肉是健身餐的聖品，低脂肪、低熱量、高蛋白，相對其他肉品又便宜許多。家裡附近超市的冷藏架上，有一整架的雞肉獨立專區，太晚來採買，架上總獨剩一兩盒，吹著冷風的肉塊，蒼白的有些可憐，即使貼著促銷貼紙，也讓人猶豫再三。

觀察進貨時間後，我總喜歡早上十一點去購買食材。整齊陳列的肉品，心底感覺特別新鮮。雞胸肉不管盒裝袋裝，總是兩條粉色肌肉，標準規格三〇〇公克。今年似乎因爲飼料上漲，相同價錢，又集體降爲二九〇公克。像是複製生物一樣，該產多少肉，就產多少肉，隨著人類的需求，調整自如。

仔細想想，飲食策略與畜牧養殖，觀念如出一轍，都得嚴謹地安排吃了什麼到身體裡，肌肉與雞肉，才會如罐頭般標準產出，保持一定的體態與重量，在某些層面來說，或許稱爲「複製機械」也無不可。

當代的雞有機械般的型號名稱，例如，白肉雞品系常見三種，愛拔益加

（AA）、樂斯（Ross）和科寶（Cobb）。這群產肉機械的父母代稱爲種雞，天生內建程式，大約一日能產下一顆蛋，慢了，將會留校察看，病了，安排獨自隔離，修不好，便除役做肉。產出的蛋得符合規格，過小便宜賣出，甚至破殼作爲液蛋。機械複製出的機械，一個齒輪都不能浪費。

每顆受精的雞蛋，會先在冷藏空間裡裡靜靜等待，像是科幻電影裡，太空旅行的低溫裝置，依照訂購數量，每日孵化都有配額。被選定進入孵育的蛋，會放在方形蛋盤上，一層一層推入金屬架，下方含有滾輪，緩緩推入金屬箱裡。這是每隻新生機械的金屬母親，比生母更能給予穩定的溫度與濕度，讓這群胚胎，能精準地在二十一日破殼而出。

一團黃毛包裹的圓球，伸出牙籤般的雙腳，上頭有一環一環的紋路，還沒能踏上地面，便被移往輸送帶，像是集中營的鐵軌分岔口，接受生死判定。

健康活潑的機械，會輕柔地放入紙箱，不是因爲生命貴重，而是不能損傷商品。瘦小畸形，將被視爲無用，用力一抓，丟入一只可以塞下四名幼稚園兒童大小的橢圓藍桶。這些廢棄機械將在裡頭相互踩踏，即便過了半日，還是能聽到微弱的啾啾聲。主宰生靈的判官將掩上黑蓋，遮蔽聲息，任憑裡頭氧氣漸漸稀薄，只剩下金屬母親，那風扇運轉的換氣聲。

健康的圓球天生夜盲，放入運送盒中，以爲黑夜降臨，縮起雙腳，窩在彼此身邊，這也是牠們最後一次純粹的休息，一旦抵達集中營，便得立即進行吃喝睡的勞動。全密閉打造的世界，僞日光精準調控白天與黑夜。冷了有黃燈保暖，悶了有風扇換氣，熱了用水簾控溫。軍事化按表操課，何時該吃，何時該睡，只差沒把標語寫在飼料盤上：「吃進的每一口，長出的每塊肉」「睡飽吃飽身體好，肉齊毛齊快出雞」。毛球身體快速膨大，褪去黃衣，白袍加身，便開始摩肩擦踵起來。可惜這世界沒有隱蔽的空間，連躺下沙浴翻個身，都會被其他正在探索的機械給啄上。剛懂得起身反抗，五週齡一到，肉質肉量生長的剛剛好，便能出雞，屠宰上市。

有段時間禽流感的新聞報導裡，總愛使用雞隻屠宰的畫面。一隻隻大小相同的生物，頭下腳上，掛在特製的金屬架上，就像《怪獸電力公司》裡的門，在彎曲旋繞的輸送軌道上移動，經歷著電擊脫毛放血挖內臟，若去除機械摩擦聲，配上〈藍色多瑙河〉一曲，科幻般的冷調感也就因應而生。

科幻影集《西方極樂園》中，有段致敬《攻殼機動隊》的片頭動畫。生物形態的鋼骨被安置在固定環上，許多機械手臂的尖端，會吐出肌肉絲線，在鋼骨的關節來回黏貼，像是構築立體畫作，肌肉層層逐漸粗壯，完成一隻隻標準體態的仿生機械。

它們的降生，有內在設定好的指令，日常行爲都在規劃好的模組下反覆運行。我想像，它們一旦故障，便會接受「淘汰」的流程，刮除腐爛的肉塊，鋼骨骷髏被細細檢查，堪用便繼續輪迴，不能用便被丟入廢棄金屬區。那堆疊如山的機械體，恍如亂葬崗一般。不過這科幻的悲觀感，有時只是人們的知識追不上科技發展，害怕其對於己身的反噬。

正如當雞群被鋼鐵廠房圍起，自成全新的生態系時，人們更不知道雞是如何生長。腦海中，只停留在後院裡的土雞，啄食黃土、翻找蟲子的模樣，而不願相信造物神話早已成眞，人類能製造高矮胖瘦的機械，與神祇捏出各種生物一樣。

總會聽人懷疑，那些隱藏在鄉間的封閉雞場，藏著像是千手妖怪的基因改造生物，大胸肌、四雙翅、六對腿，人們愛吃什麼就多長什麼。因爲被改的太獵奇，所以只能趴在地上，黃喙插入管子，像是在製作鴨肝或餵神豬，打入泥狀的食物進到牠們的胃裡，好讓這群外型像雞的怪物，長出超載的肉量。

稍微上網查資料，便知道不需瘋狂科學家拼湊出科學怪雞，只消挑出優良父母代，代代篩選，專業分工，想長肉便出肉雞品系，想多蛋便有產蛋品系。但謠言總像寄生蟲，從眼耳鑽入腦袋，把聽聞養成信仰，然後繼續散播恐慌。內容農場的文章半眞似假，施打生長激素合併濫用抗生素，了解事實的人解釋到倦了，總會投以中性、禮貌、冷漠的微笑。

進入獸醫職場後，我時常得將這群機械「關機」，以便揭開藏在肉下的零件，翻找出是什麼疾病，使得牠們集體進入異常的病態。我曾說服自己，機械沒有靈魂，不必擔負殺生的罪惡。

有次，爲了做禽流感檢測，我與夥伴前往一個蛋雞場採集樣本。兩百公尺的長型房舍，四條走道，每道左右兩側，各是三層梯形金屬籠。蛋雞三羽一籠，一隻站起，其他便得蹲坐，連轉圈看看後方的鄰居都沒有辦法。

我們從小都被告知雞不會飛，但某個程度來說，那是後天人爲的結果。

籠子下方的糞便堆成會晃動的高山，蘊養無數蚊蠅，懷疑著山怎麼會晃動，仔細一瞧，才發現那土堆，鑽爬著至今我仍認不得的黑殼小蟲大軍。籠內這群被刻意篩選的機械，即使在這樣惡劣的環境，仍會每日產下精美的手工藝品，光澤、乾淨、均一的白蛋。

我抓出一隻雞，分別用棉棒，沾取喉頭及洩殖腔，放入試管裡。整套流程，那一身白羽都沒有太大的反抗，只是垂著頭，了無生氣地看著他方。我以爲牠生病，摸著較爲無毛的腹部，沒有發燒也無嶙峋的骨感。我放下採樣工具，讓牠兩腳能抓著我的手臂。接著讓手臂上下移動，看著牠的翅膀，爲了平衡而張開縮起，代表牠仍然有正常的活力。當我接續拉開翅膀，看見內側靜脈上浮起青色血塊，在皮下積成小腫包。原來除了我們，早就有別的單位來抽過血了，一切臣服或無所畏懼，這時都有了解答。

屋簷上，一群八哥與麻雀正鳴叫著，無比輕快，又跳又飛，偷吃飼料還如此張揚，但往回聽取雞群的咕咕聲，卻是平淡無奇。畢竟籠內的生活，只有吃喝、入睡、排遺、下蛋，自然沒有機會發出其他聲音，好回應新鮮的事物。或許，只有當室友死亡時，才會聽到牠們微微張開雙翅，歡呼著：「終於能看到後面鄰居了。」

種雞的待遇有時高級許多，爲了能長久運作，雞舍得保持通風，墊料維持乾爽，睡眠充足，吃飽喝暖，才能準時產蛋。早上下午兩次餵料，傳送帶的鐵鍊攜著飼料，繞著場舍圈圈奔跑。時間一到，每隻機械接收到運轉聲，便會自動排隊站好，低著身子，伸出脖子，將小小的頭深進孔槽之間，整齊劃一地翹起尾巴上的白羽，認真地埋頭吃飯。

爲了讓牠們自然交配，這群機械不必鎖在鐵籠裡，而活得越久，便有更多的時間，探索這人造的世界。雞喙的功能與人手相似，也能感受冷熱軟硬。我喜歡坐在鬆軟的墊料上，讓那群配裝圓滾黑眼的機械打量你，歪頭試探性地踏出步伐，用黃喙戳下去一探虛實。放心，並不痛。這群被高密度飼養的生物，都在小時便被剪嘴，好防止彼此啄傷。

爲了讓種雞自然交配，我與同事協力捲起厚重的帆布，讓陽光能照進房舍。忽然間，帆布輪軸與繡化的橫樑夾層裡，落下一窩灰鼠，我跟夥伴大叫，害得原本在腳邊的雞，也瞬間彈開。雞群集體噤聲，像海嘯，逐步傳到遠方，正在粗糠裡享受沙浴的，也停止動作，睜著眼想搞清楚發生什麼事。就像吵鬧的班級，聽見有人叫喊「老師來囉」，也會一排接著一排，屏氣凝視，確認現在的狀況。

不過，安靜不到半分鐘，便會有雞開始發出咯咯聲。離我近一些的雞群，各個抬起腳，緩步前跨，開始低身，啄戳那些落地的鼠，對牠們來說，這是另一項物種大發現，牠們沒有畏懼，不停地用嘴展現好奇心，亟欲了解這與己身不同的生物。雞是機械複製品，但在適當的環境生長，仍能發展出多變的行爲模式。

回學校繼續讀書時，隔壁實驗室有人將實驗雞留了下來，慢慢地讓牠成熟茁壯。那隻公雞羽毛潔白，戴著鮮紅肉冠，表情有神，姿態英挺，身材精瘦，總是抬著下巴傲視我們這群低等的人類。

有天午後，我前往實驗動物舍打掃，恰巧在外頭與那隻正在巡視的公雞狹路相逢。牠明明直線走的好好地，忽然歪頭瞪我，一瞬間，便快步朝我奔來。我繞開，牠仍繼續在後頭小跑步，跟就跟吧，我心想，都曾被更兇狠的鵝與火雞追過了，何況體型小那麼多的公雞。沒料，牠竟振翅彈起，簡直武術奇才，騰空蜷起兩隻粗壯黃腳，用利爪朝我小腿抓下。

好人不跟壞雞鬥，我側身讓開，牠卻不知爲何不放過我，繼續朝我攻擊，用那尖喙，反覆啄向我的腳跟。主人發現後，趕緊跑來，將牠抱在懷中，那公雞馬上溫和許多。

我看著那深邃的黑瞳，黃澄的眼白，像是珍貴的寶石，眼底散出獨特的靈光。原來這就是雞，「生物形態」時的模樣啊。

曾達元

桃園人，不務正業獸醫師，
臺北藝術大學文學跨域研究所。

在場

佳作作品

蘇婕

身為人類，奔波疲倦而暈糊的眼線，和牠們眼周那道俐落的黑色骨質脊稜，形成一種幽默的對比。有時我認為牠們是山，未被開墾過的山，一塊坨原生態的存在；也像錨，被生活急流沖刷而不安時，放錨後，使人安心地走進陰暗潮濕，來自黑的慰藉。

來自邊邊角角、陰暗潮濕的動靜。

一條陳年排水管線，用來接引屋簷雨水，流經歲月的隧道，不大的洞口，那裡長年潮濕。洞口旁牆縫，生出蓬鬆立體的青苔，邊緣覆蓋滿滿小葉冷水麻，對比斑駁的紅磚，我想用「低調的張狂」來形容這股綠的氣勢。

發青的洞，棲居著黑眶蟾蜍。快節奏的咯咯咯，求愛。如此坦率，而季節卻是很曖昧的東西，我想。每個季節的邊界那麼模糊，接合處總在暈染擴散，每年都不一定，從未有人能給予確切答案。何時是春天，花開的那天，還是月曆上的時節，夏天又會在哪一天抵達？我決定，不再執著於精確，包含人生，關於換季時機，我跟隨萬物的動靜。

晚風，自由搖曳造成綠的殘影，我沒被催眠產生睡意，反而異常專注，直視那像謎一般的排水管洞口，與那對潮濕寶石的雙眼，進行夜的交流。春與夏，是黑眶蟾蜍繁殖期。牠們，說好一起蹦出來。

洞的邊際，小葉冷水麻與葉下珠高低起伏，兼備遮蔽保護，堪稱是建造給黑眶蟾蜍的綠建築，一幢很不錯的透天厝。牠們根據體型，嬌小輕盈的蟾蜍，在葉的高處眺望，而另兩隻體型較大，緩慢移動到較有支撐力的位置，宛如訓練有素的走位，在這氣勢與排場非凡的家族結構，最底層是隻肥壯的蟾蜍作爲基奠，牠以一坨的型態，腹部貼著地衣青苔，神情淡漠，一派輕鬆的凝望遠方。

每晚，我會和牠們打聲招呼，完成「回家的儀式」。當棲蹲洞口前，路燈恰好在身後的四點鐘方向，斜射照明，使我的體型瞬間因影子變得巨大，幾乎近一半的陰影籠罩洞口，但牠們對此無動於衷。

身爲人類，奔波疲倦而暈糊的眼線，和牠們眼周那道俐落的黑色骨質脊稜，形成一種幽默的對比。有時我認爲牠們是山，未被開墾過的山，一塊坨原生態的存在；也像錨，被生活急流沖刷而不安時，放錨後，使人安心地走進陰暗潮濕，來自黑的慰藉。

牠的黑唇、黑指甲，立體疣粒與花斑，在夜裡，存有不同層次的黑。如同印象派視覺，暗面部非黑顏料粗魯的塡補覆蓋，而是在褐與黑裡，以長短筆觸製造呼吸感，速寫變化的深沉濃烈。我喜歡，在黑的一切之中，翻攪到細微的光，重新觀看黑的明暗。

濕氣，製造腐爛的草根朽葉，引來馬陸靠近洞緣，若以洞裡的黑眶蟾蜍爲中心，此時右上側，還有一隻毛毛蟲攀爬於牆面，牠們形成微妙的三角關係。生命的進退，是生是死，一切都過於安靜。當蟾蜍無視毛蟲，擇以馬陸時，舌頭彈射的一瞬，過程我的肉眼難以追蹤，牠已吞食下嚥。沉默的進食。

無常，往往是殘破的，需要被溫柔縫合的過程。隔天，輪到蟾蜍了。路殺。在夏季是常態，萬物生活圈重疊的邊角，被用來擦撞，柏油路面攤成一張大大的輓聯，自己的名字，用自己的身體去登記。在眾多不堪之中，我認出，來自棲息在排水洞口的小蟾蜍，雖然牠四肢完好，但破掉了自己，頭朝向洞口，從移動的路徑軌跡，我猜測牠在回家的路途中，遭到車輪輾斃。

將牠輕輕拾起。安放大地，不說埋葬，那是人類的用詞。存放這個夏季悲傷在土壤裡，生長七里香的泥地，還有前幾天遇上的紅嘴黑鵯雛鳥。死亡，並不會考慮年紀，而寬容生命的到期。

那是在一個傍晚，夕陽很橘的日子。我看見一隻雛鳥學飛，翅膀揮動幾下，便成爲雨的影子垂直墜落，撞上行進中的轎車，滾落於車道。紅嘴黑鵯如名，一身黑，豔紅的嘴，牠們的叫聲經常被形容成像貓，雛鳥的雙親，反覆盤旋在雛鳥的上方，啼叫。貓聲的呼喚。人們總說貓有九條命。我不確定。

我和鄰居都目睹了這起事故。他毫不猶豫的走入車流，但尚未靠近雛鳥，就突然被盤旋的雙親，作勢攻擊頭部給驅退了，他無奈，對天喊著，該怎麼證明自己，是善的代表？我在想，鳥類是否也會感覺到悲傷？那兩隻紅嘴黑鵯成鳥，遲遲徘徊在雛鳥上空，無法靠近，也不得他人靠近。車流，沒有因爲柏油路上躺了一隻小鳥，改變方向，最後牠的雙親振翅離去。

我沒有。我沒有選擇離開。趁著紅燈的間隙，拿起掃把畚箕將散落的脆裂骨骼、殘破羽毛，盡可能收集完整，善後雛鳥，讓牠躺在柔軟的土壤裡，血肉化成養分。我不知道，這算是一起自然意外，還是人爲傷害？我們終究要用上一輩子的時間，去探求所有「爲什麼」，但仍無法把一些事情，用分明的狀態，切割完全，得到滿意且清晰的答案。人與萬物之間，是永遠複雜的交疊。

當蟾蜍與雛鳥，一起安眠。我想起，曾聽過的布農族神話故事。

幾千年前，布農族人居住的大地，突然山洪爆發，一條蟒蛇堵住河的出口，大水淹沒家園，人們紛紛往高處逃難。飢餓寒迫之際，見遠方閃爍火光，但滾滾河水仍未退去，此時，蟾蜍自告奮勇，要到遠方取得火種，牠將火種扛在背，燙傷起了水泡，形成立體的疙瘩，回程時火種卻被大水淹熄，宣告任務失敗。改由鳥前往，牠啣著火種一路飛，嘴巴被燒得火紅疼痛，再換腳爪緊握，最終回到族人身邊，順利幫助人們度過難關。此時，這隻鳥被火燻成一身黑，嘴與腳爪呈赤紅色，牠正是紅嘴黑鵯。布農族人，為感念蟾蜍與紅嘴黑鵯的付出，將牠們視為神聖者，保衛家園的英雄。

神話諺語、詩與歌謠，一直如實記載當地人們的生活型態，反映當代動物處境，以文化傳承保存，長遠地影響人們的生命意識、對待物種的觀感。無論我們是否信仰，在萬物中有無被列舉為神聖，牠們仍平凡而堅韌，不卑不亢的活著。

邊陲的排水洞口，連光都稀稀落落，疫情爆發之後，環境消毒頻繁，蟾蜍們也有危機意識。黑眶蟾蜍攜家帶眷消失了，排水洞口小葉冷水花依舊蔓延，葉下珠垂溢露水；最近一次發現洞口有變化，是停留一隻銅艷白點花金龜，牠微光的金屬貌，攀爬在綠叢間很顯眼，像是古老的月色。夜裡，花草擁抱，繁殖明天，有好長一段時間，世界的陰晴圓缺，都與蟾蜍無關。

沒消息，就是一種好消息。我翻閱這幾年記錄蟾蜍的觀察日記，以「#報個平安」作爲合集，根據牠們的樣貌命名，進行連載。其中有篇寫到，某日早晨有蛇出沒，環境志工在排水洞口撿拾垃圾時，突然大喊一聲「有蛇！」喊醒了朦朧的一天，之後連續幾日，蟾蜍沒任何蹤跡。擔心和等待，其實是一樣的情緒，都需要耐心。突然某夜，蟾蜍們又若無其事的，蹲在洞口處，與回家的我相望著。

這個，洞，如此向我拋擲了一個世界。凹陷的，圓形的，內有突起疣粒的背，斑紋在夜裡以自己的節奏閃爍，無人知曉的張狂與魅力。我突然從某天開始，大量聽見邊邊角角、陰暗面裡的動靜，餘光甚至成爲擴散的追蹤器，能清晰辨識黑裡模糊的動物昆蟲形體。

我的視線，我的體感，我的意念，通過這個洞口，再擴張到其他的洞口，感知萬物的變化，一切都在放大。放大到，我忘記洞的存在，一個弧形的侷限，一種單獨直徑的視野。那瞬間，我體會到什麼是自然。密集、目眩、拖曳著光，自然既不受時間、空間、距離的限制，也不得計算、預測，關於萬物與生俱來的斑斕，任何動靜的明暗生滅，我想在場。自然而然的，靜待自然。

蘇婕
廣告文案、自由編輯，
臺北藝術大學文學跨域創作所。
獨立出版詩集《斑。有自己的紋理融於大地》。

佳作作品

你討厭鳥類

許明涓

鳥人說，鷸不是用眼睛找食物，而是用嘴喙的觸覺，牠會把長長的喙探入泥灘裡，感受裡頭生物的震動。鴴則是用眼睛觀察，用較短的嘴喙覓食，我看見一隻東方環頸鴴啄食的動作與濱鷸不太相同，但那差異微乎其微，就像是你剛認識一個人，你可能以為你們是同一種類型的人，直到某些時刻你才發現，原來你們的思考方式完全不同，但你們還是可以在一個地方共同生活。

你說過你討厭鳥類。

我們是在什麼情況下談論到這件事的呢?我不太記得了，那個時候我們無話不聊，話也總是聊不完。那時我還沒開始登山，山的世界要在三年多後才會出現在我的心智地圖上，當時的我著迷於寫作，喜歡去學校旁邊的速食店寫東西，那時候的我，還有著都市人的氣息。

到現在，我記得你說過的話，大部分是一些關於我外在條件的評論，像是我長滿青春痘的皮膚，或是我比你老了幾歲，這也許可以從男性對女性的占有慾與面子問題開始解讀，但不知道爲什麼，我卻記得你對鳥類的厭惡，這個與我無關的事情，卻永恆的停留在我的記憶裡。

我問你，爲什麼這麼討厭鳥類呢?你說，鳥的眼睛眨也不眨一下，頭部扭動的感覺有一種機械感，牠們沒有表情，飛起來的樣子，與振翅的聲音將地上的灰塵揚起，而一根根粗糙的羽毛在起飛的瞬間好像會刮過你的臂膀，讓你全身起雞皮疙瘩。

我們所就讀的學校是城市裡難得的一片綠地，我還記得我最喜歡的樹是測量系館前的那棵雨豆樹，祂幾乎和身旁的建築物一樣高大，不再與你見面之後，我經常在夜晚到那附近走動。我會去摸那一排白千層的樹皮，有的樹幹與樹瘤光滑得就像骨頭一樣，但是我其實從來沒有摸過人的骨頭，對我來說，更準確的譬喻應該是那些小時候掉落的牙齒。或許是因爲在黑夜裡，顏色被遮掩讓我只感受到那些樹的質感，更在隱約之中感覺到，總是有一隻黑冠麻鷺緩慢地在雨豆樹下尋找食物。

黑冠麻鷺在有人靠近時，會撐開頸部的羽毛並扭動脖子，那個節奏就像是樹葉被風吹拂的樣子，牠會避免與你視線相交，如果牠仍持續感知你的目光在牠身上掃描，牠會停止扭動，壓低身子快速逃到黑暗裡。

不知道黑冠麻鷺這樣的行爲會不會也讓你感到厭惡？或許你也曾對我感到類似的厭惡，有可能是心靈上的後天厭惡，或是關於身體的天生厭惡。究竟喜歡與厭惡的感受是否可以同時存在？是不是只有人類才有這麼矛盾的心情，而那或許不只是對萬物的感受，更是對自己的感受。

我想起希臘神話那個水仙少年，納西瑟斯，他第一次看見鏡中的自己，然後無可救藥地愛上自己容貌的故事。我們愛上的彼此或許只是自己的幻影，我們的談話或許只是反映出自身的脆弱而感到共鳴之後快樂，我們的厭惡也許只是顯示，人類距離以身體的力量飛翔的世界是多麼遙遠，而我們對於自身的不完美是多麼的無助。

我再次想起你說的話，是在今年春天的某個清晨，花蓮溪口的淺灘上。那是我第一次參加賞鳥活動，解說員說，春天會出現許多限定版的鳥類與羽毛顏色，是因爲候鳥遷徙與求偶繁殖季的到來。我帶了家裡的破舊望遠鏡，幾乎完全沒有望遠的功能可言，我使用那些專業的鳥人帶來的單筒與雙筒望遠鏡，每一支的焦距與色調都不太一樣，它們各自對準不同群的鳥類，牠們在鏡頭裡不停覓食或整理羽毛的畫面，清楚而有種不眞實的感覺。

我們從岸邊走向淺灘，左手邊是如湖面一般平靜的水面，倒映出遠處的砂石場與新天堂百貨公司，還有模糊成一片的中央山脈；右手邊是太平洋，腳底下踩的是中等大小的石頭，當然每一顆石頭都是不同顏色與形狀，不知道是因爲清晨的關係，還是那天的浪特別的大，我覺得那天石頭的顏色比花蓮其他地方都還要混濁。

這裡有很多濱鷸。這是我第一次闖進濱鷸的世界，牠們透過鳥人的解說與不停地翻閱圖鑑被辨識出了身分，但我仍認得很吃力，牠們看起來是這麼像，不斷竄出鏡頭又走進鏡頭，牠們絲毫沒有察覺我的眼神。

天漸漸變得亮了，海風越來越強，一個高浪猛然打到淺灘上，把石頭帶入海中，我也漸漸適應了這裡的風，眼球更能定睛在鏡頭上。耳邊響起鳥人對各種濱鷸的形容，大濱鷸一群聚集在河海交接處，牠們似乎已經吃飽了，偶爾才會低下頭，心不在焉地啄食腳下的泥灘地；翻石鷸則活動力強，牠甚至走到了石頭堆之間，距離我們好近，不停地翻動小石頭尋找食物；紅腹濱鷸來回穿梭在河流與泥地之間，整頭的暗紅色在白灰色的背景之中非常醒目；黃足鷸與青足鷸我無法辨識，牠們的身形對我來說是如此的相像，羽毛與頭部的顏色差異又是如此的大，我漸漸無法信任我的雙眼。

我真的看見了這些鳥類了嗎？

看累了，我坐下來休息，石頭漸漸有了大地的溫度，在濱鷸們之間穿插著高蹺**鴴**與唐白鷺，頭上翹著春日才有的飾羽，不時有家燕與小燕鷗從頭頂上飛過，一大群來回盤旋，飛向海浪最激昂的地方，牠們在等待浪把紅頭吻仔魚打上岸，好讓嘴裡銜著食物得以求偶。

遠方是洄瀾灣與更遠處的七星潭，從這裡看出去，我似乎擁有了鳥的視角，牠們有的飛了幾百公里來到這裡，牠們不定居，只是順著身體與這個星球的磁力將牠們帶到這裡。我好像可以想像幾天後，牠們決定再度展開長程的飛行，腳趾一離開這塊水域，泥濘隨之掉落，風順著牠們的飛羽，推動牠們向更高的氣層流去，牠們可以看見整條花蓮溪的樣子與表面光滑柔軟的海洋，牠們甚至可以想像這條溪流，在山的深處那可能的發源地。

鳥人說，鷸不是用眼睛找食物，而是用嘴喙的觸覺，牠會把長長的喙探入泥灘裡，感受裡頭生物的震動。**鴴**則是用眼睛觀察，用較短的嘴喙覓食，我看見一隻東方環頸鴴啄食的動作與濱鷸不太相同，但那差異微乎其微，就像是你剛認識一個人，你可能以爲你們是同一種類型的人，直到某些時刻你才發現，原來你們的思考方式完全不同，但你們還是可以在一個地方共同生活。

我記得另一件你說關於我的事，就是我們太過相像，可能眞正適合我們的是性格可以互補的對象。當年的我心中充滿疑惑。鳥不會因爲看見水中的倒影而愛上自己，牠們沿著每年熟悉又陌生的路線在海上飛行，牠們會貼著海面飛行而看見自己的倒影嗎？或許牠們就是這樣看著自己與伴侶的身影，一同落在海面上而感到安心。

另一次我看到鷸，我也身在海面上。一隻紅領瓣足鷸在我看到那群花紋海豚家族之前，漂在海面上。與賞鳥不同，我與這隻紅領瓣足鷸是不期而遇的，我預期看到的是鯨豚，而牠在海上就像一艘漏著汽油的生鏽迷你漁船，失去引擎動力隨著雨水與海浪大幅度漂蕩，牠的臉卻非常平靜，與賞鯨船上的暈船人種完全不同。天逐漸變亮，風浪稍微平息，四隻花紋海豚的出現讓船上的人都精神放鬆，像是被海洋療癒了一樣，他們的表情開始變得與那隻紅領瓣足鷸相像了起來。又有幾隻小燕鷗從遠處飛來，繞了一圈又往港口的方向飛去。

許多動物都沒有表情，爲什麼你就只討厭鳥類呢？如果要說眞的有表情的動物，或許還是與人類情感最相似的靈長類，就連貓、狗的表情好像也不能算是與人相同的邏輯，那比較像是一種樣態，他們的情緒構成的臉部圖樣與人類的理解不完全相同，更不用說，那些不是哺乳類的鳥類與其他生物們。

自從我開始爬高山後，山上可以預期遇見的動物，就是高海拔鳥類，不過通常都是聽見而看不到身影，但有時候會出現像是金翼白眉這樣不怕人的鳥類，我記得那是在爬完雪山哭坡後的大休息，快要過了中午，霧漸漸從東峰那頭籠罩過來，連續的上坡讓許久沒負重的我身體疲乏，我卸下背包坐在石頭上吃起餅乾，兩三隻金翼白眉從樹叢後鑽了出來，對我的紅色背包和手上的食物探頭探腦，就和城市廣場上的鴿子一樣。

不過，高海拔鳥類的色彩與聲音都好像屬於另一個世界。

金翼白眉羽毛的顏色與潮間帶的濱鷸，或是低海拔常見的鳥類很不一樣，高海拔山上的樹種變化之大，顏色卻比低海拔闊葉林的綠暗了一個色階，在最接近山頂的強風之處，剩下礫石與樹叢，甚至只有地衣。

金色、綠色、藍色都刷上了亮粉的漸層，金翼白眉的翅膀在這片暗綠與褐色系的世界中，不顯突兀但仍能展現牠的存在，後來我在前往主峰的路上，夏季之初已枯萎成淺橘色的玉山杜鵑花叢裡，撞見一隻酒紅朱雀，牠像一團火球竄入樹叢，在雨水裡模糊的視線，我只能回到山下上網查資料，才知道牠的名字是酒紅朱雀。

牠們都異常美麗。

海濱之間各種鷸科與鴴科皆是以白腹為主，非繁殖季多是灰黑色階的羽毛，牠們與潮間帶的泥灘地形成一種動態的風景，你無法輕易的辨識出牠們的差異，但是泥沙反映出牠們不斷低頭覓食的身影，那使得一切都在流動，而那樣的色調是緩慢而生動的。

低海拔的山區與平地，青綠充滿水分的葉脈與光交織，較大型的白頭翁攻擊綠繡眼的雛鳥；大冠鷲晴日無雲高空盤旋，身上有隻大卷尾緊抓不放；臺灣藍鵲家族在山區墓園棲息聲音聒噪；不愛飛翔的八哥總要在機車猛然急煞才願意展翅；愛水的白鶺鴒在泳池邊跳躍。牠們總是躁動的，大塊與小塊的各種色彩充斥在每個動作裡，與人類生活的聲音混在一起。

而高海拔的鳥類，牠們的美總是讓我不記得牠們的聲音，又或者是牠鳴叫了，我卻沒有聽見。

你從來沒有說過你討厭鳥的叫聲，或許對你來說，鳥的鳴叫與形體無法連結起來，你總是無法親自看見鳥展開嘴喙發出聲音，因爲牠們總是動態的，因爲你無法凝視牠們，因爲你聽不懂牠們的語言。

我唯一記得的鳥類鳴叫是白尾鴝的聲音。那是在步入海拔大約兩千多公尺的山區，有點陰暗潮濕的路徑，我走在隊伍的最後，先是聽到了牠的叫聲，再看見牠的樣子。其實那種鳴叫聲我已聽過非常多次，或許在我第一次攀爬百岳時就已經聽過了，而這次是我第一次看見牠，深藍色的身體與閃亮的眼睛，牠停在距離我不遠的檜木上，親口鳴唱出我熟悉的音調，轉身就飛走了。

你也曾經唱過歌給我聽，我卻已經忘記是哪首流行歌，你也曾給我看過你畫家鄉港口的素描，那是一幅用代針筆畫的黑白畫，稍微粗略的筆跡勾勒出停滿船隻的港灣，你也說過你想寫詩，而我想要寫小說，你還說過我的眼睛很大很好看。我不知道你還記不記得這樣無趣的事。

Richard O. Prum 的《美的演化》提到關於達爾文對於性擇的研究，也許這個世界不只天擇理論在運行。公鳥爲了符合母鳥的喜好而進行了各種外在特徵與才藝的演化，如今人類才能透過眼睛與耳朵，欣賞鳥類如此多變的面貌。

有時候，我也不太清楚我是否眞的喜歡鳥類，我甚至不知道我對人類的感受究竟是什麼，我也無法用任何自然或科學的理論去解釋這一切。不過我知道，萬物皆隨著時間與空間而有所變動。

也許在未來的某一刻，你會開始喜歡上鳥類，因爲某些我不知道的緣故。

許明涓

一九九四年春天生，大直人。

佳作作品

抓鳥伯

馮孟婕

鳥被養在三合院後方的屋簷下，他相信是因為自己的口哨吹得特別好，所以抓到的這隻畫眉也特別會唱歌。自從養了這隻鳥，家裡後院的小樹林也不時有野生的畫眉被吸引過來，他遂把鳥網改架在自家後院，還真的抓到了一些畫眉。

那是發生在今年初、某次鳥類調查工作結束之後的事。蘆葦叢中的小徑、詭異的鳥鳴聲、戴著奇怪腳環的鳥——在那之前你已經注意到，五股溼地外灘至溪美這一帶似乎有些不尋常的「鳥事」，所以沒事便會到處晃晃。

這裡雖然不是大雪山或東引島那樣的賞鳥熱點，但蘆洲防潮堤外那一片鑲嵌地景的雜亂，於你而言倒有種無序的魅力。過了溪美越堤道後往河的方向到底，左轉便是堤後路，堤後路挨著一段幾乎失去作用的低矮舊堤防，機車騎在上面可以增高兩米左右的視野，視野裡有蘆葦濕地、紅樹林、灘地和田，田的大小從幾坪到幾分都有，蔬果間作其中將地景切割地更加細碎。木椿木板、鐵皮碎料、家具桌椅等一些堤防內棄之不用的東西被加工拼成圍籬或田埂，還有反映了人類文明高度發展的多樣化的垃圾，它們或附著在所有能附著的地方，或被堆積在高壓電塔下方等待焚燒。城市做為一個質地堅硬的宇宙正在膨脹，薄脆的外殼碎裂風化，一些有機的無機的、有生命的無生命的、是人的非人的，亂度在這邊界地帶增長。

那一天，有串非常奇怪的鳥鳴聲，混雜著人造的金屬音和鳥類鳴管細緻的旋律，穩定地從一幢破舊的小屋後方傳出。這音質你聽過幾次，有許多不同的曲調，硬要猜的話，有幾次很像烏領椋鳥在模仿綠繡眼或白頭翁，但有這種可能嗎？那麼今天在模仿的又是哪種鳥？你沒有一點頭緒。

你始終找不到那隻鳥。

八點多光線開始飽和，你站在生鏽的小屋圍欄外開啟錄音筆，順便打開鳥類紀錄應用程式 ebird 記一筆調查工作之外的資料。屋旁的大榕樹遮蔽了陽光的軌跡與變化，附近覓食完的鳥群逐漸安靜下來，沒過多久，彷彿連風都凝固了，只剩那隻看不見的鳥仍高昂地唱著。賞鳥有時候就是這樣，你對自己說，人們不總是追著鳥或其他什麼東西奔赴某個地方，最後發現那裡只有一個百無聊賴的自己？

再次回過神，一輛引擎聲啪嗒啪嗒作響的機車從堤後路一端滑過來，一個五、六十歲阿伯將車煞在小屋旁。白色吊嘎外披著一件競選背心，頭戴印有地方宮廟的鴨舌帽，日光和帽簷加深了他原本黝黑的皮膚。他轉過頭，用中老年人身上少有的又大又圓的眼珠瞪了你一眼，然後直直地走進小屋後方的蘆葦叢，順著視線你才注意到那兒有條腳踩出的狹窄小徑，之前偶爾也在這一帶看過幾處，三四米深的死路裡只有你不解的疑惑。

阿伯走進去不久後鳥的聲音就停了，沒有鳥飛出來，反射性的直覺告訴你現在只有兩個選擇——馬上迴避離開，或者拿出手機、錄音筆對「現行犯」進行蒐證。

但你只是站在那裡。

不出所料，阿伯拎著一個播音器和一個抓鳥用的拍網走出來，觸發拍網用的細鐵桿上插著半截大麥蟲。你瞅了一眼，是在鳥類研究中沒用過的款式，嗯不對，這種由一面圓形或兩面半圓形組成的網子，是利用觸發後彈射或閉合來抓鳥，就像一株只有力量沒有彈性的捕蠅草，可能會將鳥夾傷，所以研究用的拍網多少經過改良。這種一般的拍網你還沒眞的看過，目光於是被夾在那兩層尼龍線上。

「你來幹嘛？」再抬頭，阿伯的競選背心已經占滿視線，語氣裡沒有一絲疑問，目光像鉛錘一樣盪過來。

「就……做調……來看看鳥。」你的聲音像做了什麼虧心事。

「喔，看鳥喔，」阿伯操著標準的臺灣國語，「嗯，這邊不錯啊，鳥很多。」

「阿伯你……你在抓鳥喔？」你鼓起勇氣，但一說出口就後悔了。阿伯看了你一眼，沒有回答，把網子和喇叭拿回機車上放。

「這邊的鳥……好抓嗎？呃……其實我也有在抓鳥啦……但是……是做研究那種……」你的聲音斷成碎片，來不及拼湊起一個完整的道德邏輯，後面那句做研究幾乎變成細微的氣音，但又好像是必須的。你搞不清楚自己在幹嘛，你爲什麼、又到底想開啟什麼話題？

「請問你那個聲音是什麼鳥？」最後勉強吐出一個堅定的句子。不就是個抓鳥伯嘛，你安慰自己，他要是不理人就算了，至少知道那是鳥媒機的聲音了。

「黃尾鴝。」抓鳥伯回過頭，示意地晃了一下喇叭，你趕緊湊過去，他又放了一次聲音。原來是黃尾鴝，你有點懊惱自己一開始沒聽出來，在心裡咕噥著一定是這喇叭音質太差了。不過這邊有黃尾鴝？你今年都還沒看到。

「這幾天都有看到，」抓鳥伯的指間劃過小屋後方那片蘆葦。「一隻公的，很漂亮，整隻橘橘紅紅的，頭頂銀銀白白的。但沒抓到。」

「啊牠這個夏天就飛走的，可以養喔？」你問。

「不行啊，牠這種是候鳥，會遷徙的，養不活。」抓鳥伯拿起手機滑起來。「我之前看朋友養，齁——好漂亮，就想說也來抓一隻回家看，看一兩個月再放掉。」

他將大號字型的手機遞到你面前，他朋友的黃尾鴝在超亮螢幕後方的籠子裡抖著尾羽。你接過手機假裝端詳，心裡糾結著該如何擠出正面的回應，不小心就點到了退回鍵，影片縮小成相簿裡的一個方格。

抓鳥伯的手機相簿簡直就是一間鳥店，一格格的滿滿都是鳥，野鴝、鵲鴝、白腰鵲鴝、日本或遠東樹鶯、綠繡眼、粉紅鸚嘴……你像突然找到什麼契機似地，指著那些鳥快速唸了一遍牠們的名字：「紅燈口、大黑白、長尾四喜、報春鳥、青笛仔、黃騰鳥……」

「喔，呵——你嘛知影喔。」那語氣讓你如釋重負。

「阿伯，你一直都有在這裡抓鳥喔？」

「毋是，但是我自細漢就有咧掠。」

那時抓鳥伯還是個抓鳥童，住在苗栗靠山的鄉下，阿爸在農閒時節會拎著鳥網帶他到山邊的蘆葦地和灌木叢抓鳥。網子用兩根竹竿張好後，阿爸會帶他蹲進一旁的草裡學鳥唱歌吹口哨，他一開始不會吹，只能幫忙提鳥籠扛竹竿，他覺得好無聊，雖然這些鳥的價格還不錯，但並不總是能抓到，有時候一隻鳥都沒有，但阿爸還是要他一起坐一整個下午。

直到有一次，那時他大了一點，自己一個人去一片蘆葦地抓鳥，架好網子後躺進草叢，嘟著嘴嘗試吹出一些聲音。吹口哨是這樣的，在抓到訣竅之前的幾百次幾千次都是失敗的，但終究有那麼一次，舌頭嘴唇突然就開竅了。也就是那一次，他發現自己居然能用口哨吹出與畫眉鳥一模一樣的聲音。原來鳥兒唱歌是這種感覺嗎？真是不可思議。他變成了一隻畫眉鳥。

口哨吹沒幾秒，一小群畫眉便聞聲而來探頭探腦，興奮又緊張的心情使他的唇舌跟著顫抖，曲調也愈發高昂婉轉。畫眉是會競鳴的鳥種，以鳴唱爭奪母鳥與地位，於是過不了幾分鐘，一隻畫眉便受不住他的挑釁，猛地從蘆葦竄出——嘎咿一聲落入網中。

剛上網的鳥最好解，如果讓鳥在網子上掙扎太久，羽毛、鳥爪與網線反覆糾纏就不好解下來了，一個弄不好還可能鳥死網破。他於是趕緊上前把鳥從網子上取下來握在手裡拿回家，一路上他跟鳥的心臟都跳得好快。

鳥被養在三合院後方的屋簷下，他相信是因爲自己的口哨吹得特別好，所以抓到的這隻畫眉也特別會唱歌。自從養了這隻鳥，家裡後院的小樹林也不時有野生的畫眉被吸引過來，他遂把鳥網改架在自家後院，還眞的抓到了一些畫眉。或許是因爲這隻鳥媒幫他們抓了不少鳥，也或許是這是他自己抓到的第一隻鳥，所以他們父子很有默契地一直沒有把牠賣掉。有次一個做商的來家裡吃飯，看這隻鳥唱得好又漂亮，願意出一千二買下牠，那在當時是一筆很大的錢。他一臉不情願地盯著地板，感覺阿爸先看了他一眼，然後不好意思地對人家說：「歹勢，這隻鳥仔無咧賣欸……歹勢啦……」

後來，也忘記是讀到國中還是高職，總之大概是在老家的田跟鳥都變少的時候，他離開了，到臺北的工廠當板模學徒。後來廠裡有人養鳥，他便又操起抓鳥養鳥的老本行。那時候做工賺得可多了，但他還是更喜歡鳥，別人週末加班時他都還去社子、關渡、觀音山抓鳥。其中關渡那邊是最好的，冬天可以抓到好多報春鳥和紅燈口，四、五十隻紅燈口裡面偶爾還會有隻藍燈口。後來那邊成立了保護區，多了很多拍照的人，他怕惹上麻煩便不再去那抓了。

不過也確實不再需要抓那麼多鳥了，以前還能賣給鳥店換點錢或送給養鳥的同好，後來有一個什麼保護動物的法規下來，許多朋友都不養野鳥了改養鸚鵡啊梅花雀什麼的。他原本有好多畫眉、四喜、大黑白……那時候怕被檢舉，就全部拿去觀音山上放掉。

「可、可是，」你忍不住打斷：「養外來種的鳥不違法啊，畫眉有一種大陸外來的，放出去會跟臺灣原生的畫眉鳥雜交……」

「嘿啊，我知影啊，大陸畫眉，那種眼睛有一圈白白的還有一條線，我嘛知影無仝，」抓鳥伯解釋：「但是彼當陣我會驚啊，驚予人檢舉，而且就像你講的，牠跟臺灣土生那種會生啊，那生出來的算什麼？夠——乾脆一次放掉啦。」

「……不過我也老了，體力沒以前好了，現在就只養綠繡眼，或是偶爾抓個紅燈口、黃尾鴝來看一看就放掉。」短暫的沉默後，抓鳥伯從機車腳踏板的帆布袋裡拿出兩個木製鳥籠給你看，那是專門養綠繡眼的南方式波籠，細緻木條框出的鳥籠，上方彎成優雅的鐘形，頂部掛勾和底部三個腳都雕著花。雖然現在不養畫眉了，但他還是常常想起老家後院那隻畫眉鳥，那時候要是能給牠一個漂亮的籠子就好了。現在他養的每一隻鳥都要有一個專屬的漂亮波籠。

你盯著視野盡頭的觀音山，一時無語。一小群粉紅鸚嘴窸窸窣窣地竄過蘆葦地，抓鳥伯說這黃鶺鳥他以前也養過好多，可以鬥鳥賭錢，所以你看那有些腳上有一個上色腳環的，就是打比賽打輸後被放掉的。原來是這樣嗎？你思忖著，另一個堤外之地的謎底原來也是這麼簡單的事。

「我看……無我閣試一擺。」興許是鸚嘴群又激起了抓鳥伯的興致，他再次拿起了拍網，張在紅樹林邊緣乾涸的泥灘地。觸發用的細鐵桿上，一隻孱弱的大麥蟲正痛苦地扭動著，你像鳥一般被那樣的畫面吸引，最終定格在那裡。

馮孟婕

一九九四年生臺北人，
畢業於臺大森林所，得過一些文學獎，
曾獲國藝會補助前往印尼和馬來西亞旅行。
養了隻綽號是「馬」的黑貓，喜歡鳥。
目前以鳥類調查、標本製作維生。

佳作作品

海獸登陸

張庭怡

擱淺海獸是站上謝幕舞臺的主演，以向外攤開的胸鰭敬禮致意，生命的大河劇落幕，片片剝落的乾燥皮膚與蒼白瘀血的身體竟是最後戲服……

海獸登陸的警報響起，與瘋狂震動兼巨響疾呼的國家級警報相去甚遠，再低調不過的一兩聲 LINE 通知提示，跳出中華民國公務機關公司行號標準配備萬事通群組。登陸警報通常響在上班前的早晨，有時我起得晚，訊息還卡在中斷的網路頻寬上，傳不進我離海兩公里的套房。警報聲偶爾在下午響起，跳出的照片與文字縮成小小的提示方塊顯示在電腦右下方，我與同事同步的嘆息隨即取代通知音。關上螢幕、起身裝備、騎車迎駕。

岸巡人員傳來現場相片、擱淺海獸大概的體長，附上所在海灣或濱海建物的名，北緯 24、東經 118，四散在島嶼各處的人騷動了起來，各自收拾工具和備品，驅車前往警報發出的座標位置。初來乍到的外地人有時候難以在第一時間理解登陸警報的訊號是來自島上哪一處沙灘或礁岩：天空之城、某某據點、發電廠、后湖、狗嶼灣、水庫出水口。在這座島屢經改朝換代的百年中，來來去去的人們用盡時間與力量在礁岩與沙灘上堆起歷史，爲每個沙灘、礁岸添上姓名，成爲一地慣例、再成爲全島通用語。我跟著群組裡的指示認識金門的海岸線，一片沉積細沙、一片扭曲成團的垃圾、一片色彩斑斕的花崗碎岩，碉堡、港口點綴其上，段段風景綿連相接，圍成沒有破綻的島嶼。

乘浪的海獸以另一個角度凝視這座島，牠觀望的陸就如同我看向海洋，這兩個載體的絕對不同，使得生於其中的居民彼此靠近成爲一場賭注。擱淺，將自己擱置在遠離海水、無法自主活動的陸地，適應海流的沉重身體在離開水面後成爲壓迫每一次呼吸的負擔；陽光帶走賴以爲生的溼氣，光滑皮膚一點一滴乾燥脫水，生命如在漫長時光中來不斷受侵蝕的岩石逐漸消亡。海洋生物會對陸地感到好奇嗎？牠們心中會有如發現新大陸似的求知或征服慾，以至於失去理智似地游向失去浮力的目的地嗎？

在我還未實際看過任何海洋動物的擱淺現場與骨肉前，擱淺二字讓人難以自制的抓取腦中各種影像與傳聞，加上一些想像揉合延伸成眞假未知的猜想。電視播送躺在沙灘上的抹香鯨或藍鯨、集體擱淺的領航鯨空拍畫面成爲我對擱淺粗淺空泛的認知，龐大的孤寂、浪聲掩蓋的靜謐死亡。還有一些甚至連想像都過於困難的傳聞：聽說鯨豚腐爛的氣味難聞得會讓人當場作嘔；聽說鯨豚死後會如一顆充氣氣球，逐漸膨脹至極限，然後碰一聲爆炸；聽說解剖鯨豚後，指縫間會留下血肉的味道久久不散……聽說、聽說、聽說。

某些耳聞在幾年前的暑假進入博物館當實習生時得到驗證，然而動物擱淺時的樣貌在經過冷凍或浸製處理後已不復見，直到各種湊巧讓我短暫落腳於這座島，循著訊息來到擱淺海獸的面前。畫面震撼的巨型鯨擱淺在金門極難得一見，身長不到一公尺或一公尺多的寬脊和窄脊露脊鼠海豚，以及體型再大上一些的中華白海豚才是登陸警報的固定班底。我與同事帶上裝滿擱淺處理用品的收納箱，踩著微微下陷於細沙的步伐，走向岸巡人員用四支長杜搭起的黃色警戒線。管制區域、禁止進入。身穿亮橘色制服的岸巡自發現動物起便在此守候，此處有生性易敏的獸，非相關人畜請勿靠近。

大部分時候，這些上岸的海獸都是靜靜躺在退潮後平坦的沙灘等待。偶爾，凶猛的浪將鯨豚送上礁岩岸、甚至是受到軍事管制的礁島，人們手腳並用、搖搖晃晃踏著石塊，像是一群虔誠朝聖的信徒，耗盡力氣只爲了靠近卡在岩縫間的動物。

腐爛的氣味隨風四散，我們選定上風處位置，打開裝滿用具的收納箱，拉開長長捲尺、翻開手寫紀錄紙。擱淺海獸是站上謝幕舞臺的主演，以向外攤開的胸鰭敬禮致意，生命的大河劇落幕，片片剝落的乾燥皮膚與蒼白瘀血的身體竟是最後戲服。爲了判斷後續的處理方式，首先我必須依照牠死去的狀態給予評價，自心跳停止的那瞬間起，大自然裡看得見的、看不見的外營力和微生物爬上失去生命的軀殼，剝去皮膚、融去脂肪、化掉肌腱與器官，新鮮至腐爛、第一級到第五級。初次見面，我近乎是以品頭論足的方式在紀錄單上的方框打勾勾，不容得有牠一絲反駁。

我們蹲下身，對上擱淺海獸的眼。離水浮腫的雙眸總是大大睜著、甚至突出眼眶，像是要看清這群送行者的面貌，即便眼珠早已混濁而不見天空的倒影；死亡過久而腫脹的舌頭往往撐開口腔，從邊緣靡靡流出濃黑的血染上細緻沙粒，留下暫時的深色墨漬。有時遇上幼年鯨豚擱淺，牠們的舌邊仍帶有幫助吮乳的蕾絲花邊構造，以在吸吮乳汁時刺激母親分泌飽含脂肪的營養奶水，那是幼豚們需要、依戀母親的象徵，相存相依、汪洋大海中不可思議的形影不離。我偶爾見證這永不得重逢的失散，每一次看著那小小的身軀，都不禁在心中詢問那失去氣息的孩子：你的母親究竟何去何從？

不得分心太久，目光接著掃過海獸每一吋肌膚，仔細尋找任何不尋常的傷痕孔洞，凡有異物缺刻都一一留下影像。偶爾會有纏繞的漁線網具割開脆弱的肌膚，露出仍與組織相連接的白骨，或者是圓形、半月形的動物咬傷與攻擊痕跡，還有不曉得如何造成的擦傷和挫傷。自然、非自然，我在紀錄單第三頁繪製的鯨豚圖案身上畫記，任何與死亡有關或無關的線索將做爲日後統計及研究的參考資料，並盡可能讓下一個翻到這份紀錄的人，不需耗費太多力氣就能想像出這隻動物最後的模樣。但我知道，再怎樣逼眞的描述與繪圖都無法讓實驗室裡的年輕實習生了解，他們面前的骨頭標本在上岸時，究竟帶著什麼樣的傷痕與光澤。

死亡的氣息混著海風，一路穿透能擋下微小病菌的醫療口罩，再接著竄進鼻腔，於喉頭、鼻腔深處留下一股腥臭的鹹。只可惜再怎麼昂貴先進的手機或相機都無法紀錄海獸的氣味，沾附毛孔與黏膜的氣味分子是期間限定的紀念品，獨一無二、無法同他人分享。

海獸登陸，靈魂與浪潮共進退，獨留血肉於陸地。牠們自然風化分解的旅程在被人類發現後被按下暫停，遺留的軀殼或掩埋、或冰存、或解剖，其處理方式根據當下的情況條件而有不同，但終點幾乎不會是大海。我對上岸海獸的一切感到遺憾，我很遺憾無法知曉你的家族朋友如何稱呼你的名姓，只能遺憾的賦予你一組由地名與日期組合的野地編號，算是帶有紀念這一天的意味。抱歉無法讓你化爲大海的鯨落，請寬恕我將你僅存的一切交付科學，從ＤＮＡ裡窺探你們血緣的祕密、從肌肉脂肪的樣本了解海洋的汙染如何嚴重，泡去殘存組織的骨頭將會一一清洗、編號，納爲博物館收藏庫的一部分。請原諒我們以這樣略顯強硬的方式，試圖向了解甚少的你們靠近一步。

主管機關人員在擱淺紀錄單上的最後一個欄位簽上名與時間，確認所有處置無誤，人們收拾工具，將決定後送解剖的鯨豚裝袋上車，準備前往比深海冷冽的大型冰庫。回過頭，死亡海獸橫躺過的海灘幾乎看不出擱淺的痕跡，從眼口滲出的血水摻進細沙，等待下一次漲潮洗去那毫不顯眼的色塊。警報總有一天會再響起，這支安靜無名的送葬隊伍將再次聚集，由海浪與海鳥為這場送別齊聲頌唱。

大部分時候，人類仍難以斷言海獸擱淺的原因，迷航、傷病、失親或者原因不明，剛失去氣息的鯨豚有時留下較多證據供人們推測，但大多時候，時間和海水早已帶走那些線索，死因不明。不諳水性的我不敢貿然讓海水淹過雙膝，因為海面下的水流和地形我一無所知；對陸地所知甚微的鯨豚又是為什麼靠近越發平緩的灘地？牠們怎麼能忍受因失去浮力而愈發悶滯的胸口仍不回頭？世界上正有一群人致力於開創與海獸溝通的可能，在我有生之年，是否能親耳聽見他們奮不顧身上岸的原因，而不再是臆測與妄言？

在這個漫長濕冷、海獸特別頻繁上岸的春季裡，突然被安插進一個炎熱的白日，將近中午時跳出位置離救傷站不遠的登陸警報。就這麼恰巧，那陣子特別不順的機車任性的拋錨在島嶼南邊毫無樹蔭的烈日之下，我和獸醫C、以及剛採好的樣本一起擱淺在礁岩海岸上的海將軍廟。穿戴一身鮮艷披風、甲冑的海將軍，獨自站在三面白色水泥牆加上平屋頂構成的小小空間裡，我們兩人各自蹲坐在海將軍左右，帶著鹽分的風不停歇吹拂，低矮水泥簷無法遮擋爬上腳的紫外線，小小的香爐前躺著幾顆糖果與螞蟻，與我們一起等待還在救傷站忙碌的同事前來相救。

網路上的文字說，海將軍面朝島的西南隅以鎮島嶼形煞，從這個小廟興建的年分推算，祂看管海角的歲月正與我年紀相仿，從祂立足此處至今，我因緣際會越過海峽，此刻竟與祂凝望同個風景。正午的藍天無雲，幾隻燕鷗在遠方海面飛行，海風打磨時間，數不盡的歷史和故事在海將軍身後風化堆積。我想抬頭問祂，這些年來，祂眼下有多少海獸躍出水面、還有誰在此擱淺？

張庭怡

一九九七年生，
成功大學臺灣文學系雙主修生命科學畢業，
目前任職於野生動物救傷NGO，
曾獲國藝會創作補助。
住在水獺家附近的觀鳥初心者、胖到跌島島民代表，
被海燕噴過鹽巴，芭樂乾好吃。

佳作作品

紅火蟻標準作業程序

陳泓名

危害，是某一種情緒，他為我們制訂了方法，不過不負責告訴我們終點。就像是水溝裡面的生物，它們生存，對於環境本身帶來負荷，也解決了其他的負荷。牠們啃食作物、農人，並且為我們的秩序帶來擾動，有些人有工作可以做，太好了，並且永遠防堵不完，可以做一輩子。

壽德公園抗爭結束後，宸哥的工程終於開始順利進行，圍籬圍住，準備來做蓄洪池。解釋了一萬遍也解釋不清楚蓄洪池跟游泳池的差別，我們聳肩，看著前里長與現任里長在臺上互幹髒話，記憶中的壽德公園就是長這樣，而現在則是空無一人，只剩下停在公園內的機具。大熱天的，我看著廠商跑去便利超商，帶了兩罐青草茶，以及一包紅色品客洋芋片。

開挖了公園底下的土壤，不是想移動到哪裡就可以移動的。首先是這個土壤是否還可以用於植栽？因爲是公園土壤，所以不是拿去塡臺北港的廢土，還得通過「營建基地紅火蟻偵察、防治及植栽與土石方移動管制標準作業程序」，並且向中心申請解除管制。在廠商去買洋芋片的時候，宸哥說，感覺這很好賺欸，只要拿洋芋片就可以做試驗了。

的確，比起柏油路、鋼材、水泥強度之類的試驗，拿洋芋片給螞蟻吃，聽起來十分簡單。

「長官，這給你們喝。」廠商說。

「啊待會怎樣？先回去？」宸哥問。

「我想留下來看欸，眞的抓得到紅火蟻嗎？」我說。

「這裡沒有紅火蟻啦。」廠商說。

最後我們還是留下來了，原本看起來，廠商只是要隨意做做而已，結果有我們在場，就只好照標準程序來。我們兩個人坐在樹蔭下，看著剛從行政院農委會網站下載的作業標準程序，需要準備的東西有：一包市售洋芋片、鑷子。

紅火蟻怕冷，夏天是牠們經常活動的季節。我想起牠們原來的故鄉：南美洲的巴拉那河。從水文的觀點來看，這種貫穿多個國界的巨河，都有很穩定的常流量，和臺灣這種平時枯竭，降雨時山泉水會噴到馬路的氣候不同。因爲紅火蟻壽命很長，有優異的社會分工，在任何地方都可以築巢；電箱、紅綠燈、控制站。決心用國家的力量對抗的物種，紅火蟻應該當屬第一個，並且列管爲中長期的政策項目。帶有強烈的形容，「圍堵漸進撲滅」就是牠在政策目標上得到的別稱。如也拿很有名的福壽螺來看，「平整淺灌、除內阻外」聽起來則是相對安寧。

誘餌要怎麼放？宸哥問。

廠商說，每隔十公尺，就放一片洋芋片就好。太陽很熱，我們看著洋芋片灑在草地上。啊要是眞的螞蟻跑出來怎麼辦？我問。我也不知道，宸哥說。「這裡眞的沒有啦，要是有我們早就通報了。」廠商說。

有時候眞不懂為什麼要和我們解釋這麼多，眞的有看到紅火蟻，還是得要抓上去上報，說什麼也沒用；要是眞的沒有紅火蟻，放洋芋片就完事了，怎麼還有這麼多討論呢？我想，也許廠商也很無聊，在整地、施工、罵人以及大小聲的工作日常中，放放洋芋片，看有沒有螞蟻，似乎已經是少數的樂趣了，再加上又有兩個很無聊的公務員，願意陪他一起喇賽。欸你知道嗎？韓國瑜是壽德新村出來的，這裡老韓粉可多了。我和宸哥半信半疑。

平地的螞蟻喜歡高溫，低溫來臨的時候，牠們覓食的頻率會降低，超過一個禮拜的低溫，牠們會大幅降低覓食，可以說，螞蟻與蟋蟀的童話非常的符合牠們習性。螞蟻為什麼會愛上油脂呢？在作業程序上面，除了可以使用洋芋片，還可以將花生醬、大豆油、花生醬與大豆油混合物、罐頭鮪魚、熱狗或糖漿，製作成人工誘餌，因爲牠是雜食的，能夠吃素也能夠吃蚯蚓，最大危害是，能夠把土壤的生物吃光。

「看，有東西。」宸哥指著。老榕樹被黃色的印有「危險」的塑膠帶拉起來，這是有感情的巨樹，不會動它，動了就完了；而花圃、植栽則是沒什麼感情，因爲過分規矩，所以大概也不會有人爲它請命。爲了做蓄水池，得要先開挖、運土方，打鋼板、灌漿、覆土，因爲之前抗爭過，工期延宕了一陣子，現在進度才把表面的人行磚與碎石挖開。

土與尚未分離破碎的土，彼此疊在一起，成了個大丘，生物肉丸，浮空巢穴。我在裡面看到各式各樣的蟲，也有各式各樣不認得的生物。樹葉與碎石塊混雜在一起，怪手則是在上方，我看見介殼蟲在殘餘的樹葉上飄散，像是麵粉、雪花一樣，飄在脖子旁邊會覺得癢癢的。這種蟲也被稱爲害蟲，但是牠生存的方式相當優雅，成群、繁殖力驚人，卵以及成蟲一起生存，大部分都是雌蟲，媽媽們自己能夠生殖，棉絮般的卵囊，讓植物的光合作用變差，葉子慢慢發黃，蟲體長得像是發霉的糖果，可以說，這樣圓滾滾的樣貌，就相當討喜。蟻當然吃蟲，會把介殼蟲當作乳牛，吃牠們的蜜露，至於紅火蟻會不會把牠們直接當成食物，這我就不清楚了。

的確沒看到什麼螞蟻，但仔細觀察，仍可以聽見夏天的蟬叫聲。儘管這裡被重新翻整了，仍然像是沒事一樣，在四周啞叫。洋芋片放置後，要等待四十分鐘到一小時，我和宸哥兩人一起在便利商店的座位內，聽著廠商與桃園的火蟻防治的人出差的故事。

由於機場在附近，紅火蟻與貨櫃一同降落在桃園，淡水河以南，頭前溪以北的這整塊區域，被列爲紅火蟻需要圍堵撲滅的地區。對，就要開始學怎麼去殺紅火蟻。有一票的人都是從二〇〇五年才開始知道有紅火蟻，並且專門去學習如滅他們——從病媒核可的公司去派工，按件計酬，簡單來說就是打工。

從一個歪斜的視角來看，紅火蟻才是老闆。防不了，這些敏感的螞蟻，因爲只有單一蟻后，只要周圍環境有所變化；包含撲滅、施工、甚至只是溫度改變，都會馬上遷巢。在他們的觀點裡面，其實紅火蟻是相當敏感、易驚的昆蟲。

「上頭的人一直換，他們也沒辦法。」廠商說。「像我也做了你們新北的案子十來年了，承辦也一直換啊。」

「呃，也是啦。」我說。

說中也不能怎麼樣，公務員本來就很容易看到整個環境很差，趕快重考逃走。

「而且做這個眞的很不穩定，他們殺蟲藥都是免費領取的，基本上我們雇工也沒什麼利潤。」

大概四點多，我們回收了洋芋片。原本廠商是打算把他們踩碎就算了，不過還是做做樣子，丟到廢土堆中。這樣就算測試完了喔？回到車上，我問。宸哥一路上都一直在笑。

也許是某種感性，我想到了許多看起來脆弱的生物，例如綿羊。但是在清境農場的羊群們，卻早已沒了懼怕擾動、聲音的特性，它們習慣餵食，大量的聲音。而紅火蟻也是，快速的投藥可以殺死一大群，但也會加速幼蟲的孵化。

小蟲子，你也太小看人的惡意了。在車上，一面喝著宸哥請客的紅茶，一面想起漫畫的臺詞。大戰後，尼特羅會長把手指插向心臟，滿懷惡笑，不似將死之人，對著蟻王說。

「那權責怎麼分？」宸哥問，「不會整個都地方政府弄吧？還是區公所？」

我滑了滑作業程序，「還眞的有寫。」

「果然還是得分好。」

「啊如果是剛剛發現有紅火蟻呢？上面寫啥？」宸哥邊開車邊問。紅燈熄滅，綠燈亮起。

「上面就寫內政部督導地方政府。」

「沒有寫地方政府的誰喔？」

「沒欸。」

「果然是中央單位，能督別人就是爽。」

「解除管制還分給了經濟部，他們都自己先分權完了。」

「靠北，這很可以。」宸哥說。仔細看這個表，其中的貓膩很有趣，一般人不會在乎權責分工，找得到政府就好。但是由農委會訂出來的作業程序，各發生地點的中央主管機關，都沒有農委會要督導的影子，我負責，你加班。我向宸哥解釋這件事情後，我們兩個人笑得像個白癡。

危害，是某一種情緒，他為我們制訂了方法，不過不負責告訴我們終點。就像是水溝裡面的生物，它們生存，對於環境本身帶來負荷，也解決了其他的負荷。牠們啃食作物、農人，並且為我們的秩序帶來擾動，有些人有工作可以做，太好了，並且永遠防堵不完，可以做一輩子。

一如水利工程，整平、灌漿、固土。永遠會有破損的溝排邊掏刷掉柏油路，欄杆建造了就會損壞，工程建造了就會退保固，修修補補了一輩子，再繼續修修補補。有時候遇到聽不懂的人，寫了洋洋灑灑跟小說一樣長的陳情信，也是工作維生的一環，而工作照樣進行，怪手依次開挖，為了要避開午後雷陣雨，得要趕快趕在中午把事情做好。

漫畫中，螞蟻吃下了人類，生下來的下一代，會繼承人類的基因。吃了什麼，就會有什麼個性，例如性格穩健狡詐的獅子螞蟻、富有正義感的鳥面螞蟻、自尊心很高的獵豹螞蟻。螞蟻繼承的東西越多，牠們的戰鬥力就越強，於是人類想出的辦法，就是送一個心臟裝有核彈的武者。

晚餐，我們一起吃麻辣鍋的時候，阿賢說過，他老師之前研究透過一種本土的螞蟻，那種戶外常見的大黑螞蟻，與紅火蟻的覓食習慣、位置大概相同，把牠們放在一起，可以達到互相消滅的效果。一面吃著冰淇淋，我一面想。

「啊你們今天去幹嘛？」阿賢問。

「去做紅火蟻檢測啊。」

「眞的有放洋芋片嗎？」

「廢話，還買品客的。」

我們三個人吃完麻辣鍋，從小遠百離開的時候，天早就已經黑了，下班的車潮讓四周都還很熱；我向他們揮手道別，拿出識別證掛在身上，準備回到市政府內，值水勤的班。

簡單來說，這份工作的唯一用處就是，下雨了打電話叫長官起床。但兩年來，眞的被叫起床，又眞的再半夜三點去看有沒有眞的積水，我倒是沒見過。只見過眞的馬路破大洞的，半夜下雨大家都在睡覺，誰會跑去三重蘆洲還是三芝淡水啊。一面想著這個事，我身後的消防局值班大哥，已經開始用手機放關鍵時刻了，燈又開得很亮，根本睡不著。

接近十二點時，我開了包泡麵，吃到一半就覺得難以下嚥，走到茶水間要把它們倒光。

茶水間，累積了各局處的承辦人員、值班人員的食物。晚餐大家都用便當解決，扔進垃圾桶後，卻不像午休剛結束，有固定的清潔公司人員會來收，這些殘渣放了一整晚後，固存的氣味引來了蟑螂、垃圾桶爬著小黑蟻。

我洗著碗，從排水孔爬出來的蟑螂，似乎正在觀察著什麼。在他的觀點裡面，如果蟑螂有觀點，那麼我們這棟三十多層樓的碳酸鈣石灰巨穴，就是可以讓牠一輩子生存下去的新世界。唉，在下水道縱走過，我知道牠從下水道一路爬上來，是多麼不容易的事情，但是，和螞蟻比起來，他們的確相比之下，更加的形單影隻。嗯心的傢伙，你們爲什麼不回去下水道呢，我想。

「連續出水。」

當飲水機說話時，牠只是默默地爬進了水槽內，透過邊緣，只能看到牠默默潛伏，好像我才是入侵者一樣。或許，更像一片洋芋片。

陳泓名

小說、散文寫作：

正在寫一本關於自然與信仰的書，《雪山移神》。

獲臺北文學獎、鍾肇政文學獎、林語堂文學獎、國藝會與文化部創作補助公共工程，

曾投身澎湖地方史、現代主義。

出版《湖骨》、《水中家庭》等小說集。

蟲遊鳥飛

昆蟲記

姚若潔

那次的蝶或許是曙鳳蝶，也可能是紅紋鳳蝶，難道會是特別珍貴的寬尾鳳蝶嗎？畢竟這幾種蝶都曾被父親畫入書中。雖然實際上的蝶種已記不清了，然而對於何謂羽化，以及蝴蝶一生當中十分短暫卻又顯得如此漫長的脆弱時刻，從此留下深刻印象。

試著往記憶深處採集有關昆蟲的樣本。不是那種關於打蚊子或躲蟑螂的，而且愈早的愈好。結果黑暗中出現了一些小小的光點，比父親的香煙頭還小還黯淡，帶著綠色，浮游一小段距離後消失。然後在不預期的地方又亮起。又消失。飄忽不實。

父親把幾個光點聚集起來，交給我。透過玻璃罐，現在看得清楚了：是一種長橢圓形的小甲蟲，光就是從其末端發出來的。我把這些光點帶回家，夜裡熄了燈後繼續看：蟲在罐壁玻璃上滑著腳步，腹部末端的螢光漸明漸滅，與其說像隨按即開關的燈泡，不如說更像起伏的呼吸。

螢火蟲——我學到這種蟲的名字。

看到螢火蟲的地方距碧潭渡船頭不遠，有陣子我們一家三口常到那一帶散步。既然是三歲左右的小孩能走的路程，應不是多了不起的距離吧，但對我來說就算是大冒險了：搭船渡河，不怎麼平坦的石子和泥土路，路旁有田，有高高的草叢和竹林，似乎能通往某座禪寺。返程時顯然已經天黑，才能得見螢火蟲。既已天黑，那麼當時的我應該也已經知道蟋蟀和紡織娘的叫聲了吧。只是想不起來那時是否已經把玩過這些蟲子。

另一次，我已上小學，凌晨從睡夢中醒來，發現房間外面似乎大放光明。走到客廳一看，原來父親搭起了簡易攝影棚，燈光、相機、還有充作背景的白紙，環伺著父親不知從哪裡連同樹枝帶回的蝶蛹。蝶蛹錐狀的尾端黏著於樹枝，前端則以絲線懸掛於半空。於是我加入父親與蝶蛹，一同等待羽化。那過程眞是緩慢——蛹的背部縱裂，一坨又皺又醜的東西鑽出來，掛在蛹殼上不動——讓人不禁擔心：這東西眞能變成蝴蝶嗎？良久，蝶翅眞的逐漸下垂拉長，愈加舒展，終於成爲挺直又寬大的平面，展示出黑色和紅色的華麗色彩，變化之大令人驚嘆。我總算能安心地回去睡覺。那次的蝶或許是曙鳳蝶，也可能是紅紋鳳蝶，難道會是特別珍貴的寬尾鳳蝶嗎？畢竟這幾種蝶都曾被父親畫入書中。雖然實際上的蝶種已記不清了，然而對於何謂羽化，以及蝴蝶一生當中十分短暫卻又顯得如此漫長的脆弱時刻，從此留下深刻印象。

但其實我的成長過程裡，一直都有蟲的身影啊。

我們常去陽明山與大屯山，彼時國家公園還未成立，面天山的二子坪步道不若今天寬闊平坦，路旁的樹木也未成蔭，陽光下蜜源植物多，春夏時節不斷有各色蝴蝶沿路飛行，熱鬧得足以與人擦撞。母親玩笑地說「像西門町的人潮」，父親說那段路有個名字叫「蝴蝶花廊」。

我揮舞著大而柔細的白色捕蝶網，一開始當然不得要領。父親指導我如何瞄準揮網，蟲入網袋後，又該如何旋轉網框將之困於網內；他也教我處理捕到的蝶：如何小心不碰壞翅膀的鱗粉，從胸部將蝴蝶捏昏，收入預先準備好的半透明三角形紙袋中，紙袋則整齊收納於父親用厚紙板自製的三角盒裡。我們也捉螽斯、螳螂、竹節蟲、金龜子、鍬形蟲、椿象、蟬。裝這些蟲的容器也是父親自製的：一個比碗公大些的洗菜用綠色塑膠瀝水籃，開口那面以透明塑膠膜般的東西——可能是寬幅透明膠帶兩層對貼——覆蓋四分之三左右，剩餘四分之一則是以半月形薄木板加橡皮筋，巧妙構成一個打開後可以密實闔上的活門。最後籃子外還繫上繩子，讓我側背在身上，像個圓形的小包包，抓到蟲便可立即裝進籃子裡。回頭想想，那支捕蝶網是真正的專業工具，但除此之外的許多道具，都是父親巧手製作的。

我們也常在北勢溪釣魚。清澈淺水匆匆流過的石縫間，經常看到由堅韌的絲線黏結成團的小碎石，鬼祟移動，那是石蠶蛾的幼蟲躲藏其中。溪畔總有蜻蜓與豆娘巡視，偶爾暫歇於我們等待著的釣竿先端，甚至父親或我的帽子上。岸邊的石頭上和草叢間也有幾種小型蝗蟲出沒，我偶爾嘗試徒手捕捉，盯好目標、備好手勢後凝身不動，承受陽光炙烤數秒，確認蟲也不動，再彈出雙手突襲。成功率大約僅有六成吧。說來我並不是身手敏捷的類型，徒手捉蟲也不是要證明什麼，只是與生物互動的一種方式而已。捉到的蝗蟲，有時輕捏著胸節觀賞其體表構造顏色，有時固定的角度不佳，會被咬，有點痛但不至於留下傷痕。有時攤開手讓牠停著，不一會兒自會跳走。有些蝗蟲在起跳前會左右微晃前半身，似是用視覺判斷跳躍目標；前一秒還看著那雙巨大而無表情的大型複眼，後一秒便消失無蹤，只剩皮膚上殘留著被蟲腳踢過的觸感。

上個世紀七、八〇年代的中文圖鑑不算多，但我們家中頗有幾本昆蟲和植物圖鑑，也有些以大自然爲主題的日本翻譯漫畫。其中有一冊《昆蟲的秘密》，以每二至四頁的篇幅介紹一則昆蟲知識，被我反覆閱讀。第一次學到細腰蜂會麻痺別的蟲子收入窩裡，充當下一代成長的糧食，就是從日本漫畫裡看來的。家中有一套渡假出版社的「台灣自然大系」，此系列包含了海洋和地質等主題，但我特別鍾情於《台灣的常見昆蟲》，前前後後翻閱許多次，是楊平世老師的著作。書中的彩色生態照片可指示上回遇到的蟲的身分，也是下回再出發前的期待。母親曾問我為什麼認得出某些蟲，我說書上有，她訝異於為什麼只看照片就能辨認。這些圖鑑與漫畫當然是父親搜集而來，雖說和工作有關，但父親本身一定也喜歡，才會在自家收藏這許多資料。

大學時加入了自然保育社，大一快結束的夏天，在社團辦公室遇上一本《台灣蝶類生態大圖鑑》，又厚又重的精裝大書，無法手持只能攤於桌上，作者是濱野榮次，中譯本由牛頓出版社出版。書的第一部分是蝴蝶標本照，實物大小，精美印刷，簡直像是直接觀賞標本收藏箱，尤其圖版第一頁就只有一對珠光黃裳鳳蝶，體型碩大，絲綢般的黑色與炫麗的黃色斑塊，甚是夢幻。然後突發奇想，決定利用暑假來背誦這些標本圖，或許能成為認蝶高手。回家告訴父親有這麼一本精美誘人的圖鑑，不多時家中竟出現一本分身。或者也並不意外，因爲我知道這是父親會喜歡的書種。然後我花時間一隻一隻記住書上圖案，鳳蝶科，粉蝶科，蛺蝶科……。看久了，甚至能夠在腦中構想出新的蝶翅圖案，有自信如果拿給對蝴蝶不夠熟悉的人看，也不會被發現這些蝴蝶是我「發明」的。

大型蝴蝶背完了，一出野外，立刻發現事情與想像的不同。野外的蝴蝶是活的，不會乖乖定於一點讓你看個仔細，蝶翅也不會像標本一樣四片攤開，前後翅重疊甚多，圖案大爲遮蔽，翅膀搧動時閃爍的色塊根本迥異於標本圖版。如果不抓下來，我仍然不能確知那裡飛著的是什麼蝶。此時只好重新學習：例如大鳳蝶看起來前半黑暗後半明亮，動作悠閒，而且果真特別大隻。也的確，我們有時只憑背影便能認得親友，可不用每回都從正面觀看整張臉才能叫出名字啊。

後來我並沒有像法布爾或Ｅ・Ｏ・威爾森那樣成爲科學家，把自幼對蟲的愛轉化爲人類知識的新內容。完成昆蟲學的學業之後，也不再捉蟲了。如今在記憶中採蟲，我只能自我安慰：歷代昆蟲學家在大自然中感受過的神秘觸動，或許自己也曾淺嘗。他們在長久採集描述、觀察生態的歲月裡，因爲踩踏過的野外環境，進行觀察時的肢體動作，皮膚感到的空氣濕度，環境裡的氣味，季節天候，然後才可以在瞬間判斷物種、雌雄，甚至是否健康、時地是否合宜、是否意味著環境發生改變……在給出令人驚佩的評論背後，總還有些沒能明言的內隱知識（tacit knowledge），難以流傳給後人，只能暫時徘徊於意識邊緣，最終消散於無人知曉的地方。

現在的我在城市邊緣單純地散步時，看到樹叢與花朵間飛舞的大鳳蝶或紫斑蝶，一方面感謝青少年時記誦的知識在過了三十年後還剩下一些，一方面也明白：現在取得知識的途徑多了許多，網路上也能輕易查到生物圖片、名稱習性，連蝴蝶羽化也能找到影片，還可以快轉觀賞。當年記得的名字，已經沒有珍稀價值了。有些蟲甚至改了名字，換了分類。我還擁有的，是對大自然的親愛之情，以及與家人共處的美好記憶。

姚若潔

一九七四年生於臺北。臺灣大學昆蟲學碩士，
英國薩塞克斯大學認知科學的哲學研究所學程研讀，
布萊頓大學視覺傳達博士候選人。
現專事翻譯與寫作。
翻譯作品以大眾科學類爲主，
近期譯作有《解密黑洞與人類未來》、
《科學詭案調查局》、《重返阿波羅》，
中短篇譯作常見於《科學人》雜誌及《國家地理特刊》。
二〇二〇年以《爲什麼要睡覺？》獲吳大猷科普獎翻譯類佳作。
曾於報刊雜誌發表過散文、短篇小說，
《發光白鳥的洞穴》爲個人首部長篇小說創作。

木瓜溪螢火蟲踏察報告

徐振輔

螢火蟲向來被視為原始自然的代言人，可如果是一條一條道路如刀子割過森林，一把一把鋤頭刮去大地表皮，才讓這麼多螢火蟲從山的傷口漫溢而出；如果將這個物種賴以為生的網絡抽絲剝繭，發現有這麼多人為因素糾結其間；如果這才是光所揭示的真正謎底，當朦朧的面紗一層一層剝落之後，還有什麼是值得留戀的？

1

二〇二三年四月四日，我以花蓮溪出海口爲起點，騎機車朝木瓜溪上游前進，待天黑時再原路返回，沿途觀察螢火蟲的出沒狀況。我想著透過貼地匍匐的方式，將日與夜疊影在一起，這樣或許能呈現出某些螢火蟲和地景的關聯。

2

有些人以爲螢火蟲山上才有，其實不然，臺灣窗螢（*Pyrocoelia analis*）就是一個廣布於平原的物種，尤其偏好開闊的草生地。雖然從衛星地圖上看，木瓜溪沖積扇無不被稻田和住宅所覆蓋，但以步行者的視野來看，田埂與路邊仍存在許多無法窮盡利用的零碎空間，雜草在這些地方任意生長，爲臺灣窗螢提供了合適的棲息地。

我讀過幾則舊聞，說臺灣窗螢在西南部曾有間歇性、點狀性的大爆發。通常是一塊農地廢棄了幾年，突然就在一個神秘的夏天湧現成千上百隻成蟲，大量幼蟲甚至爬進附近的民宅。幾年後，該地點數量銳減，類似盛景卻在別處廢棄地上演。如果將時空尺度拉長來看，這個物種的分布狀態或許有點像黏菌，平時以疏鬆的網狀遍布地表，偶爾在營養豐沛處聚集，並以之爲中心向外拓展。它呈現出一種音樂性的地景動態，和人類的農業活動存在複雜的對位法。

另一個影響分布的關鍵因素是光。對夜行性的螢火蟲而言，每一盞路燈皆是永恆的燒夷彈，夜夜將方圓幾十公尺、甚至上百公尺的棲地重新焚燬一遍。臺灣窗螢因爲生活環境開闊，更容易受到人工光源的干擾——三百公尺外的路燈仍能壓過你手上螢火蟲的光芒。即使走到看不見路燈的出海口，市區燈光依然將飽含微塵的天空映成淡淡的橙紅色，像一個緻密結實的光籠。雖然臺灣窗螢耐受性強悍，可有天如果連草地與黑夜都失去的話，就實在沒辦法了。

不過目前爲止，這片沖積扇仍爲牠們保留了些許空間。當我停車熄火，綠色光點偶爾會從草叢中升起，劃出長長的、曲折的軌跡，像一顆火焰的種子，像一個出竅的魂魄。

3

繼續往山區走，冷氣團在一個彎道後襲來。路旁電線桿上開始出現「趣看火金姑」的廣告布條和指示牌，顯示再過幾天，鯉魚潭將舉辦爲期一個月的螢火蟲導覽，屆時大量遊客會從各地慕名而來。跟臺灣絕大部分的賞螢景點一樣，要產生這種動員社會的巨大誘惑力，只有黑翅螢才辦得到。

臺灣五十七個螢科物種，黑翅螢（*Abscondita cerata*）是其中數量最龐大、分布最廣泛、發光最耀眼的一個。可以說沒有牠，賞螢產業成不了氣候。我聽聞今年因爲乾旱的緣故，北部黑翅螢較往年慢出，但花蓮山區已有不少個體羽化。爲防止與其他遊客互相影響，我選擇迴避主要賞螢路線，在地圖上另擇小徑探索。這些小徑多半是當地族人進山的道路，每走一段距離就會見到一座簡樸的工寮，兩旁不乏經濟奇蹟時代留下的大面積檳榔園，以及林下轉作的山蘇園。我不確定其中有多少仍在經營。

尋找黑翅螢一點也不困難，你不必翻山越嶺，只要沒有燈光直射，山區柏油路上都能輕易發現牠們蹤影。事實上，黑翅螢鮮少出沒在原始森林，牠們更偏好森林邊緣，比如土石崩塌造成的林間孔隙。而在人類活躍的區域，最理想的棲地是道路兩旁的草叢和廢棄檳榔園，這些地方不會過度鬱閉，底層長了很多需要陽光的低矮野草——大花咸豐草、紫花藿香薊、有的沒的菊科植物。雖然其中不少是外來種，但它們卻養育出無比壯觀的、臺灣特有種的黑翅螢。讓我想起在部落品嘗所謂太魯閣族傳統野菜時，也有很多日治時期之後才引進的植物。細看的話，每個物種身上都帶有一道全球化的歷史軌跡。

螢火蟲向來被視爲原始自然的代言人，可如果是一條一條道路如刀子割過森林，一把一把鋤頭刮去大地表皮，才讓這麼多螢火蟲從山的傷口漫溢而出；如果將這個物種賴以爲生的網絡抽絲剝繭，發現有這麼多人爲因素糾結其間；如果這才是光所揭示的眞正謎底，當朦朧的面紗一層一層剝落之後，還有什麼是值得留戀的？

這是人類世對傳統環保主義最大的挑釁。或許以純粹自然爲前提的浪漫修辭，面對日益難纏的現實世界，注定會成爲找不到指涉對象的夢語。

4

過度詮釋夢境作爲現實的指引，很可能是一種對於現實的暴力，我經常感覺文字隱含同等的危險。尤其當它的結構足夠精巧，像摺起一架可以射得又高又遠的紙飛機時，常常讓人忘記，它有一天也必須落地。

編織夢境是創作者的（壞）習慣，我在書寫的此刻反躬自省——螢火蟲除了螢火蟲之外，眞能代表一些其他的什麼嗎？如果拒絕將螢火蟲從地景上拔離，如果拒絕讓螢火蟲成爲符號、象徵、隱喻、挪用、弦外之音、神秘的暗示，甚至拒絕讓牠代言一個名爲自然的模糊概念。如果螢火蟲只是螢火蟲自己，那麼對創作者而言，行走本身或許也能成爲一種反抗的形式。

繼續走下去會看到什麼？漆黑的森林實在令人恐懼，卻又散發難以言喻的誘惑。遠遠的木瓜溪床傳來夜鷹的鳴叫，黃嘴角鴞的呼呼聲在月光下徘徊。這個季節有許多紅胸黑翅螢（*Luciola kagiana*）在空中漂流，路旁偶爾見到蓬萊短角窗螢（*Diaphanes formosus*）的幼蟲，白天也有日行性的奧氏弩螢（*Drilaster olivieri*）。後來，我在米亞丸溪見到零星的黃肩脈翅螢（*Curtos mundulus*），綠色的光點看來細細一顆，拿網子揮到的瞬間會變亮一點點。

倘若繼續往木瓜溪上游走，你最終會在銅門部落止步，再進去是慕谷慕魚，那裡封閉了好幾年，聽說不久後有機會開放。日落時刻，從沖積扇頂端回望平原，和白天的景緻相當不同，點點燈光跟螢火蟲頗有神似。我在這道風景中等待天黑，暗暗祈禱晚上不要下雨。

不曉得今夜又會見到什麼樣的螢火蟲？

徐振輔

一九九四年生於臺北。
臺灣大學昆蟲學系畢業，現就讀地理所碩士班。
喜歡攝影、旅行、啤酒、貓貓。
心血來潮時研究一點點象鼻蟲，已發表ＳＣＩ期刊論文數篇。
寫作方面在散文、科普、遊記、小說之間搖擺不定，
近年比較用心的主題是北極、西藏、婆羅洲、螢火蟲。
曾獲選爲 keep walking 西伯利亞極地研究員、
山水自然保護中心雪豹研究志願者、雲門舞集流浪者計畫等。
於《鏡週刊》開設專欄多年，作品四度入選九歌年度散文選，
獲臺北文學年金、台積電青年學生文學獎、
教育部文藝創作獎等若干獎項。
攝影方面胸無大志，夢想是拍攝雪豹、獨角鯨、天堂鳥之類
有些人以爲是神話的生物。
曾任 Canon 講座講師，
舉辦鳥類生態攝影個展《翼疊翼，光覆光》。

觸手可及的金色光斑

林毓恩

我閱讀圖鑑時，眼睛總習慣性地在精緻漂亮的圖像上跳躍，一旁內文中的詳細辨識細節全被我忽略了。到頭來，我為了金斑鴴的造訪高興，卻無法依據羽色的差異分辨成鳥和亞成鳥，我的眼睛是怠惰的眼睛，我是個沒用的鳥人。

四月跟鳥會到知本魚塭區賞鳥時，某一塊放水的田裡棲息著各式各樣的鷸鴴科，當時行程已經接近尾聲，礙於時間不足，我拿起相機，儘量對準每一隻個體，先拍再說。

回到家裡，我將記憶卡插進讀卡機，打開筆電，一張一張仔細比對。那一天，我靠著照片增加了兩種生涯鳥種：彷彿在烈日下曝晒了過久、全身通紅的彎嘴濱鷸（*Calidris ferruginea*），以及繁殖羽比蒺藜花朵還要耀眼的太平洋金斑**鴴**（*Pluvialis fulva*）。

半年後的秋過境，某個星期二的下課，我和同學在學校裡散步，想藉此紓緩因備考學測而久坐至發麻的臀部。繞過生態池，鳳頭蒼鷹不在家，我們又走到操場，遠遠的就看見有草地中央的斑鳩體型詭異，我拿起望遠鏡檢查，原來是兩隻灰撲撲的太平洋金斑**鴴**。

恰逢段考前一天，學生們都待在教室讀書，大風吹拂，幾乎沒什麼人會走到操場來，於是這兩隻金斑**鴴**就在這片小小的紅土操場上待了一整日。我也很想在這裡待上一整日，但是我要上課呀，所以我又跑到圖書館借了相機，下課時就在操場上把自己變成一隻姿勢怪異的白額高腳蛛，一隻身穿臺東女中紅色排汗衫深藍色運動短褲腳踏白色球鞋手持 Nikon 大砲的白額高腳蛛。（保管學校相機的老師露出無奈的笑容。）

其實我的鳥功弱得可憐，當時對於金斑鴴最深的認識只到繁殖羽與非繁殖羽的差異，而且我閱讀圖鑑時，眼睛總習慣性地在精緻漂亮的圖像上跳躍，一旁內文中的詳細辨識細節全被我忽略了。到頭來，我為了金斑鴴的造訪高興，卻無法依據羽色的差異分辨成鳥和亞成鳥，我的眼睛是怠惰的眼睛，我是個沒用的鳥人。

老實說，金斑鴴在臺灣為普遍的冬候鳥，是一般鳥人看久了便覺得無聊的鳥種，而學校與太平洋直線距離大約一千五百公尺，也確實是金斑鴴會出現的場域。要是其他鳥人知道我為了兩隻金斑鴴而興奮，一定會笑得直不起腰。（東北季風愈來愈強勁，榕樹笑著，大王椰子笑著，小葉欖仁笑著，棋盤腳笑著穗花棋盤腳也在笑著，它們笑得好大聲。）

但有時候，人類對於某些物種的喜歡，偏偏就是莫名其妙的龐大，龐大到可以輕易超越世上所有鳥羽相加的數量。如果一雙深邃的眼睛能使你心碎至泫然欲泣，那牠也能使你不顧一切地向牠所在的方向奔赴。

兩個多禮拜後，當我得知市區附近的小規模魚塭來了一百多隻金斑鴴時，胸腔和腹腔居然鼓譟著一種奇怪的感覺，我幾乎以為有一隻毛茸茸的貓在肺葉裡甩著尾巴。（下禮拜要模擬考，妳已經看過金斑鴴了。）

結果還是去了魚塭。

環顧四周，礫石地右側是圍了尼龍黑網的魚塭，向前延伸則是一大片稻田；稻田左側有水溝、道路以及樹木雜生的低矮土堤。越過土堤，有道主體以南北為走向的礫石灘，那是西太平洋轟隆作響的地方。

我的正前方，也就是礫石地的南側，有個汽車通行的大斜坡，一直往下擴展出約一個半成人高的砂石坑。砂石坑極大且底部十分平坦，讓擁有十二位成員的韓國女子團體 IZ*ONE 在此表演也絕不是問題，可惜她們已經解散了。我決定走下砂石坑到另一頭的斜坡去，那裡離金斑鴴更近些。

因為身上背著相機和望遠鏡，我無法匍匐前進，只能用十分怪異愚蠢的蹲姿移動至砂石坑邊緣。我從在斜坡與平地的交界悄悄探出頭，金斑鴴群就在不遠處望向我。這是我首次以平視，甚至有些仰望的角度觀看涉禽的一舉一動，彼時礫石地上約有一百四十隻左右的金斑鴴，有些站立，有些則在休息，每一隻金斑鴴都是一顆閃著金黃微光的石頭，鑲嵌於凹凸起伏的地面上。被一百多隻金斑鴴近距離包圍的經驗在逐漸流逝的記憶裡反覆重現，金色斑點不斷地被放置、抽取，最終被淬鍊至無法以語言描述的絢爛。

我壓低身子爬出砂石坑，企圖模仿其他哺乳類動物，以前肢著地緩慢爬行。我撥開石頭，用四肢前進，再撥開石頭，再前進。環頸雉的身影在遠方的草叢中若影若現，視角由平視轉爲俯視，我挑了舒服的位置坐下，金斑鴴謹慎地後退，於是我再往前一點點，牠們又後退了一點點，我又往前，然後，沒有然後了。

鳥群倏地飛起，在慘白的天空中繞了幾圈，最後隱沒在遠處被樹林遮蔽的田野裡。是的牠們飛走了，因爲我的前進是如此貪婪所以牠們飛走了。我惋惜地倒抽一口氣，然後拿起相機，快速地對著仍在空中飛行的金斑鴴按下好幾張快門，那些快門夾雜著驚慌、悔恨、歉然和自私。回家後細細檢視照片，我才發覺，每一隻金斑鴿的飛行都挾帶著濃稠的落日餘暉，那可比黃昏的天空還要華麗上許多。

我終究是一個「人」，一個人類，a human，*Homo sapiens*。我非常非常努力，想要像鳥兒一樣，假裝自己是石頭，但我不是礫石上的石英，不是山裡來的木頭；我無法成為柔軟的雲、飽滿的稻穗和充滿聲音的風；我不是鳥喜愛停棲的電線和路燈；我無法成為一座島嶼更無法成為海。我只是一個肢體不管再怎麼緩慢，依然會使金斑鴿感到戒慎恐懼的人。

我走上前去，查看那些金斑鴿停留過的岩石。幾顆石頭上有黑白混雜的鳥類排泄物，已乾涸的白色膏狀物固執附著在岩石上，有些則微微滲進沙粒中。這是牠們的證明，一份牠們在此攝取、排泄、呼吸、振翅、理羽、睡眠與甦醒並釋放倦怠和愛意的證明。

起了風，我轉身離開這塊曾有無數金色斑光流淌的場域，礫石地被踩得喀啦作響，環頸雉又叫了起來，這裡所發生的一切，隨著腳步聲的行進，一同消融在東北季風的撞擊中。

林毓恩

二〇〇五年生臺東人，
在中央山脈與太平洋之間長大。
二〇二〇年開始賞鳥並擔任蛙類調查志工，
有時會在臉書社團「FrontBird正面鳥貼圖區」
分享一些奇奇怪怪的鳥照片。
作品曾獲後山文學獎、
武陵文教基金會全國高中生文學獎。

尋巢

何瑞暘

撥開水蠟燭，離開泥濘邊坡登上河床高灘地，我們正式抵達小燕鷗與其他利用沙洲繁殖鳥類的主要繁殖地，幾百公尺內的小燕鷗才會察覺並飛往天空示警，有些巢位較靠近河岸邊的親鳥會快速飛行到距離頭頂一到兩層樓的高度側頭查看我們，叫聲中帶有意味濃厚的警告。

南風吹起，印度草木樨盛開黃色燈泡的黃花遍布整片河床沙洲，是小燕鷗順著海岸回到花蓮溪河床繁殖的日子。

午後三點，我和參與調查的夥伴熟練的穿上雨鞋，有幾位戴起了防晒袖套，整裝完畢我們開始依序從後車廂拿起調查所需的工具，板手、鐽子、奇異筆、旗幟……，再一次互相確認負責行進的樣線和紀錄內容後，我與其他調查成員排成一列魚貫穿入由構樹、血桐、銀合歡……組成的海岸保安林。五月底夏日顯耀的日光穿透林稍，在森林小徑留下枝葉斑斕的剪影，繡眼畫眉在咫尺間跳躍，遠方山頭傳來朱鸝「胡～」的怪異笑聲，彷彿有一陣風正要吹起。

一直到層層五節芒擋在路徑，我把雙手擺成拳擊手的防守姿勢搖擺鑽梭往前移動，鑽出草叢能看見一條已然乾涸的支流露出紅鐵鏽色的溪底，好幾年沒有颱風侵入，整個河道除了主流水量較大外，其餘支流大多乾涸或看似不再流動的靜水域，幾隻吉利非鯽被我們踏過的水花嚇得四處游竄。

這是年初接下夏候鳥小燕鷗在花蓮溪的繁殖族群調查，每週需進行兩次的「尋」巢野外工作，從四月到八月，我的行事曆轉換成新生幼鳥的成長週期，近乎五個月的繁殖季節我和調查夥伴去確認小燕鷗在花蓮溪的族群數量、繁殖成功率，以及了解面臨的威脅。

要通往位於河中沙洲的主要繁殖棲地，意味我們的步伐與路徑必然與花蓮溪流動的河水、堅韌的礫石，和像是綠色觸手的濱溪植物交織。行走中能感受到踏在堅硬滑溜礫石的不適感，每一步都比平常要多花點力氣，直到忘記疼痛，像是成為河道的一部分。

集體營巢的小燕鷗在整片灘地的巢位彼此之間不會距離太遠，好處為能和眾多同伴分享整個河道和出海口近期的食物來源，更像是組了一支龐大軍隊，當有親鳥外出覓食不在巢內時，有入侵者進入領地也有其他鄰居會共同防禦。

因此當我們涉水渡溪，我瞥見有些黑影已經飛在空中，那是同樣選擇河床沙洲繁殖的燕鴴，牠們配備俐落的雙翼，像是遊擊兵般最先升空，發出帶有機械感的嘎嘎聲響。撥開水蠟燭，離開泥濘邊坡登上河床高灘地，我們正式抵達小燕鷗與其他利用沙洲繁殖鳥類的主要繁殖地，幾百公尺內的小燕鷗才會察覺並飛往天空示警，有些巢位較靠近河岸邊的親鳥會快速飛行到距離頭頂一到兩層樓的高度側頭查看我們，叫聲中帶有意味濃厚的警告。

「小心。」有位夥伴曾碰上防禦較爲兇猛的親鳥，他手指向空中描述當時的情景。

「有一次俯衝就快摸到我的帽緣了，我嚇得抱著頭。」

趁親鳥暫時飛離巢內，或是驅趕我們這群不速之客的短暫時間，調查首要任務開始進行，要從一片堆滿灰白色礫石的沙洲上找出小燕鷗巢位，我們採用穿越線地毯式搜索，理論上這看似簡單的方法在調查初期著實讓初次執行的我沮喪十足，牠們所謂的巢就是地面上的淺坑，這個凹槽空間直徑約八到十公分、深一點三到二點五公分，毫無任何裝飾，盡可能避免吸引天敵注意，沉寂在萬千礫石堆中一小角，也會在四周毫無遮蔽物的細沙沙丘，如同一片雪花降落在白茫茫的雪地。

我躡手躡腳像剛剛學會走路的嬰孩，睜大眼注視每一寸即將要踏下的位置，在看似平坦地面找出凹下的坑洞和與石頭花紋相似的蛋。

「石頭、石頭、石頭……」，確認完我才安心踏出右腳向前一步。

「石頭、石頭、石頭……疑！一個淺淺的小坑之中擺放著兩顆拇指大小的蛋，看起來輕易就能踩碎，蛋呈現米褐色，上頭布滿黑色、灰藍色雲一樣的斑紋。」

找到新巢位我先在巢東邊兩公尺處插上旗幟標記，上方寫下巢位編號，這是爲了避免重複計算和日後調查期間再度巡視容易辨識，接著資料表上我塡寫座標位置、棲地環境，記錄下蛋數、觀察巢內是否會鋪上一層巢材，和判斷預計孵化日等等。

我曾近距離觀察過小燕鷗親鳥坐在沙地上，身體左右搖擺，後腳往後不斷推動，把周邊的砂石推開，地面被挪出一個圓弧凹槽，側頭悉心的仔細檢視，也許再過幾天這隻親鳥會陸續產下幾顆蛋，往後無論是地面溫度達四十度以上或是連日驟雨，親鳥像認定了這是宇宙中心，絲毫不爲所動。

尋新巢之外，也要找出前幾次調查已經標記的巢位檢查繁殖狀況，確認是否孵化成功或是棄巢。我打開手機朝向已標記的巢位前進，想起有那麼幾次我就站在地圖顯示的巢位座標上頭，但放眼四周卻怎樣也尋找不到，相較於我們對導航的概念需要依靠來自手上發著光的電子地圖，這些小鳥可不一樣；如果試著拿望遠鏡靜悄悄躲在一叢開卡蘆邊緣仔細觀察，從海洋那頭回到繁殖地的小燕鷗大多飛抵巢位附近的上空，先專注懸停在空中雙翅不停拍動穩住身體，頭部左右擺動注視尋找，確認後往往非常精準直接降落在自己的巢上，以至於我終於了解從我雙眼看見的海岸山脈、花蓮溪、搖曳的開卡蘆，在小燕鷗的感官世界有全然不同的模樣，地景地貌充滿依屬和連結，是尋路的線索。

有研究證明小燕鷗具有高度的尋巢辨識能力，能用某種敏銳，或是異常獨特的方式將巢位周邊的石塊、草木位置、大小乃至於形狀都烙印在記憶裡，牠們熟悉每一處潮水和河道的氣味，用不斷往返的飛行架構出回到巢位的空間記憶。

不過他們對自己產下幾顆蛋或是長著怎樣的花紋則不太精明，曾有研究者實驗把受到洪水沖刷流走的蛋，放入還有在育雛的巢內，該親鳥回來後仍不假所思的臥下孵卵。

繁殖最高峰期間，調查往往進行至日落時分才能完全尋遍整個沙洲，我們趕在即將隱沒的微光中離開，避免視線模糊可能誤踩到巢蛋。再次涉水渡河，我回望那片孕育小燕鷗的河床高灘地，最後一批覓食結束的小燕鷗順著海風回到內陸，群體的叫聲喧騰迴盪在天空，如即將閉幕的體育館，直到鐵青的夜色瀰漫巨大的穹頂才聽不見。

何瑞暘

來自桃園，年少時期開始看鳥，
因爲太常抬頭尋找天空的鳥而時常感到脖子酸。
東華大學自然資源與環境所畢業後，
待在花蓮從事鳥類生態調查等工作。
至今覺得人生最重要的事就是能等待一道鋒面，
目睹飛過大半個地球的遷徙性候鳥。
喜愛攝影，也觀察其他野生動物。

埃及聖䴉・聖鳥・入侵種

林大利

在埃及，埃及聖䴉是神聖又備受敬重的鳥類，是智慧之神「托特」的象徵。近幾年，在淡水河下游的調查，原本各種白鷺的棲地，只要出現埃及聖䴉，各種白鷺的數量就會減少，甚至遠低於超過一萬隻的埃及聖䴉數量。

雙腳踩在寸步難行又泥濘的河口泥灘地。每踩下一步，整個小腿就會陷入泥地裡，只能看到膝蓋頭。走下一步之前，又得把整隻腳從泥裡抽出來。這樣重複了好一段時間，但其實走得並不遠。

炎炎夏日的日正當中，雖然是走在紅樹林的林蔭下，但是一點涼爽的感覺也沒有。整座紅樹林像是個濕度破表的大蒸籠，身上混合著海水和汗水。這樣的環境，是埃及聖鶚的繁殖地，我們正要一步一步地接近牠們的鳥巢。

「埃及聖鶚」乍聽之下是一種神聖的鳥類。是的，在埃及，牠們確實是神聖又備受敬重的鳥類，是智慧之神「托特」的象徵。在埃及的象形文字當中，也有以埃及聖鶚為形的象形文字，埃及聖鶚也會被製作成木乃伊。

但是，臺灣正在積極移除這群神聖小鳥，因為對臺灣來說，牠是外來種。

不是在原地區自然演化或遷入的生物，稱為「外來種」。雖然聽到這個詞的時候，常常伴隨著負面消息，事實上，日常生活周遭，到處都是外來種。包括吃的米飯、蔬果、觀賞植物等等，有非常多的外來種。但是，我們並沒有移除牠們的打算。這是因為，移除與否，得看牠們會不會對當地的環境和野生動植物造成威脅，如果沒有迫切或潛在的危害，就不需要移除。

想要當個危害生態的外來種，也不是那麼容易。外來種要在外地落地生根，得先跨過重重障礙抵達外地，還要有辦法和競爭者爭奪食物和地盤、並且能應對掠食者，讓自己好好活下來。接著，必須找到異性同伴繁衍後代，經過幾代逐漸擴大勢力，才有機會變成對原生地產生威脅的「入侵種」。雖然不容易，但就是有那麼幾種辨得到，等到發現不對勁，通常爲時已晚，花再多的金錢、時間與人力，都無法恢復自然原有的樣貌。

一九七九年，六福村引進百餘隻埃及聖䴉作爲觀賞鳥。飼養在開放式的園內水池，雖然偶而會飛到外面，但又會飛回來，所以園方不太擔心。不過，一九八四年開始，北部各地農田，陸續有人發現埃及聖䴉。漸漸的，埃及聖䴉在自然環境的數量越來越多。

根據最近幾年在淡水河下游的調查，原本各種白鷺的棲地，只要出現埃及聖䴉，各種白鷺的數量就會減少，甚至遠低於埃及聖䴉的數量。雖然這樣的資訊還無法直接證明埃及聖䴉確實會影響到原生鳥類生存。但是，從其他國家的經驗來看，如果等到外來種大規模擴張才要考慮移除，通常都已經來不及了。

在移除之前，埃及聖䴉的數量已經超過一萬隻，而且埃及聖䴉的體型大、目標明顯、容易辨識，而且時常大量聚集築巢、繁殖。要移除，還有機會。政府規劃在一年內全面移除埃及聖䴉。但是，要達成又能兼具人道考量，是非常棘手的問題。

如果完全拋開憐憫心，「全面撲殺」聽起來快速又有效，但是現實上還是有許多困難，而且這是萬不得已的最後手段。在此之前，還是會先嘗試採取比較人道的方法。

幾年前，已經有研究團隊將玉米油塗在鳥蛋上面，藉由封閉蛋殼上的氣孔，讓蛋無法孵化，來達到控制數量的效果。天不從人願，這個方法在國外有成功過，但是臺灣潮濕多雨，玉米油很容易被雨水沖刷掉，成效並不好。目前執行團隊改在表面鑽孔，或直接移除鳥巢和鳥蛋，降低新個體孵化的機會。

然而，鳥類畢竟還是移動能力絕佳的生物，就算大幅降低繁殖成功率，還是要面對自由活動的成鳥。因此，採用槍枝移除才會被列爲選項。

雖然槍枝移除是直接殺生，但精準打中致命要害，反而可以減少鳥類的痛苦，比起用其他方式活捉個體還要好些。雖然這樣的作法不見得能讓所有人都滿意，但是，在各方意見十來年的討論、嘗試與溝通之下，針對鳥蛋、幼鳥、成鳥來並行不同的移除方式，是目前最可行的方式。換句話說，不是所有的個體和環境都適合用槍枝來移除。

最重要的是，埃及聖䴉被引入臺灣，並不是牠們的選擇，就算得結束牠們的生命，也會希望減緩牠們的痛苦。尤其執行團隊的成員，幾乎都非常喜愛自然生態和野生動植物，從學生時代就投入很多時間，但現在卻必須要扛下「移除外來種」的工作，這個事實也會讓執行人員感到非常的痛苦和掙扎。

「處理雛鳥的方式是用二氧化碳讓牠窒息，講起來很簡單，但是絕對會形成心理壓力。」

此外，外來入侵種也不宜被汙名化。有人主動去破壞鳥巢，覺得自己是執行正義，其實這一點也不好。自己擅自破壞鳥巢，不僅會有觸犯野生動物保育法和動物保護法的風險，還會影響移除成效。如果鳥類學會提防人類或頻繁更換巢位，就會讓移除作業難上加難。

追根究柢，外來入侵種的出現，大部分還是透過人為方式蓄意或無心帶進來的。預防勝於治療，最理想的方式，還是要每個人都能特別留意，從國外帶進來的蔬果肉類，裡面可能有會毀滅整個農作物的小蟲。配合政府的防疫檢疫工作，是每個人都能做的預防方法。

碰！一聲槍響之下，一隻飛行中的埃及聖䴉墜落到泥灘地上。既然下定決心要移除，就需要一次搞定。當然，也需要每個人的配合，避免再次執行這樣令人揪心掙扎的保育措施。

林大利

農業部生物多樣性研究所副研究員、
澳洲昆士蘭大學生物科學系博士。
由於家裡經營漫畫店，從小學就在漫畫堆中長大。
高中之前，不知道窗外有一種小鳥叫做「珠頭斑鳩」；
大學之前，不曾好好閱讀萬字以上的科普書。
看小鳥到現在，不知不覺就二十年了，
鳥類早已成爲我生活的許多部分。
出門總是帶著書、會對著地圖發呆、
算清楚自己看過幾種小鳥。
是個龜毛的讀者，認爲龜毛是探索世界的美德。

陪伴動物

山頂上的流浪犬

我猜是自己肩了背包，流浪犬由此研判，我可能帶了食物。我若是空手，牠絕不會站在公路對面，不斷地打量。

劉克襄

天色清朗，佇立香港飛鵝山山頂，未見任何飛行傘在周遭飄浮、滑行，只有遊客駕車，從山下的城市零星到來。未過幾許，山谷裡的浮雲滾滾翻動，快速地爬升上來，但彷彿也氣力放盡，又從旁邊的公路滾下山去。

雲霧匆匆來去中，飛鵝山的身影時而消失，時而清楚露出。我正觀看入神，一隻土黃色的中型流浪犬，在遠方瞧我。牠的神情露出疑懼，不敢靠近，卻又似乎有求於我。

有些流浪犬在野外看到陌生人，往往會大方的搖尾接近，期待獲得食物。牠會怯生，我難免揣想，是否曾被追打虐待，因而心生疑懼，毋寧保持一個安全的距離。縱使我有食物，縱使牠非常飢餓，往往也只敢這等觀望。

旁邊也有遊客登高望遠，爲何只注意到我。我猜是自己肩了背包，流浪犬由此研判，我可能帶了食物。我若是空手，牠絕不會站在公路對面，不斷地打量。

在香港，街貓的棄養和存活一如臺灣，往往形成關注的議題。但流浪犬較少被討論。主因狗的生活空間欠缺，一般市民難以照顧，因而被市民丟棄的自是少了許多，由此衍生的問題也不若臺灣嚴重。

我的經驗裡，香港的流浪犬多見於一些接近山頂隘口的位置，一如臺北。牠們多半一二隻孤伶伶地往來，最多時不過三四隻，很少像臺灣中南部鄉下，時而集聚達八九隻。流浪犬會出現，多半是山下的市民帶上山，刻意捨棄。牠們若在城市街頭晃蕩，很容易遭受各種意外的攻擊，不易存活，在山頂這類偏遠的位置，反而有自由棲身的機會，只是食物取得不易，幾乎都要靠遊客的餵養。飛鵝山因有公路暢通山頂，許多市民喜愛駕車到此夜遊，順便帶食物和飲料上山。有些剩食未帶走，往往成為野狗們裹腹的來源。

看到牠癡望不去，我猜想一定餓壞了，於是從背包裡取出一包 RITZ。這種帶點鹹味的圓型餅乾，素來是我爬山時必備的乾糧。我邊撕開邊瞧著牠。果然，牠微微不安，帶著些許興奮地躁動，但仍保持遠遠的距離。

這樣有戒心，我愈發相信，之前一定遭受某種傷害，因而對任何人都如此疑懼。我取出一塊橘黃的餅乾，放在眼前一公尺遠的位置。牠左顧右盼，等了一會兒，確定周遭沒事了，小心地靠過來。緩緩地接近餅乾，一邊注意我的動作。此時，牠的口涎流下來了，那表情彷彿真的餓了好幾天。

旋踵，牠迅速咬到餅乾後，快跑遠離，保持一個距離後，囫圇吞下。我再放第二塊，牠又過來，剛好有行人靠近。牠機警地閃離，再靠過來。此時，又有車輛經過，隨即避到馬路對面，確定都安全了，再接近我，咬了餅乾，快步到對面吞食。

接著再觀望我，會不會取出餅乾。

儘管牠看來餓壞了，並未因爲我的施捨失去戒心。我試著取出三塊，排成一列，測試牠的反應。這回牠慢慢走來，在我面前一塊塊吃掉，再離開，繼續保持一個距離觀察。我又排了三塊，牠再過來。有清潔垃圾的人過來，牠害怕的遠離，顯然對清潔人員沒有安全感。等他撿拾離開，再接近。

突然間，另外有隻流浪犬出現，同樣棕黃色，比牠精壯許多。這意外的訪客，好像是來跟牠打招呼，對我的食物沒什麼興趣。也或許，對人更加驚疑，兩隻狗相互嗅聞一會兒即分手。繼續剩下牠，遠望著。這回我排了五塊餅乾，牠再靠過來，不疾不徐地一塊塊吃完。最後，整包 RITZ 都被吃光。

沒有食物了，我拎高空空的包裝紙，讓牠瞧。牠大概滿足了，才慢慢遠離，並未因我的友善而變得親近。牠朝剛剛那隻流浪犬離開的急陡小徑跑下去，穿過隱密的灌草叢坡，進入森林。山勢險峭，我想尾隨卻不容易，後來，試走一小段，褲管被灌叢裡的某種刺藤勾破，還被懸勾子之類的倒刺劃傷了小腿。我猜牠和另一隻應該是好友，平常就住在附近。

下山時，搭乘友人的車子，迴轉了幾個Z字，下降百來公尺。赫然看見，牠和另外兩隻流浪犬，高興地搖尾互聞，在旁邊空地忘情玩耍。無庸置疑，這天看來還不算太壞。在城市偏遠的山區森林，牠們繼續有一暫時快樂的窩居之地。

我們在外旅行，跟野狗的接觸，如一般旅人，往往就只這麼一面之緣，彼此或有些淺淺的互動，但此後又是天涯海角。想及此，也只能祝福牠和夥伴們，日後能像今天一樣平安。

狗日子亦如人生，悲苦隨時。因爲日子常有艱難，稍縱即逝的小小幸福時光，更要珍惜啊。

劉克襄

生態系自然人。
日行性，習於晨間慢跑。
棲息於臺北或臺中，
喜出沒於山徑、鄉鎮、菜市場。
勇於嘗百草，知覺敏銳。
擅長在城市感受自然端倪，
在日常發掘溫情與致。
寫作不輟，熱衷繪圖。
窗口鳥友爲麻雀、斑鳩和八哥。

社區的陽光貓

——阿肥的故事

湯苞

前陣子又有一隻小黑貓，找到這裡，我和小花是很不樂意的。雖然我和小花連「點頭之交」都稱不上，不過，倒是可以並肩作戰。

Mika 姨叫我阿肥。我最喜歡 Mika 姨了！每次遇到她，我會用臉摩遍她的手、褲管、小腿、包包等。有人用「發識別證」，形容我的行為；那，我發給 Mika 姨的，應該是「特級貴賓卡」吧？我特許她跟我玩。小花也會這麼做，不過，每次，我一定會做最後確認，讓Mika姨離去前，牢牢地收好我給她的VVIP識別。

Mika姨說，知道我是男生，是因爲我的左耳缺了一角。因爲人們有「男左女右」的習俗。有剪過角的耳朵，才不會一直被抓去動物醫院。

在這裡，大家確實對我很好，給我美味香腸吃；雖然，之後被帶到動物醫院閹了。不過，也許每天有肉泥可以吃，也沒什麼好抱怨了。

來到陽光社區十餘年，一開始有一餐沒一餐；不過，畢竟這兒偶爾有香腸可以吃，是值得期待的好地方。大約三年多前，Mika姨搬進來，從此，我的VVIP名單就多了一位：Mika姨早上會爲我準備乾糧豆豆，傍晚有肉泥罐罐。雖然少了突如其來的大餐，不過，大家偶爾還是會給我餐間小食。這些很不錯的人，我也會一一發不同等級的「識別證」，表達我對他們的重視；他們也會表現出受鼓勵的樣子。

大家說我的個性開朗，聽到不少人討論我的事：有人用「像狗一樣」形容我的陽光個性；有的人會看面相，說我的三角臉型，代表很愛跟大家互動。想想，我的個性大概跟我媽一樣吧？還記得我那高雅的媽咪，我們四兄弟姊妹最喜歡擠著媽咪肚子。不過，大約兩個多月，我們長牙、開始吃飼料，我的兄弟姊妹就一一被抱走了。只剩下我，據說是因爲我的毛色太淡。

這應該算是優點吧？因爲這個原因，讓我和媽咪可以多相處好幾個月。

其實，貓咪的自然離乳期是四個月。這種感覺就好像人類十歲就可以離家討生活，不過，幸福的孩子總可以賴到二十歲才漸漸離開爸媽。總之，我是幸福的孩子。

雖然一開始有點小困擾。我被帶到陌生的地方，一時不知道去哪裡找飼料豆豆。我會靠近經過的人，看看誰身上有豆豆。就這樣，慢慢地，我在這個社區留了下來。這裡有矮樹叢，偶爾抓抓蟑螂、蜥蜴、老鼠。直到遇上 Mika 姨，她會規律地出現。

時間一到，和我一起等 Mika 姨的，還有小花。她只有這個時間出現在走道花圃間。她平時去哪兒，不是我關心的事，我只關心 Mika 姨的美味餐點，以及有沒有拿好我給她的ＶＶＩＰ。

曾經在社區外，聽到貓叫，我發現一窩貓。那段時間，Mika 姨會半夜出現餵那些貓。看她憂愁了好段時間。之後，那些貓全不見了。聽說 Mika 姨幫每一隻貓絕育，還找到家，不會再出現在社區周圍。大家都鬆了一口氣。

前陣子又有一隻小黑貓，找到這裡，我和小花是很不樂意的。雖然我和小花連「點頭之交」都稱不上，不過，倒是可以並肩作戰。沒辦法，我真是越來越老了，肩膀被咬下一層皮。還要呼喚 Mika 姨，請求支援。Mika 姨會拿出掃把幫忙，她說，這裡不能有這麼多隻貓喔。過去，曾發生社區管理委員會經決議，而公告禁止餵食我們的情況。那時，我和小花得搬家，躲躲藏藏的。Mika 姨說，雖然很同情第三隻流浪貓，但是，聽到我們半夜呼叫，還是會跟著我們，一起把小黑趕走。她說，自己有責任先把我們照顧好。

有一次，遊蕩著遊蕩，腳趾破皮了。我忍著痛，躲起來，想說也許過幾天就會好起來。可是，越來越痛，眼前甚麼小蛙小鳥都抓不到了，越來越餓。只好拖著很痛很痛的後腳，找 Mika 姨。

我被抱到動物醫院。獸醫師說，我的左後腳掌已經潰爛了，需要截肢。Mika姨哭著說，我是一隻流浪貓，失去腳掌，生活會很困難，希望獸醫師想想辦法。我住院住了好幾天，獸醫師先幫我清創。最後，只動手術截除無法復原的一趾。雖然被搞得很痛，但是，看到肉泥罐罐的分上，我還是發識別證給他們。當然，最愛的還是Mika姨。之後，不論是她要抓我去醫院，或是餵藥，我都會乖乖配合。她稱讚我恢復的很好。

Mika姨說，最感動的是，鄰居知道這件事後，主動集資。聽說是大家共同為我支付兩萬多的手術費用，希望我都有好好發VIP卡給大家。

我在這兒很自在，會翻肚子晒太陽。雖然大家總說我的個性像狗一樣地陽光，不過，我不是狗、翻肚子也不是和人撒嬌。有訪客碰到我的肥肚肚，嚇得我翻個身、抓了她。我也沒辦法接受被抱住，這會讓我很緊張。輕輕地撫摸我的臉頰，倒是可以，這種感覺有點像「交換名片」。

我老了，十五歲左右的我，相當於人類七十五歲。陽光社區的阿姨們開始和

Mika 姨討論我的健康問題，還在肉泥中拌入各式養生食品。雖然有點無奈，不過，我是不挑食的陽光貓。Mika 姨總是叫我阿肥。

湯苞

和狗一起長大，
唸了獸醫系，長期在動保團體，
卻一直困惑著，常常感到迷惘。
然後，被環境教育撈起來，
重新尋找一種平衡的價值。

狗派手記

身為人類的我，能夠滿足我的狗的願望，即使事事不被人認可，似乎也會覺得自己是個有用的人。

童育園

在阿力金吉兒的繪本裡，有一頁讓我念念不忘許久的畫。圖畫裡灰霾的天空下，草水貧瘠的荒野大地中，有一隻黑色的，可能是牛或是羊的動物，站在那裡、彷彿停下動作與我對視。

我在那張畫裡，感覺到某種不必說話的、言語之外的認可。與動物靜靜對視的這個瞬間，相互意識到對方的存在。光是存在，就充滿指認與意義。雖然在現實中，與陌生動物四目相接，其實是危險的、挑釁的舉動。我卻對這個畫面和想像著迷不已。

在我跟人類以外的動物相處的經驗中，有過這樣靜靜對視的時刻，大部分是和我的狗。

我的狗是一隻乳牛毛色的米克斯，頭部和尾部分別有著圓圓的黑色塊狀，像黑色餅乾夾著白色奶霜。她正式的名字是Oreo，有時我也喊她阿牛，或是牛。有幾次牽著她去公園散步，迎面遇上帶著孩子的大人，大人對孩子說「狗狗」、「汪汪」，小小人則伸出手指著說「牛、是牛」。

我的狗於是在牛跟狗之間，時常變換，形態重疊。她或許知道自己是牛，也是狗。

阿牛是一隻出門在外帥氣凶悍，狂奔追逐，回到家卻黏著人撒嬌的狗。養狗以後，我才忽然察覺自己擁有照顧的能力。日復一日帶她去戶外散步，煮肉類蔬菜做寵物鮮食，幫自己以外的動物剪指甲、洗澡、刷牙。狗狗的日常需求，也成爲重要的、推進時間前進的規律。在這樣的規律裡，有動物相伴的日子，像是保有一種精神的健康。人類世界裡的優劣排序，對目標的索求或挫敗，狗並不知道。全心全意地滾草晒太陽，盡情奔跑、嗅聞，吃飽睡好，是她全部的願望。

身爲人類的我，能夠滿足我的狗的願望，即使事事不被人認可，似乎也會覺得自己是個有用的人。若一天的工作不如預想的順利，至少要帶狗一起出門散步，看她對世界好奇而自由的樣子，會感覺某些壞掉的地方漸漸地好起來。

我時常穿著一身沾滿狗毛的衣物出門，逛超市、買咖啡、搭火車，細細軟軟的短毛散落在我的日常生活。秋冬針織或毛料的纖維，恆常鑲嵌著黑色或白色的動物毛。狗不在身邊，有時卻還躲在衣服小小的縫隙裡，偶爾冒出來，提醒我是個有狗之人。狗在家等我回家。等待同時也陪伴著我。

我對狗的喜歡，不單是因爲可愛的眼神或舉動，也因爲那些體能上的、動物性的特質。有時帶著阿牛去爬山，走在溪澗與樹林的崎嶇小徑上，遇上有點難度的陡坡、小溪谷，她總可以輕鬆克服，本能一般地拉長身體、一躍而過。彷彿這是她熟悉與歸屬的地域。在那些時刻裡，赫然發現她有著許多我做不到的事，也使我崇拜並驚歎於動物的能力。

後來偶然看到一個美國的狗狗體育賽事節目（Masters Agility Championships），不同身型的狗跳高跳遠、穿越重重障礙，迅速完成指令，飛奔到主人身邊。看著那些狗矯健靈活的動作，我仍然認爲，比賽是人類的事情。狗狗可能並不知道那些秒數正在數，只是認眞地遊戲，跑去那個地方、再回來，得到零食獎賞，也得到主人誇張的稱讚。

今年的比賽中有一隻叫作Bee，灰黑花紋的喜樂蒂牧羊犬，動作敏捷飛快。是我印象最深刻的一隻狗。並不是因爲她是穩定而出色的比賽冠軍，而是因爲她在跑完所有障礙與關卡後，立刻跳起來飛向主人懷裡、要人抱抱她。像在宣告，對狗狗來說最重要的事，是和喜歡的主人一起玩。

我喜歡她充滿趣味的、取作蜜蜂的名字。蜜蜂的意象在狗狗身上，暗示著輕盈靈巧的運動能力。她是一隻像蜜蜂一樣的狗。奔跑時一身毛與尾巴拍動著，下一秒便飛過障礙物，輕輕落地完成動作。我對狗的迷戀，似乎也在於他們適應各種地形和環境，移動與遊戲的能力。

有狗相伴的日子裡，總覺得是我的狗帶著我出去玩。散步的時間到了，停下手邊的繁忙。去一個有廣闊草地和森林的地方，走回自然，走過停滯與顛簸的疑惑，繼續遊戲和前進。

童育園

寫散文，也寫歷史小說。
政治大學臺灣文學研究所畢業。
喜歡植物喜歡狗，
喜歡夏天的絲瓜和綠竹筍。

溫柔時光　我的動物夥伴們

胡燕倫

彷彿在經營著農場而不是果園，也彷彿聽見園子裡的樹木們對我輕聲的笑著，看著我整日在園子裡追雞追狗追貓咪……一眾動物們在這一塊土地上相聚又散去，我有幸擁有一雙雙信任摯愛的眼睛，還有牠們溫柔無比的叫喚與擁抱。

如果說，果樹與花草的陪伴是悠緩的弦樂，我聽著四季的風與雲雨，眼看盛夏的薄霧與綠葉，品嘗秋季燦爛金黃的收成與轉化，感受冬季的內斂與蕭瑟，而在那山間奔跑與嬉戲的動物們，必然是輕快的主旋律，像是琴鍵上帶著歡快與情感濃烈的高低起伏，而我在日日不一樣的時光波浪裡，靜靜地聆聽著，時而參與其中，享受牠們時時刻刻給予的，無止盡的愛。

幼時鮮明的記憶裡，是一隻溫柔的大狗陪著我長大，我會騎在牠背上唱歌，將玩具放在牠口中讓牠品嘗味道，會趴在地上專注的看著牠吃飯，喜歡躺在牠的肚子上午睡，好奇地撥開牠的巨大腳掌，數一數一共有多少個「手指頭」，在每一個惡夢驚醒的夜裡呼喚牠的名字。現在想來，在勾勒人生藍圖的各個階段裡，畫面裡總會有一隻大狗，應該緣於兒時那一份記憶。

上山務農之後，家裡來來去去的也曾養過來自各個山頭的流浪狗，最終拿下江山的大狗，便是目前已退居幕後頤養天年的老狗——「蜜梨」，當初與牠一起流浪來的一衆兄弟姐妹，唯獨牠陪伴我們至今，如今已是第十四個年頭。

「蜜梨」是我們在果園工作時的最佳夥伴，牠會在每一株我們工作的樹下守候，待我們稍作休息時，牠便精神振奮的倒入我們懷中撒嬌，也會在每一趟搬運車載貨往返途中爲我們威風地開路，牠曾經爲我們驅趕圍攻的大群攔路野狗，也曾經學著我們的動作，將掉落在地上的梨子啣入果籃，目前，牠退休之餘的最大嗜好是「牧雞」，每當我們將圈養的母雞放進果園野餐，老狗「蜜梨」會靜守在附近，趕雞回家的黃昏，「蜜梨」會熟練的追著貪吃的母雞，讓牠們乖乖排隊回家。我喜歡揉著牠棕色耳朵上柔軟無比的絨毛，一邊取笑著牠，已經是老爺爺的年紀了，聽到鞭炮爆炸的聲音依然會怕得躲在桌子底下，視力與聽力大不如前的牠，會抬起頭深深的望著我的眼睛，回應我以無比的愛與信任。

果園第二元老是一隻黑白貓——「LuLu」，來到我們家已七年，一度在平地的家中擔任調皮搗蛋及高傲代言人，成年之後帶到山上生活，牠仿效主人，野馬入林再也不願回到城市生活，整日在園子裡爬樹晒太陽下地掏老鼠窩，還曾經抓回大大小小各種鳥類回家彰顯戰功，而我則負責尖叫逃竄。年事略長之後的「LuLu」轉眼化身為撒嬌天王，占據所有人的大腿為床，肚子餓時軟硬兼施的纏住人不放，吃飽之後回復高傲本性千喚不回。我喜歡看著牠圓亮的眼睛，入睡時鑽進我臂彎的小小腦袋，以及牠對我特有的叫喚聲——喵媽。

因爲從小是流浪小小貓的關係，牠對主人的熱愛與依戀最爲濃烈，六年前的寒冬下雨天，我們在梨山路邊的卡車下救出了一對苦情姐妹花，「點點」與「橘子」，剛斷奶不久的兩個小不點，正好可以放在大衣口袋裡隨身攜帶，那一年的冬天，我的外套裡總是有貓咪，姐妹倆會沿著袖口鑽進我的肩膀上睡覺，睡飽了再從領口鑽出來喵喵叫，長大之後的「橘子」一心嚮往戶外生活，漸漸的不愛回家了，「點點」則是越發的情深意濃，牠會熱烈的投入我們的懷抱，並且張開雙臂環住我們的脖子，接著獻上熱吻，有時還會好心的幫我們「整理毛髮」，面對我家三個長髮女生，想當然是舔不順理還亂了。「點點」還是有名的「妒婦」，家裡陸陸續續來了二、三隻小貓都遭到牠無情的驅趕，唯有敬老尊賢對大佬「LuLu」忍讓有加，也算是「LuLu」上輩子有燒好香吧，並沒有被「妒婦」掃地出門。

最後一位成員是前年才加入我們的大型犬「布布」，是朋友贈送的臺灣高山犬，成年之後體型巨大到嚇人，愛玩又貪吃的個性使得牠屢屢闖禍，放出家門二次中毒，口吐白沫掙扎發抖的爬回家，幸好緊急灌鹽水及牛奶搶救回來，從此，牠成爲我唯一忍痛拴住的狗狗，直到今年，牠成年之後個性比較穩重些，才漸漸地讓牠在果園裡放風。

兩週前「布布」剛晉升爲狗媽媽。那一夜我與小女兒守在牠身邊陪伴牠生產，不知道狗狗生產會有中場休息時間的我們，從原本守著五隻小狗的喜悅，一路陪產到半夜，無法相信最後一共有九隻小狗的吃驚心情，簡直比狗媽媽還要心力交瘁，整個陪產過程交雜著驚喜焦急與慶幸。目前九隻小狗狗像吹氣球一樣的成長中，更開心的是居然有老狗「蜜梨」的小孩，忠心守衛家園的「蜜梨」與天眞愛玩的「布布」會結合出哪一種個性的孩子呢？我們期待著。

最後要提一下去年接獲重責大任，不遠千里而來的母雞生產大隊，一直以來盤算著要養一批生蛋雞，夢想著每天有最新鮮的雞蛋吃。去年朋友家要養肉雞，從臺東輾轉載了一批上山，我心想，都是母雞一樣是會下蛋的，於是，跟朋友買了十隻回來養著，好吃好喝的款待著一衆淑女們，千盼萬盼著終於開始下蛋了，去年的輝煌紀錄是一天能有六至八粒雞蛋，時常要拿去送人才不致於吃不完，頗有豐收的滿足感，今年開春之後，淑女生產大隊開始不定時罷工，雖然還不致於舉白布條遊行示威（我倒是希望牠們可以對我丟一些雞蛋），但顯然牠們已經識破，我每天假意關心實則偷蛋的舉動，全體一致通過，大家一起長期罷工，眼看雞蛋是吃不成了，一開始就不打算吃雞肉的我，又心甘情願的養著這一園子無憂無慮提早退休的母雞了。

這幾年孩子們長大下山就學與工作，朋友們時常關心我在山上是否會感到寂寞，殊不知我生活在一步一隻狗一眼一隻貓的世界裡，在電腦前打字時老狗就窩在腳邊，老貓則在大腿上打盹，偶爾，大狗「布布」闖進雞舍，還會真實演繹熱鬧非凡的「雞飛狗跳」。

這些年果園意外的動物訪客也日漸增多，果園割草驚嚇百分百的各色蛇類、鼠類、青蛙與蟾蜍。春天啄花的綠繡眼，夏季黃昏歸巢的燕子輕巧的穿梭在身邊，冬季霸占整株柿子樹的白頭翁大軍，四季在果樹上育雛的各種鳥類。不定時神出鬼沒的烏鴉，年年帶幼鳥盤旋在天上的大冠鷲，眼睛又黑又亮的土撥鼠、巨大的蛇蚯在下大雨之前鑽出土壤、颱風天落難的小松鼠以及讓人意外的食蛇龜蹤跡……我時而追捕拯救掉落的幼鳥而遭成鳥破口大罵，時而緊急上網找尋養育受傷松鼠的資訊，時而摸不著頭緒的看著果園裡發現的烏龜發呆……每天排解狗狗們爭食的糾紛，一天二次爲小母雞們切草料均衡飲食，爲挑嘴的阿貓們換飼料換食譜配方，最近則忙著爲剛生產完的狗狗作月子，小女兒則是忙著與狗媽媽換班，讓牠放心去果園跑跑跳跳打個滾。

我彷彿在經營著農場而不是果園，也彷彿聽見園子裡的樹木們對我輕聲的笑著，看著我整日在園子裡追雞追狗追貓咪，天氣好時抱著老貓晒太陽，星光燦爛的冬夜裡，厚外套懷裡揣著老貓權充暖暖包，腳邊跟著一定要帶路的老狗，與我一同走進黑暗的冬夜裡，發著抖眺望一年裡最明澈的星空與銀河。

一衆動物們在這一塊土地上相聚又散去，我有幸擁有一雙雙信任摯愛的眼睛，還有牠們溫柔無比的叫喚與擁抱，貓咪「點點」曾在我傷心落淚時擁抱及陪伴我，老狗「蜜梨」會在我下山之後返家的那一刻，站立起來開心撲向我，老貓「LuLu」

每天晚上會等待我一同上樓休息，新成員「布布」年輕力壯負責守衛家園，而那一群小母雞非常團結，每天對著大群來分食玉米粒的麻雀叉腰叫罵，接著神氣十足的回過頭來看我。

是多少的緣分俱足才能相遇在同一片土地上，我在牠們純粹的靈魂裡，單純的回到原本的自己，享受著無窮無盡悠悠然溫柔時光，深深地感謝，我的動物夥伴們。

胡燕倫

一九九一年九二一大地震後決定上山耕作，
沒有遠大的理想，
只是希望能夠帶著孩子在大自然的懷抱中成長。
並且，在實踐中摸索與自然共存的方式，
以十年的時間漸漸減藥及等待生態平衡，
達到豐產及無農藥殘留的農耕方式。

草木道

通泉草所能通往的

黃瀚嶢

那次占領立法院的學運發生時，正是通泉草盛放的末期。那時在臉書寫下的一段文字，大致是說，通泉草的莖葉平日在草地四處蔓爬，盤根錯節，卻沒人發現，直到此刻，才忽然遍地開花——大家這才猛然意識到，原來通泉草老早就悄悄占領了這個地方。

若某人說，春天來了，其真正的意思是什麼呢？

當然可能只是偶然發覺，日子已跨越年曆上的分格線，進入了一個公定時序；

又或者，是在一種明確的儀式，例如爆竹聲響之中，迎來新春。但仍有些許可能，這句話傳達了眞實的感受，感受到什麼「眞正」的事件，已然到來。那跟印刷在月曆上的精確時程無關——某些自己認爲重要的事降臨了，春天才算眞的開始。

我想，眞正的季節，從來都是關乎自我的。

發生了什麼才稱得上春天呢？我可用許多具體經驗描述，例如家燕自南方返抵，在廊檐下嘰哩嘰哩地鳴叫。積雲中打響第一聲雷。枝頭嫩芽被喚醒，花樹盛放。春天的進度，於是持續。

然而有一個關於春季「降臨」的指標，對我而言再明確不過，那就是，當我注意到，草坪上已開滿通泉草，如同被一陣煙霧，染成了淡紫色的那一刻，春天才是眞正到了。

草坪上的紫色煙霧，就是春天的顏色，我甚至想宣布，那就是春天本身。

這個宣稱的無理之處在於，我說的通泉草，更準確地說，是特指佛氏通泉草（*Mazus fauriei*），僅分布於臺灣東北部低海拔地區，特別是臺北盆地與宜蘭平原。

照這麼說，其他地方，都是沒有春天的。

當然並非如此，其他地方，有其他的春天。

一朵通泉草開花的樣子，基本上是個指甲大小的淺色薄片，一端包捲成花冠筒，染成紫色，內含雌雄蕊，另一端擴大，裂成三個半圓，像一隻童書中會出現的鳥，白色的尾羽，兩枚翅膀。日本稱其「鷺苔」，也是鳥的形象。

中草藥則名為「定經草」，呈現的是藥理。有時我覺得，這類藥草名直接表達了天人合一的想像——女性每月調理身體所需的物質，就生長在草坪中，體內外翻，就是天地草木。於此相關，不得不說，我能找到與通泉草花朵最相像的形狀，就是市售的衛生棉。

細看每朵通泉草的花，都點有兩列平行且突起的橘黃色斑點，像草海中無數的停機坪，閃著跑道旁的信號燈，召喚蜜蜂的起降，指引他們深入花中取蜜，並暗中交換黏附的花粉。通泉草的拉丁屬名 Mazus，據說就是指這些作為花粉花蜜，或乳汁信號的，乳頭。春天展開顏色，帶來乳汁。

蜜蜂採通泉草蜜的樣子饒富趣味，因爲花很軟，掛在花上的蜂像貓撲窗簾，而且造訪過通泉草的蜜蜂，額心會沾上一點白色花粉，像通泉草爲蜜蜂上的妝。說不定野花的授粉劇碼，對工蜂來說，正是牠此生僅有的這個春天，最重要的體驗了。

第一次認識通泉草這個名字，是在小學一年級。老師帶我們到學校中庭的草坪，簡單介紹了幾種野花，至今我仍大致記得。多數野花名字中，都包含了難以直接理解的詞彙：藿香薊，昭和草，黃鵪菜——有些來自草藥的古名，有些包含歷史典故，有些根本是音譯而來。如「紫背草」，這樣能連結視覺的名稱實在不多。然而，一個未必直觀，卻能理解，而且啟動想像的詞，以特殊的形式留在了記憶中，通泉。老師告訴我們，因爲這種草喜歡濕潤，看到通泉草，就知道這裡有水。

長大一些，從圖鑑上才認識到，原來常見的通泉草有兩種，花小而白，單株生長的叫「通泉草」（*Mazus pumilus*）；花大而紫，能藉由走莖蔓延的叫「佛氏通泉草」（*Mazus fauriei*），後者也就是老師在那個春天的草坪，爲我們指認的種類。

佛氏之名，是來自法國的植物採集家佛歐里（Urbain Jean Faurie），臺灣植物裡凡是名字裡有傳氏、法氏或者佛氏的物種，都是為了紀念他。佛氏通泉草是特有種，就演化的角度，可能是中海拔的通泉草，在臺灣北部平原衍生出的在地支序，也成為臺北都市草坪上，最常見的物種之一——臺北植物園的佛歐里雕像旁，就長有不少。

佛氏通泉草遍布都市草坪，並非尋常之事。草坪這種特殊空間，是日治時期才開始引進臺灣的。作為現代化的象徵，草坪以人工培育的單一草種為主，當這樣的草皮缺乏管理，通常能竄生而出取得優勢的，就是全球化的背景下，那些最擅於傳播的外來物種，要在草坪上找到優勢的特有植物，是非常難得的。

草坪植物多偏愛陽光充足的開闊地，這本就是艱難的條件，因為豐饒之地往往最後都會被樹林覆蓋，喜愛陽光的野草，向來只能在時間與空間的夾縫中求生，例如坡面崩塌的間隙，或者洪泛沖刷的間隙。最早佛歐里採集到的那份通泉草標本，就是在新店溪畔。溪水除卻樹叢，矮小的草，才能在環境變動中，短暫存在。同樣身為開闊地的動物，人類的生活，就像把這些林間縫隙無限開拓，延展——空地成爲常態，森林反而成爲間隙。草坪上羅列著的，其實是非常人文的風景。

通泉草類的種子傳播能力普遍不強，結果時，杯狀的花萼筒盛裝著果實釋出的種子，等待雨滴落下——大約就是梅雨時節，雨滴落杯中，種子就跟著水花濺灑。據統計，這樣的結構最遠，可將種子噴濺一公尺，也實在不遠。

然而佛氏通泉草的莖卻擅於蔓延，種子發芽後就靠此四處拓展，延伸了一段又再生根，如此輻射狀地擴散，才是通泉草占據大片領地的關鍵。

在我腦中有個定位著通泉草花期的記憶，明確指向二〇一四年三月十八日的臺北。那次占領立法院的學運發生時，正是通泉草盛放的末期。那時在臉書寫下的一段文字，大致是說，通泉草的莖葉平日在草地四處蔓爬，盤根錯節，卻沒人發現，直到此刻，才忽然遍地開花——大家這才猛然意識到，原來通泉草老早就悄悄占領了這個地方。

關於佛氏通泉草怎麼來到草坪的，這條思路或許，還能帶我們走到更遠的地方。

東北臺灣，在冬天至早春，受到季風的直接影響，冬雨不斷，春末有溽熱的梅雨，夏天有颱風與陣雨，是臺灣終年恆濕的角落，溫度卻四季分明，此所謂臺灣的東北氣候區。

東北氣候區的來歷，牽涉到恢宏的地質歷史。在千萬年的尺度，歐亞板塊與印澳板塊在第四紀碰撞，擠壓了兩千萬年，隆生了青藏高原，帶動了亞洲的季風系統；而歐亞板塊另一角，因菲律賓海板塊的擠壓，則自海面升起了臺灣島。

板塊活動的張力一向是漸進而波動的，在百萬年的尺度中，板塊張力的一次鬆弛，帶動了張裂期，沖繩島弧自海底火山湧升，裂口一路劈開了臺灣東北部山脈，形成蘭陽平原，林口臺地邊緣的山腳斷層也自地體滑脫，陷落成了臺北盆地。

這一切，事實上都仍在持續發生中，我們就活在這地質史的事件之中，但那太過巨大，只有偶發的地震，提醒著自我肉身的短暫渺小。

臺北盆地與宜蘭平原雙雙生成在島嶼北端，年年承接著，從更古遠歷史送來的季風，降下綿長的雨，逐步鑿刻北臺灣的水系。一陣陣的雨，切出溪谷，偶爾蓄成湖泊。偏好濕潤的通泉草，在漫長的地質史中，像輕盈的煙霧，逐漸瀰漫在濱水間隙，那些臨時的開闊帶，在火山與季風交互作用的東北區低地，演化成了特有物種。

大歷史的間隙中，還有更小的間隙，十八世紀中葉，漢人來到北部平原開墾，鑿圳蓄水，創造了水田地景，田邊的開闊地，遂成爲野草競相移居之處，草與農人活在了一起。當城市逐漸收編水田，成爲建地，人類對開闊地的想念，直接投射到了景觀設計上，於是園藝的草坪繼承了田埂，一如田埂繼承河岸，成爲佛氏通泉草的地盤。

臺北盆地據說曾是湖沼，也許在探險者到來之前，凱達格蘭人的獵場，古老大澤的邊緣，通泉草也曾這般春意爛漫。

凝視草坪，遙想其繼承的一切，不覺相信，此處也就是世界記憶的匯聚。所有的草，都通往不同的歷史，蔓生，交織，層疊的資料，如走莖，彷彿可以通往任何地方，將我有限的視野不斷拓展。就像通泉草所能通往的時空彼端，張裂的山體，切穿的河谷，伐去的森林，鑿開的水圳，拓平的農田，以及自都市掙來的綠地，縫隙之地一再打開，通泉草的煙霧一再蔓延，在環境持續的變遷之後，通泉草依然綻放出臺灣東北部，特有的春天。

但對我而言，眞正歷史的起點，還是在那個中庭花園。在那個通泉草第一次通往的地方，老師第一次告訴我，這種植物喜歡濕潤，所以，名叫通泉。

黃瀚嶢
臺大森林所碩士，作家、生態插畫工作者。
夢想是當十九世紀那種博物學家。
念的是生態演化與遺傳，
做的則是文學藝術與環境教育。
曾獲時報文學獎，著有《沒口之河》散文集，
並與友人合著兒童科學繪本《圍籬上的小黑點》。

用腳認識你們

方梓

「不看、不摘會死」，你們有無限的魅力吸引我，讓我成為那個「蹲在地上拔草的奇怪女人」……

認識你們是這十來年的事，從任教於靜宜大學開始，眞的是「一步一腳印」一個一個辨識你們，從校門口走到主顧樓，十五分鐘路程，後來被你們一路牽絆至三、四十分鐘才走到。兩年後回臺北，在國北教大，你們又跟來了，而且爲數越來越多，這個全國有名的小學校，從研究室到最遠的明德大樓上課，腳程再慢五分鐘內可以走到，因爲你們，我走了二十多分鐘，近二十分鐘都在對你們一一唱名、檢視。

因爲你們我開始用腳去認識一座城市、一座公園，還有一株植物。

「不看、不摘會死」，你們有無限的魅力吸引我，讓我成爲那個「蹲在地上拔草的奇怪女人」，爲了將你們完全放在心底，於是我書寫你們，在近百種類中，選了二十五個。我用文字將你們封在書裡，藉以減低和你們廝混，只是偶爾在公園、校園、路邊和你們打招呼。瘋野菜的日子愈來愈遠，我沒料到你們夥同新舊朋友移居在離我極近的地方，我卻在十年後才發現。

買暖暖的房子，因爲是郊區，有山有水還有一大片樹林，應該說有一巒又一巒的山，二十多年前買的，前十年只有假日才去，後十年因孩子在外工作、就學，我也不必朝九晚六，一週只需到學校二天，和丈夫互爲「煮飯婆和司機」，兩人同校，且三十分鐘路程，暖暖臺北來去還是很方便，因此吃飯、工作和朋友喝咖啡聊天還是在臺北，這十年來暖暖還是睡覺和假日休息的地方，連鄰居都沒認得幾個，至於那一大片山巒和溪水只有最初如觀光客去走個二、三次外，再也沒踏足過。

以前，兩個公車站我都搭計程車，雙腳只是用來爬家裡的樓梯，至於到街上買菜、到郵局辦事，全賴「司機」，因爲走路得十來分鐘，對不愛走路的我是十分遙遠。因爲疫情，因爲心態不想出遠門，去年年底那安逸慣的雙腳竟蠢蠢欲動，不斷慫恿我出走；河水在咫尺，山在屋後，有大公園，有全臺第一座水庫，有百年的雙生土地公廟，還有廣袤的苗圃，只要走出小社區的大門，再走個三百步、五百步、一千步就可以接近它們。而我總是在書房的陽臺看著屋外的天空、雲和密布的樹木。

有個極微弱的聲音「來看我們吧」，就像常跟我說「我在這裡」一樣，我聽到了你們的聲音。常識告訴我，這裡絕對比校園、公園、路邊更多你們的身影，一定有更多陌生的朋友，這裡是你們的故鄉，也是你們的天堂。

終於在一個暖冬的午後，我決定去探望你們。

走出社區大門往已廢置多年的苗圃，一條長長的林蔭小路，樹木與雜草叢生，因爲有一座可以打槌球的大公園，散步的人不少，最多的是各種大小型鳥類和蟲蟋，還有十數隻的松鼠，無視於路人在樹上爬行跳動。這條路很熱鬧，而你們靜靜的在草叢裡，在林樹底下，我熱情的和你們打招呼：「好久不見。」的確有好多我不認識的野菜，於是我努力拍下陌生的植物，回家一一找出名字。從三、五千步到一萬步，除了雨天或出遠門，我幾乎天天和你們照見。手機上滿滿你們的身影，一次、二次、三次，我努力記住你們，從陌生到熟悉。

每天都有新的朋友，我第一次看到野山薑花，細碎卻很靜雅；紫背竹芋的花紅豔麗；黃色的小蔥花在雨天後長出，炙陽兩天就乾枯了；通泉草的花有三種顏色黃、白和粉紅；長得像薺菜的獨行菜和長得一點都不像荔枝的荔枝草；明明和野莧菜長得很像卻叫牛膝。植物的命名常是因爲人因爲地域或功效，而有了「因地宜」落落長的一串名字綽號。

遍地的酸模、魚腥草、艾草、求米草……從入冬到初夏，你們幾乎終年青翠。而我最熟的龍葵、山茼蒿、紫背草沿途可見，奇怪的是龍葵其實有點苦味，可卻是毛毛蟲的最愛，它們總早我一步，幾乎每一株都最被嚙蝕得像張小網，我只好跟龍葵說：「毛毛蟲也要退火。」

我背了一個小布袋，經常邊拍邊摘，有時爲了更確認端詳很久，路人都以爲我是研究草藥，還會問我：「這可以治什麼病症嗎？」其實我並不在乎你們有何療效，你們有名字有生命，還有記憶，不管食用還是藥用，你們都是野地的菜、花，不是一般人眼裡的野草；美國測謊家白克思特和龍血樹，以及測過的植物：萵苣、洋蔥、柳橙、香蕉，都有超感知覺。白克思特：「也許植物曉得，化爲另一個生命形態的一部分比腐爛落地要強些，正如人在死的那一刻，可能因爲發現自己升入更高的生命層次而感到釋然。」因此，植物和多汁水果有可能願意被吃。也因有基礎知覺力：橡樹在持斧者來砍它逼進時顫動，胡蘿蔔看見兔子時會發抖。

那麼我最愛摘的龍葵和山茼蒿看到我也會發抖嗎？我知道你們不怕我，因爲我從來都是「摘」不是「拔」，摘了你們的部分莖葉，你們長得更茂盛，提早開花結果繁衍後續生命，所以我一廂情願認爲你們歡迎我，不然不會在「雜草」中讓我一眼就看見你們。

這座暖暖通往七堵的山路，除了無數種的野生菜野地花，還有多到數不清的樹，當然鳥類和各種昆蟲也很多，但我知道那是我日後的功課。目前我只能用腳一步一步一株一株認識你們，然後用心更深入的了解你們。母親常說廣結善緣的弟弟有「一拖拉庫的朋友」，希望有一天我能自豪的說：「我有半座山的朋友。」

方梓

臺灣花蓮人，

曾任消基會《消費者報導》雜誌總編輯、

全國文化總會學術研究組企畫、

《自由時報．自由副刊》副主編、大學兼任講師。

著有《來去花蓮港》、

《野有蔓草：野菜書寫》等書。

水芋的選擇

陳議威

白熔岩、日初、熱帶風暴芋，各有各的特色，有的從葉片的中間慢慢長出白色的心、有的從葉基層疊出奶油黃的色塊，在賞葉的世界裡，欣賞幼年到成熟植株的形態，可收穫無窮趣味。

還是去年五六月的時候、夏天剛剛要展開來，我窩據臺北西區、一間駐紮在Co-working空間的新創公司工作，另在東區租賃了一叢小空間，每天鑽門而出、低伏夜歸，彎背躬身過日子、埋藏我尚未擦亮的脊骨。

當時回去的地方，是忠孝敦化小街巷、典型臺北的五層老公寓，跟典型外鄉青年一樣，棲居在頂樓加蓋裡，晚上的風會轟隆地吹、陰綿的大多日子裡，牆壁與床被會滲出水來，夜歸情侶的吵架聲，總是輕易穿牆而來。「房東是一位老先生，平常住在臺南，就週末回來幫植物澆澆水。房租記得按時繳，是他的退休金。」領我看房的仲介小姐這麼說，她說話的時候，我都點點頭，但不明白是，這擁擠的頂樓容納七八人、哪裡還有小花小草的空間。

晒衣場就挨著違建的樓房，與原來的屋頂之間，夾出一條走廊，夾滿了所有寄居者的衣物、撥開內衣外褲，有矮櫃上的魚缸夜晚會閃爍詭異藍光、有相近廚房的雛形、堆滿各種房東私人的雜物，直指室外的廁所。我偶爾晾晒衣物時，會注意到本該屬於廚房的洗滌臺上，放著一組收好的梯子。

過不久疫病正起，公司負責人與先生從美國隔離完，抱著小娃衝進公司，召集我們聚坐於共同辦公室的沙發上，我與同事緊張地圍坐一塊，像部落開會一樣，等待什麼來臨。CEO舉起小娃、小娃用亮麗如火把火焰的叫聲，要我們撤離辦公室、回家待著。沒有思索太久，回到小房間整理打包，掛在走廊上的沒來得及收拾，便空了臺北的房間。

當時寫下過這樣的文字：小島將病毒隔絕在外一年，變種地四散開來。四點中，島嶼北方將要二級升三級的那個週六下午。我戴緊口罩，必要之移動，離開收容我幾個月的頂加雅房。日子就都這麼過了。我抓著行李。S幫我提著手提袋，我們穿越人潮驟減的東區街巷、一邊驚嘆著：「路上的陽光那麼暖和，好像沒什麼事情發生一樣。」「卻什麼都發生了。」

卻什麼都發生了。

返回鄉下、回到家裡、開始遠端的工作，每天早上九點開十五分鐘的會議，便是一整天耗費在桌前、線上會議廳、床上與冰箱裡。不像遠方的城市具備方位，允許東西游移，生活、家事與工作纏在一起，沒有移動的去處，所有感官都停滯下來、一切是如此似成相識。

再前一年，也是坐在同一張書桌前，打開電腦對遠端的人說話，徘徊在氣炸鍋與枕頭之間、但不同是，那時候隔了海峽，隔岸觀火，一邊掙扎著扭曲地拼湊遙感地圖，俯瞰地球，比對ＧＩＳ軟體，嘗試成爲一個研究城市的學者。意料之外世界之災，使生活不便困難、也使我靜省，我幾乎都忘記最核心、最本質的我，只是一個單純在意寫字的人。

我單純喜愛寫字這件事，間接導致我自身偏愛隱喻的美、話講不明白的推敲、要思索再三的過程。而顯然能遇見，突然要順暢地講話、傳遞訊息、擷取重點、表達觀點，能有多困惑、能有多窘迫。我不是不能明白工作中這些能力有多需具備，但我愈栽進這樣的情況中，我便愈背離創作的能量。

重回到臺北的日子，好事是我更社會化了，壞也是。停下來的時候，我對自己說：「日子不能的話，表達愛意不能的話。那就不要寫。寫字是要誠實的。還有什麼能夠坦然我。我必須找出活路來。然後我才能成爲敬重的我。」

停止書寫，認分工作，當一個我能企及最好的職員。隔絕的時候，陽臺的仙人掌無分初曉落日，看顧著我。偶爾工作疲乏，到陽臺重新練習走路。往下看是鄰居爺爺的花圃，大理花跟九重葛滿開在眼睛上。是什麼樣的辛勤的意志，能照料出眼前美滿的小花園？我因而日日偷窺鄰居爺爺辛勤的堆肥、翻土，看不同的瓜果結實壯碩。

有日太陽灼熱，向日葵正都盛開著。爺爺在土坑裡揮汗挖掘，我忍不住呼喊：「進屋喝水休息一下呀。」只見老爺爺用小毛巾拭掉額頭的汗水，緩緩抬起堆疊的皺紋，露出比園地裡一切都還綻放、滿開的笑容：「哈哈哈，種花種的太開心，都忘記時間了。」那一秒鐘，所有東西都是開懷的，日子平實、光亮恰好，植物便這樣住進了我的心中。

植物成為工作之餘的陪伴、與鄰居秘密共有的默契。繼仙人掌後，我最初栽種在陽臺的是水芋（*Colocasia*），水芋性喜陽光與水分，用盆栽種植的話，底部墊一稍有高度的小水盤，腰水泡盆，不太拘束土壤介質，只需將泥炭土、珍珠石混合一翻，底層鋪上一層淺淺的發泡煉石，盆養也可以長得非常茂盛，常常過沒一個月、又一月，茂密地底雜髮又從盆底的空隙鑽出，我第一盆檸檬萊姆水芋（*Colocasia* 'lemon lime gecko'）便從五寸盆、八寸盆換到一尺盆，充足的水與足夠的晴朗，絕對能領略水芋成長的喜悅。

臺中大甲是孕芋故鄉，每至夏日，在田土裡懷胎十月，地植的成熟食用芋頭（*Colocasia esculenta*，英文Taro）便會鋪滿整座小鎮。有一次與S到苗栗的火炎山爬山，回程跨過大安溪，到鎮瀾宮附近吃小吃與芋冰，芋的球狀地塊莖可裸切在冰上、也可以做成綿密芋泥流動在嘴裡、好吃極了。

吃飽後，預計回到臺中市區的我們，誤闖進田間小路裡。原本焦急的我們，一人攀望近處的鐵砧山、搜尋更好的路途；一人低速前進，避免掉進兩旁的泥地裡。一陣溫熱的風從車後吹了來，田裡的芋頭葉從風的來向，一層層地，晃浪成一片響亮芋海，我跟S同時驚呆了。自然交互在一起，我們深陷其中。

還有許多水芋，都是大甲芋頭的親屬，雖然不太會品嘗它的塊莖，但地下走莖可生出更多具觀賞性質的側芽出來，當大到一定的大小，便能夠拆芽接生。我栽植的白雀水芋（*Colocasia elepaio* 'milky way'）、莫吉托水芋（*Colocasia*

'Mojito'）擁有亮麗的白色、黑色潑灑斑紋，價格雖仍不便宜，但大得快，買小小側芽，細心培養也可以長成巨物，相比初植是一片手指心大小的葉片，現在展出的新葉，比我的大臉還胖得多。

白熔岩、日初、熱帶風暴芋，各有各的特色，有的從葉片的中間慢慢長出白色的心、有的從葉基層疊出奶油黃的色塊，在賞葉的世界裡，欣賞幼年到成熟植株的形態，可收穫無窮趣味。

有些水芋在展葉過程，也會有不同表現，像是黑珊瑚水芋（*Colocasia esculenta* 'Black Coral'），初展的葉子還能看到隱隱的葉脈，沒過幾天便像是澆淋上原油一般，黑得油亮。而最具特色的一品，不得不提到由美國培育家 Byran Williams 育種創造的法老王面具水芋（*Colocasia* 'Paraoh Mask'）。

二〇一九年問世，二〇二〇年來到臺灣，它的成熟葉會微微蜷曲，並有深紅的葉脈，爬滿整張葉片。就像埃及王朝國王過世後配戴的面具一樣，只要看過一次，便會迷幻地久久不能忘懷，十分有記憶點，初引入臺灣時價格昂貴，後來被大量組培，價格滑落，最近也成了較爲實惠的顏値擔當。

水芋一瞑大一寸，增添我種植的信心，他們閃動的葉片、被風打動時搖曳的姿影，總讓我想起在大甲芋田迷失的那一日，他們好像在說：「安啦，接著走，繼續走，相信你自己，不管怎麼抉擇，都會有我們的陪伴。」在侷限的陽臺與房間之間，因爲水芋、以及緊接而來的其他綠意，心靈上也獲得了慰藉。

我終於下定決心，回去臺北，收拾留下的東西，徹底說再見。

走進東區無人的街巷、經過閉門的店家，不知一年汰換多少次的招牌，都靜止在離開之前的模樣，像是我爬了六層樓梯，回到的那間房間一樣，所有來不及帶走的物件，與潮濕的霉味，混合成一種停滯不前的情緒，困在小小的空間裡。走進那條許久不見的走廊，將晾在衣架上幾個月的衣服一一收進懷裡、裝進行李。當走廊淨空，一切瞭然起來，突然我看見梯子相連的天花板有一扇門，沒有上鎖，通往天空。

那是我第一次、也是最後一次爬上那個類似廚房流理臺的凹槽裡、緊張、心虛又帶著一絲期待什麼的心情，將梯子固定住，一階一階慢慢往上爬。

打開天空。

光芒從雲層間照亮廊道。我瞇著眼，用手一撐，抵達了頂樓加蓋的屋頂。剛下完雨、一切都是潔淨而剔透，揉揉眼，同時小聲驚呼。終於、直到離開前解開盤旋心中已久的疑惑。便是這座空中花園。綠意盎然的招搖著，迎接大地的驟變與溫柔。

顯然有些日子沒整理了，雜亂至難以穿行，但除了些枯枝落葉，大部分的植物都仍然旺盛的生活著，盤據磚瓦、酒瓶與鐵碗，從最細小的縫隙，抽出芽苞、長出莖幹。他們早就已經在這裡，也將會繼續在這裡，無論有沒有疫情、嚴峻或和緩、有沒有房東老先生、有沒有我，他們都將繼續隨著時間，占據這座秘密的頂樓園地。

我帶上門，回到陰暗裡，這一次，我沒有再裹足不前。返回鑰匙、走下樓梯、接上國道，緊握車子的方向盤往家裡去。接著我將會拿起筆、拿起紙。

就像家裡的水芋一樣，生來早已抉擇，將順著天性，繼續朝著陽光充分的地方，展開新的葉片。

陳議威

筆名Fog，一九九三年生，中興新村人。
在臺中、臺北、北京、清邁生活過，
在亞洲兜一大圈回到南投。
嗜甜食、嗜旅行，
曾營旅行播客節目《三刷遠方》，
講世界上第三名非主流城市的故事。
不能動身之時，不小心種出一片雨林，
收納我游移晃動的心。
三隻臺灣狗、上百盆植栽，
畫畫地圖、想念遠方，
安定下來、經營生活與現在的我。

一生一次的綻放
——我與夾金山上的綠絨蒿

游旨价

不顧四千公尺的稀薄空氣，我一躍而上公路旁的堆石牆，手腳並用地爬上陡峭的高山草甸。突然，一抹紅色的身影閃過我的眼角，我感覺心臟像是差點要漏跳了一拍。

這是我第一次在橫斷山的高山花季上山。雖然出發前早已暗自起誓，見到的每種高山花卉都要一視同仁，爲它們拍照跟記錄，但綠絨蒿仍是衆多花種中我最企盼想見到的類群。在北半球，綠絨蒿是風靡歐美園藝界的明星，它在野外綻放的天然姿態，是許多人夢寐以求的景色。

「張師傅，你知道哪裡找得到綠絨蒿嗎？」在往夾金山的漫長車途裡，我不時就向開車的張師傅提問，惹得他最後忍不住對我吼道：「紅的、黃的、藍的，你想要看哪種顏色的綠絨蒿，等一下的夾金山埡口都有！」

亭午時分，我們的吉普車穿出了森林線，張師傅在一處視野遼闊的路邊停下了車，指著不遠處的大草原說……「挪！小游，那裡就是夾金山埡口，你想要找的綠絨蒿都在那裡。」我聽著忍不住心撲通撲通地跳了起來。

綠絨蒿[1]是我在橫斷山裡最想看的一類高山植物，它特產於亞洲喜馬拉雅和橫斷山的高山上，由於花朵外觀雍容華貴，在同行口中被稱作高山牡丹或是高山植物的女王。在歐美，綠絨蒿早已風靡園藝界近百年，擁有許多狂熱的「信徒」，他們稱它爲喜馬拉雅的罌粟（Himalayan poppy）[2]。我曾在一本由英國綠絨蒿信徒所寫的書裡讀到：「……在所有植物裡，唯有亞洲的綠絨蒿有資格被大自然用來展示其最純正的色彩。一如世上沒有一種花能紅過紅花綠絨蒿，黃過全緣葉綠絨蒿的金黃。潔白的高莖綠絨蒿與華貴的紫色綠絨蒿雖然令人印象深刻，但一朵完美的喜馬拉雅藍罌粟，將令世間群芳皆盡失色。」[3]

算算自己來中國大陸浪蕩已逾半載，雖然出過不少野外，但除了在秋季拍過幾株花容殘敗的喜馬拉雅藍罌粟外，其他種類的綠絨蒿都未曾見過，想來眞是令人嘔氣。

午後谷風吹起，我站在山路旁的護欄邊，頂著勁風遠眺著夾金山埡口。這片山區古名「甲金」或「甲几」，原是一個由藏語音譯而來的中名，意指山陡路險。然而山再險，歷史上也擋不住軍旅鐵騎的橫行。兩百多年前，十萬清軍攀上夾金山爲乾隆皇帝打下平定金川之戰；八十多年前，共產黨紅軍亦跋涉至此，將翻越夾金山視做「兩萬五千里長征」中熱血傳奇的一幕。

對於戰雲密布的夾金山，我其實並沒有太大興趣，它吸引我的一直是它在近代中國博物學史上的獨特意義。一百五十多年前，法國傳教士譚衛道（Armand

David）在夾金山西麓發現了他口中最不可思議的動物——大貓熊（*Ailuropoda melanoleuca*）[4]。三十年後，傳奇的植物獵人威爾森則在與夾金山相連的巴朗山上邂逅了一片絕美的喜瑪拉雅金色罌粟[5]（*Meconopsis integrifolia*）。

也因此，我其實不難想像爲什麼張師傅會說夾金山那麼多的綠絨蒿。遠方的夾金山埡口呈現出相當典型的橫斷山高山植被樣貌，高山草甸之下林深似海，霧氣瀰漫，埡口兩旁聳立著灰突突由碎石堆積而成的尖峰。儘管對臺灣人可能有些陌生，但在許多歐美高山植物愛好者的心裡，橫斷山絕對是一生必來朝聖一次的聖地。這片幅員廣大的山區毗連在巨大的青藏高原東側，湄公河、長江等四條大河流經深谷。冬天，白雪覆蓋著山峰，夏天，強勁的季風夾帶著豐沛的雨水將山峰覆蓋。複雜的地水文系統孕育出世界上最豐富的高山植物群落，超過三千種高山植物在此生長與繁衍。

「這是一個迷人的地方，尤其是在植物學上。」[6]

橫斷山高山植物多樣性的起源，一直是科學家亟欲解答的謎題。去年夏天，美國菲爾德博物館（Field Museum）與中國科學院的科學家在《科學》期刊上發表了一篇古植物學的研究，明確指出地球上已知最古老的高山植物群落可能就在橫斷山。從最新的地質證據來看，在三千多萬年前的漸新世時期[7]，橫斷山的海拔可能就已經達到三千米。藉由分析橫斷山區關鍵植物種類的DNA，科學家們發現這些植物的起源也可以追溯到三千多萬年前，與地質歷史很大程度地耦合。這個研究結果暗示著，橫斷山這麼高的高山植物多樣性，極有可能是因爲高山環境誕生的時間很古老[8]，才有機會慢慢積累而成的。

綠絨蒿雖然又名喜馬拉雅的罌粟，但它有近三分之一的物種分布在橫斷山。[9]在威爾森第二次（一九〇三年）的中國之旅中，他接連在四川的高山裡邂逅了兩種當地特有的綠絨蒿，它們分別展示了綠絨蒿家族裡最受歡迎香檳紅與奶油黃兩種色彩，讓威爾森留下了深刻的印象，致力將這些種類引回西方。

威爾森尤其對紅花綠絨蒿（*Meconopsis punicea*）情有獨鍾，在首次與它相遇後，他形容這種植物就像他的紅色情人，生長在高山草叢之中，呼喚著他前來相認。然而，植物獵人的花心是出了名的，威爾森在抵達巴朗山口之後，馬上又不可自拔地戀上另一種綠絨蒿——全緣葉綠絨蒿，也就是傳說中的喜瑪拉雅金色罌粟。他盛讚著全緣葉綠絨蒿所開出的花海是「一片無與倫比的華麗」，認為是他一生中見過最誇張豪華的植物開花場景。

早就在出發前，我就把威爾森這些帶點浮誇用來讚美綠絨蒿的文字念得滾瓜爛熟，只願自己此趟也能在橫斷山的某處遇到我的綠絨蒿戀人。而夾金山與巴朗山同屬邛萊山脈[10]，加上張師傅的保證，我對夾金山埡口充滿信心，自己必能見到艷麗的紅花綠絨蒿，還有全緣葉綠絨蒿的金色花海。

夾金山埡口雖然看起來很近，但Z字型的山路卻讓接近它的過程異常緩慢。好不容易吉普車終於開到埡口附近的山坳，我馬上向張師傅申請下車活動！張師傅看我如此猴急，只有一臉無奈。「你們這些做植物的呦，真得是到哪都瘋癲……」

不顧四千公尺的稀薄空氣，我一躍而上公路旁的堆石牆，手腳並用地爬上陡峭的高山草甸。突然，一抹紅色的身影閃過我的眼角，我感覺心臟像是差點要漏跳了一拍。一般來說，絕大多數高山植物的花朵都是黃、白或藍等色系[11]，我從沒看過開著紅花的高山植物，這般奇特的色彩想來只能是紅花綠絨蒿了吧！沒多久，果然一株又一株紅花綠絨蒿出現在我的視野裡。它們挺拔的身高傲視群芳[12]，植株頂端繫著四片修長又顯眼的紅色花瓣，就像高山植物社會裡的貴族，讓其他色系的高山花卉變成了矮小又不起眼的存在。我那時才似乎眞得理解了，爲什麼威爾森會覺得紅花綠絨蒿是他天註定的植物戀人。看到這麼獨特又美麗的花朵，世上有哪個植物獵人不想追求？

只是，跟威爾森的經歷一樣，當我一抬頭往更高的山坡上望去……，我馬上被另一種綠絨蒿給吸引了。只見山脊線附近挺立著一棵棵數不盡，植株更高大、通體淡黃的綠絨蒿，它們每株上頭都頂著三到四朵花，碩大的花瓣閃耀著亮麗的奶黃色，像是想用遍地的金黃與午後的高山烈陽一爭光輝。「這肯定是全緣葉綠絨蒿了吧！」我的心裡頓時陷入狂喜，眼前這股氣勢，不畏高海拔環境的險惡，頂著烈日寒風，傾其所有，將花朵極盡絢爛地綻放。原來，這就是高山植物的女王的眞正模樣。

在高山植物的世界裡，許多物種都投資大量的能量在花朵的發育上，碩大的花朵遮掩了綠葉，往往還占去植株很大的比例，這也是很多人喜愛高山植物的一個理由，花大就是美。然而高山植物這樣生長，其實是一種適應高海拔特殊環境的生存策略。簡單來說，高海拔地區由於環境惡劣，授粉昆蟲的多樣性比中低海拔來得低，高山植物演化出大花的形態，很有可能是想提高授粉者的訪花機率，增加它們繁衍後代的機會。然而，像是紅花或全綠葉綠絨蒿這般，把花開成如此巨大還是十分少見的。因為並不是花開得越大就越有好處，想想看高山上那似乎永不停歇的強風，還有午後狂暴的雷雨，很難想像這些碩大卻嬌嫩花朵要如何耐得住這些外部摧殘。

至今，綠絨蒿為什麼會開出這麼巨大的花朵，仍是一道演化之謎。然而我在夾金山和綠絨蒿共度的時光裡，對紅花綠絨蒿的堅韌有一番個人觀察。我發現紅花綠絨蒿修長的綠莖比我想像得還要柔韌，在把我吹得睜不開眼的大風裡，它並沒有「屹立不倒」，反而順著風勢四處擺晃。而當我輕扯花瓣，想要測試花朵的強韌程度時，我發現花瓣的觸感輕薄軟韌，基部緊緊黏著在花梗上，估計得花一定力氣才能摘下或是撕裂。此外，閃著絲綢般光澤的花瓣似乎還能夠一定程度地防水。顯然，這些美麗的花朵並不如我們想得那麼嬌弱。

文獻記載，大多數的綠絨蒿都是兩年或多年生的品種，但是它們一生卻都只開一次花。我不禁想著，原來綠絨蒿並不是一直都那麼引人注目啊。在那些不開花的日子，綠絨蒿與其他高山植物一般，縮伏在草甸的庇蔭裡，安靜地中積蓄能量，直到命定的那個季節才一舉釋放，朝著藍天抽長強壯的植株，綻放出華麗又碩大的花朵。

這次夾金山之旅，是我第一次在橫斷山的高山花季上山。雖然出發前早已暗自起誓，見到的每種高山花卉都要一視同仁，爲它們拍照跟記錄，但綠絨蒿仍是衆多花種中我最企盼想見到的類群。在來到夾金山之前，我曾想像自己攀上橫斷山四千公尺的草甸，跪在繁花似錦的高山花園裡。雙手托著相機，用朝聖者般的虔誠，對著挺立在山脊上，一朵朵盛開的喜馬拉雅罌粟，按下一次又一次的快門。

那些紅的、黃的和藍的花朵，在陽光下閃耀著寶石般的光澤，那是它們第一次也是最後一次的綻放，也是我心裡，每株綠絨蒿向所有在高山環境裡堅苦生存的植物所致敬的，一生一次的綻放。

1 綠絨蒿屬名源於披覆全株的絨毛或剛毛。

2 綠絨蒿屬隸屬於罌粟科，花朵外觀和特徵也與罌粟花相似。

3 Bill Terry, Blue Heaven, encounters with the blue puppy. 2009. Touchwood Editions.

4 一八六九年，譚衛道對他採自四川寶興的黑白熊皮進行研究。他認為這個物種不同於中國西部山區的黑熊，雖然形態上與一般的熊有些差異，其總體形態尚未脫離熊的性狀，於是給它起了個學名叫 *Ursus melanoleucus*（意為黑白相間的熊）。

5 正式的科學名是全緣葉綠絨蒿。

6 Many beloved garden flowers originated in this mountain hot spot—the oldest of its kind on Earth. https://www.sciencemag.org/news/2020/07/many-beloved-garden-flowers-originated-mountain-hot-spot-oldest-its-kind-earth

7 漸新世在地質學裡被認為是一個重要的過渡時期，尤其是在漸新世晚期（二六〇〇～二三〇〇萬年前），全球各個地區相繼從較溫暖的氣候陡然過渡到較寒冷的中新世。

8 世界上現今主要的高山山脈，大多隆起於近一、兩千萬年；而高山植物群落的起源大抵都只有五百萬年以內的歷史。

9 綠絨蒿屬目前界定約六十至七十種，其中中國產四十至五十種左右，其中近半數是特有種。

10 邛萊山脈位於四川省西部，是岷江和大渡河的分水嶺，主峰是著名的四姑娘山么妹峰。

11 高山植物的花朵累積了大量的花青素、類黃素，用以反射過強的紫外線或其他有害光線，因此在花色上特別容易出現白色、紫色和黃色等色彩。

12 紅花綠絨蒿植株約為三十至四十公分高，而全緣葉綠絨蒿則可生長到其兩倍的高度。

游旨价

成長於臺中太平，臺灣大學森林環境暨資源所博士。
熱愛山林與自然，行蹤踏遍臺灣山野，
亦數次前往世界各地採集與觀察植物，
靠著野外工作凝聚自身在高山植物議題上的見解，
並以瞭解全球山地植物多樣性的起源爲職志。
博班畢業後，赴雲南西雙版納從事小檗採集與研究。
曾獲科技部補助至美國布朗大學
與東京國立自然科學博物館訪問，
並獲得臺灣植物分類學會最佳博士論文獎、
彭鏡毅博士紀念獎。
著有《通往世界的植物：臺灣高山植物的時空旅史》、
《橫斷臺灣：追尋臺灣高山植物地理起源》。

哈薩克邊境的子遺森林

——Sogdian ash grove

廖珮岑

森林景緻在臺灣可謂是我最熟悉也最喜歡的景色；但若是以大片沙漠和草原為主的哈薩克來說，便是極少數的特例。

幾個鐵柵欄圍起的墓碑，幾棟小建築群。中亞的伊斯蘭習俗通常會在村子出入口建墓園，看到墓園時，我就知道下一個村子到了。春賈（Chundzha, Шонжы），哈薩克東南方的維吾爾區域（Uygur District, Ұйғыр ауданы），與中國新疆接壤的邊境地帶。低矮的蘇聯式傳統建築，外加懸在房屋之間的煤氣管線，路牌除了俄文和哈薩克語，多了一行維吾爾語。此地是泡溫泉的渡假勝地，可惜這趟並不是爲了溫泉。

穿越市區後，繼續向西行。這裡除了是國與國的邊界，在氣候上也是混合型的半乾旱氣候區。行經溫帶草原和沙漠，最終來到查林國家公園（**Sharyn National Park, Шарын ұлттық табиғи паркі**）。大部分的旅客都是爲了一覽媲美美國大峽谷景致的查林峽谷（Sharyn Canyon）而來，尤其是峽谷中間最爲狹窄的地帶。腳下最古老的地層是距今四億年前奧陶紀的花崗岩，石炭紀（三億年前）的岩漿嵌入其中，直到第四紀（二六〇萬年前）以來風的侵蝕及太陽的長期照射，使峽谷呈現紅色調，有各式尖塔造型，因此得名城堡谷（Red canyon/ Valley of Castles）。

眼前的視野從原本廣闊無垠的草原變成一片森林，林中有一棟達恰（**Dacha, дача**），蘇聯時代建置的鄉間別墅，後來更成爲哈薩克總統的度假小屋。森林景致在臺灣可謂是我最熟悉也最喜歡的景色；但若是以大片沙漠和草原爲主的哈薩克來說，便是極少數的特例。對於前幾天才在北邊 Altyn-Emel 國家公園的沙漠和草原賞鳥的我來說，得知不遠處有一片綠洲森林，便多安排一天的行程，期望能欣賞中亞森林型的鳥類。

發源於阿拉套山脈（Alatau）的查林河（Sharyn river）貫穿整片森林及峽谷，最終匯入伊犁河（Ili river）。事實上，Sharyn 一詞來自維吾爾語，意思是梣樹（ash tree）。「如果以哈薩克語來解釋的話，意思是斷崖。」整段路途幾乎沒說話的嚮導V突然開始解釋。結合兩種語言，Sharyn river 意思是「切穿峽谷和梣樹森林的河」。

說到臺灣的梣屬（*Fraxinus*）樹種，我最初想到的是光蠟樹（白雞油）。而查林峽谷中的主要樹種 Sogdian ash（*Fraxinus Sogdiana* Bunge），是一種距今六六○○萬年前第三紀（Tertiary）時期，廣泛分布在中亞地區的梣屬樹種，新疆地區稱爲天山梣。除了天山梣，這片森林也有柳屬（*Salix*）和楊屬（*Populus*）等樹種。

我揹著相機和望遠鏡往森林走去，踏著滿地落葉，發出「雌嚓雌嚓」的聲響。已經離開臺灣快滿兩個月的我，居然有一股安心的感覺，直到聽到一陣微小細碎又尖銳的山雀鳴唱。眼前的小灌木叢上出現一群銀喉長尾山雀（Aegithalos caudatus）。其實以世界分布來說，小傢伙非常普遍，廣泛分布於北半球的溫帶地區。成體呈現黑白兩色，雪白的臉，配上小巧的黑嘴巴和渾圓黑眼睛，是一種我一直想親眼見證的可愛鳥種，只是我沒想到居然是在哈薩克就讓我見著。

根據地質調查，在距今二三〇〇萬至二六〇萬年前的中新世至上新世時期，此地是一處巨大湖泊，當時湖泊周圍皆爲大片森林。板塊擠壓使天山山脈和阿拉套山脈持續增長，湖泊逐漸乾涸，河流侵蝕加劇，漸漸形成深達三百公尺的峽谷。而當時湖泊周圍的森林則限縮在峽谷溪流的兩側，形成帶狀的史前綠洲。經歷第四紀冰河期，Sogdian ash 遺留了下來，成爲當今的孑遺物種（Relict species）。查林梣樹森林（Sharyn ash tree grove）也是現今中亞最大且唯一的 Sogdian ash 森林。

我已經在森林內走了將近四個小時，許多山雀和鶇科鳥類在樹冠層飛舞跳躍，抬頭望著他們逆光的黑色身影，一邊拿著圖鑑對照。「兜兜兜——兜兜兜兜兜。」聽到這個聲音，彷彿反射神經抽動，立刻放下手邊正在進行的作業，著魔似地追尋聲音的源頭。我知道這必定是某種啄木鳥的聲音，啄木鳥在鳥類中，是我情有獨鍾的類群，早在來到哈薩克之前我就一直期待哪天能巧遇中亞的啄木鳥。果不其然，一隻白翅啄木（*Dendrocopos leucopterus*）母鳥正環繞著樹幹覓食，這種啄木鳥僅分布在中亞南部，在哈薩克也只有少數幾個南方森林地帶，而我望著牠將近半個小時之久。

走出森林，嚮導已經等候多時。我們沿著公路前往阿拉木圖（Almaty），我回頭望著查林峽谷，第一次完整看到整片壯闊紅黃土壁下，唯一的一片綠洲。

參考資料：Kerimbay, B. S., Janaleyeva, K. M., & Kerimbay, N. N.（2020）. Tourist and recreational potential of landscapes of the specially protected natural area of Sharyn of the republic of Kazakhstan. Geojournal of Tourism and Geosites,28（1）:67-79.

廖珮岑

畢業於森林系，研究所念地理所，
研究猛禽遷徙，喜愛賞鳥、旅行、攝影。
爲了追尋鷹獵文化，
前往蒙古、哈薩克、吉爾吉斯等國家。
過程中除了記錄鷹獵，亦帶回許多中亞草原的故事。
喜歡蒙古和突厥熱情奔放、與自然爲伍的生活，
也喜歡他們流傳千年的文化與歷史。

水中事

大爆發

廖鴻基

妳灑出豐富的鈣質溶在水裡，以低頻密語通告水域中每個角落裡的每顆細胞：都為你們準備好了，所有的請求，都已存在我釀了再釀陳年且醇美的水裡。

彷如聚沙成塔，四十六億年的歲月中，妳用了四十億年來讓自己懷裡蘊含無可計數的單細胞生物。

生命在懷裡點滴累積的漫長歲月中，妳心底雖有襁抱生命的歡喜，卻慢慢覺得似乎過於漫長安靜，妳憧憬的生命比較是瞬間奔動燃燒且續紛多彩，然而，歷經四十億年苦心經營後，所有生命顏彩仍趨近於無奈的黑白和淡然。妳心思一向縝密當然明白，生命若要繁華奔跑，當單細胞生命量能足夠之後，必要開始學習累聚、堆疊和複合。

分明是妳意志的長時累積，但誰也說不明白，生命從微渺走到開始聚合、複合且形態日益龐碩，由靜而動，由單一轉而繁複，那關鍵的鍵結究竟如何啟動。只好省事推說，是造物者、是神的旨意。

鳴槍起跑後，像是點燃了火索，妳懷裡的生命形態開始奔向大鳴大放的火藥庫。不難預期一場火光四射的生命大爆炸場景。

點滴扎實且漫長的四十億年準備後，接著的五千萬年，妳擁抱的所有生命開始劇烈錯動。黑夜似乎已經走到盡頭，如曙光裂開雲縫的片刻，妳懷裡的每顆細胞都有了自主意識，不只是醒來而已，是甦醒後即刻拔步飛奔。從此恣意、狂暴，完全不受控制。

妳皤然驚起，整個懷裡如乾柴澆上油料焚火漫延，生命的鼓聲一下下用所有狂舞的勁道敲擊，每一擊都深沉厚響，彈起的又如此昂然輕躍。沒有曲譜，不按節拍，無可掌握的鏗鏘擊打，一下下都敲在漫長空虛黑暗的苦楚痛點上。過去漫長的埋首苦心和守候，在這將醒未醒的節擊點上，完全不堪回首。

看似無心，又似深沉精算的謀略，所有的單細胞生命全動了起來，像是出征隊伍受命列隊武裝，每顆單細胞生命都讓自己是一座大體結構中帶著使命的一粒細砂。你們率先群聚成扁平的盤狀、條狀或管狀形的粗體生命。你們從人眼幾乎看不見的輕微單細胞生命，如今複合成海綿或管蟲等多細胞軟體動物。

這場生命的大爆發，是奇蹟，也是恩典。初長成的複合生命，缺乏防護自己的硬殼，缺乏撐起自己的硬質支架結構，只能固著伏貼於妳的海床，儘量低調扁平，先維繫住能站穩腳步的二維空間。

妳的心思再次錯動，完全明白這情況只是過渡，只是大爆發這場大戲的序幕和前奏，妳要的當然不只這樣，妳要的更多。

妳張開眼，暗示貼緊妳懷中的生命也學習睜開眼，然後，就能放手馳騁。

於是，初初站穩的生命開始向妳請求：給我們看得見光的感官，給我們撐得住自己也保護得了自己的殼，給我們能走或能游的腳或鰭。

妳灑出豐富的鈣質溶在水裡，以低頻密語通告水域中每個角落裡的每顆細胞：都爲你們準備好了，所有的請求，都已存在我釀了再釀陳年且醇美的水裡。

你們聚合感官細胞造你們的眼，終於感覺到光，並知覺水液中妳經代累世爲生命自由奔騰所鋪陳的細節和伏筆。你們披上了盔甲，硬了體魄，伸長鰭或腳，試著離開與母體的根著牽連，放自己在水液鋪展的三度空間裡自在悠游。

妳用最原初的慾望嘆了口氣，啊，放手才能突破門檻。

繽紛多彩的生命已經在妳鹹濕的懷裡爆發，從此恣意狂放，如傾如注，不受約束。

廖鴻基

生於花蓮市。三十五歲成爲職業討海人。
一九九六年組成尋鯨小組於花蓮海域從事鯨豚生態觀察，
翌年參與賞鯨船規劃，並擔任海洋生態解說員，
一九九八年發起黑潮海洋文教基金會，任創會董事長，
致力於臺灣海洋環境、生態及文化工作。
曾獲時報文學獎散文類評審獎、
聯合報讀書人文學類最佳書獎、
吳濁流文學獎小說正獎、第一屆臺北市文學獎文學年金、
賴和文學獎以及巫永福文學獎。
出版作品包括《討海人》、《鯨生鯨世》、《漂流監獄》等。
多篇文章入選中學國文課本及重要選集，
其書寫取材廣闊與文字描繪深幽，風格獨具。

女子在海

杜盈萱

與海的關係，得以有個引路人穿梭其中牽引，我不想錯過良機，即使賭上某種程度的，我的性命。我是清楚的，我有多麼害怕。

生活在海島的我們，或許在目前的此生當中，都該有過這般與海的相處吧：當你心情落寞、沮喪，當你想一個人安靜地沉澱著心情、思索著何以爲人生，你走向海、望著他，交付出全然的你。

鹹鹹海風刮著，掃去你煩悶的心情、捲捲浪淘刷洗著，掏空了你哽住的情緒、只是眼觀海的寬闊，竟悄悄也開展了你的心室，你的世界得以浸染了一片藍，得以悠遊自得一陣子。我們從海的世界帶走的，總是藍天白雲。

曾經我以爲，與海的關係，就會這麼一直好下去……

「你會不會游泳？」

「會！」

「那待回潛水衣服換上，我們去海裡潛水射魚。」

「蛤？我……我……」

「好……」

事實是，與海的浪漫距離不在，我一邊心底無限恐懼著、卻也是興奮。與海的關係，得以有個引路人穿梭其中牽引，我不想錯過良機，即使賭上某種程度的，我的性命。我是清楚的，我有多麼害怕。

朋友已穿戴好潛水裝備，緩緩入海去了，而我則是心底瘋狂著發抖，恐懼像根系般盤踞著我，腦袋無法運轉思考，也無法做好自己的主人，我像個空洞魂魄般，穿戴好蛙鞋蛙鏡，不知爲何，跟著也潛入了海。

第一次游進了海，我感到好陌生。當你整個身體肌膚浸泡入海，感知會帶你觸碰到海的本質。瞬間的我，似乎得知許多靈感訊息，海究竟有多古老、爲何生命演化是從海、海何以能夠涵養生命、爲何人們的傷心，可以被海洋療癒……。

跟遠距離觀海好不一樣，我是被完整的包覆住，厚實穩當。海的一波浪平又起，身體不斷深刻經驗著浪濤的載浮載沉，一股大生命力量正乘載著我……這就是生命力啊……這就是活著的證明吧……擁有生命力，眞是一件好酷的事情。

就這樣，我的恐懼與興奮參半顯現腦海。也浮也沉。

腳踢蛙鞋，交付身體，我看向了寬闊無邊際的太平洋，朋友的呼吸管像小島燈塔般指引我方向，讓我心安。我低頭看向深海，似是遊走雲端。一邊調整呼吸，一邊再抬頭尋找指引，「……咦？不見了！」那眞是一道閃電擊中心底深深，恐懼像隻黑手般攫獲住我，拖下、要把我淹沒，茫茫大海，我站直身軀，腳踢蛙鞋，就地轉繞，試著讓自己不要下沉。

「在哪裡？你在哪裡？」頓時的我失去支柱，就要垮下。深呼吸一口氣，平行看著大海，一片空蕩，沒有生命跡象。

「穩住自己！」我對著自己說，「他只是下潛一段時間，會再上來。到時候要逮住他，跟他說我有多害怕……多害怕。」我的心，像童話裡，那穿上紅鞋子女孩的舞步，凌亂不堪地舞踏，瘋狂奔走，無法控制。

「別慌！別慌！」我用力告訴自己，一邊嗆進了些海水，嘗到了眼淚也鹹鹹，流進了更大的海水鹹。

噗……一聲響，小小水柱衝出海面，朋友的呼吸管呼出了水。我像是尋覓到一處光、一朵希望。找了個機會逮住他，嘶吼叫著：

「嘿……我會怕！」聲音隨著海風迂迴旋繞，帶著濕氣。朋友像是突然明白了什麼，朝著我快速的游過來。

抓穩了他，我才一顆心放下。他穿戴手套的手，牽起了我，我們一同海中踢水游，水裡飛，到處有雲霧泡泡繞。牽著的手馴服了我野性狂奔的心，不再如此恐懼。

循著踢動的水紋、緊握的手，我好似有跡可循，一股安詳、信任升起，我轉而繼續與海相處、對話……。

海啊，海。你是那麼深切、迷人，卻無法捉摸。

朋友曾經形容著海，帶著神秘藍，很是喜歡：

「海字，有水有人，其實是母親。」

我在海。一旁皆水，我爲人，感受到的包繞溫度，確實，是母親的溫暖與柔情。

杜盈萱

目前在花蓮生活，自覺是像野花野草般的女子。
心中有個明確的生活圖像，
有塊土地，家門前是自己親手照料下的菜園、花園，
動物跑跳其間、朋友偶爾拜訪，
生活周遭都能見豐饒的生命力，自由奔放。

小島有藍眼淚嗎？

陳翠玲

人們有時想要炫耀自己的常識多於其他人，將網路上收集的資料變成自己的親身經驗。想到依爸如果還在世，一定得問問他：「你以前天未亮就出海捕漁的時候，到底有沒有看過藍眼淚啊？」

這幾年要是有人知道我住在小島，一定會問：妳住的小島有藍眼淚嗎？什麼時候可以看到藍眼淚？我們想去看！接著會說，我們看過藍眼淚的照片，好美。

藍眼淚讓馬祖聲名大噪，幾年前我指導一位學生參加地質公園繪畫比賽，她畫了一張馬祖的藍眼淚，美麗曲折的海岸線配上泛著光的藍眼淚，吸引了評審目光，獲選優等，主辦單位邀請我們師生到臺北領獎，還帶我們參加了南臺灣的地質之旅，從此，我加入了地質公園探索行列，將藍眼淚的資料也稍加整理，變成培訓學生當地質解說員時的解說稿。現在，我回答詢問藍眼淚的問題，也說上這一段……。

根據研究：藍眼淚是一種夜光蟲（渦鞭毛藻），想看到藍眼淚一定得要吹南風，而且要夠強；人說無風不起浪，起浪後才會造成驚擾發出藍光，而數量多時，整片海被染成藍色。藍眼淚從每年四到十月是馬祖季節限定的美景，但就算在這季節裡，也是可遇不可求的。

有藍眼淚可能出現的季節，島上旅客多了起來，一到夜晚為了未知的美景而躁動不安，一點點的風吹草動，就奔相走告，在寧靜的夜裡，摩托車呼嘯而來，奔馳而去，「追淚人」一整夜在安靜的小島穿梭，追淚到天明。

如果你問我，妳看過藍眼淚嗎？

有啊！有一次的大爆量，沿著海邊走，海上泛著藍光，眼前所見的大海，像有無數的藍精靈一陣一陣的湧起，奇幻如夢境，的確讓人興奮不已，在這之前我是不曾見過的。

在這季節，小島上的船家天黑以後，載著一船的「追淚人」，繞著島礁前進穿梭，我站在岸邊，看著小船揚長而去，船尾曳著白色的長浪泛上了藍光，像是染了藍色邊的蕾絲，耳邊傳來了陣陣的驚呼聲。

是沙岸地形的沿岸，若有了藍眼淚，赤腳走在沙灘上或是輕踢海水，藍眼淚就在你腳邊螢螢發光，是很動人的。但岩岸地形的我的小島，親海不是件容易的事，也只能欣賞保持距離的美感。

「追淚人」常常在親眼看過藍眼淚後有些失望，問：「爲什麼沒有照片上看的那種藍？」是呀，攝影師常常守了一整夜，用上了所有暗夜拍攝技巧。「哎呀！說太多你也不明白啦（哈！我也不太明白）！就是你看了藍眼淚三十秒的量，呈現在一張畫面裡啦。」

每年春季，白天若在海上看到「赤潮」，夜晚看到就是藍眼淚。

「赤潮」馬祖人也稱它爲「丁香水」，當看到這種生物大量出現，以它們爲食物的丁香魚群就在附近。赤潮會受到潮汐、海流、風向等因素影響，也可能會被海流帶走。因此白天看到赤潮不代表晚上就一定會看到大量藍眼淚。

一次，聊天中，被島民質疑問道：「難道妳小時候沒見過藍眼淚嗎？」我說：「沒有！我從不知道，海上會發出藍光。」人們有時想要炫耀自己的常識多於其他人，將網路上收集的資料變成自己的親身經驗。想到依爸如果還在世，一定得問問他：「你以前天未亮就出海捕漁的時候，到底有沒有看過藍眼淚啊？」

現在，爲了看藍眼淚，避免光害要關掉路燈，小島早期戰地的緊張時代，實施燈火管制，全島暗懵懵，應是看藍眼淚最佳時期，我的老家面朝大海，夜是那麼的長。爲什麼我都沒看過？也不曾聽說？所以，這也可能是海洋生態警訊，意味海洋環境處於比較不健康的狀況，是嗎？

若再有人問我，妳住的小島有藍眼淚嗎？什麼時候來馬祖可以看到藍眼淚？我除了背出解說稿，還會加上：在我心中小島有更美、更舒服的景致⋯⋯。

夜晚海邊散步，看滿天星星在眨眼；白天吹吹海風，看野花遍地風姿綽約。

如果旅行是激情的，那在旅途中你或許會忽略了最在地、也最耐人尋味的小島日常。

陳翠玲

國小美術教師，居住在東引島上。

教與學及書寫，喜歡陪伴有夢想的人，

二〇一四年出版圖文套書《守燈塔的家族・東湧燈塔的故事》，

二〇一七年獲馬祖文學獎故事書寫首獎。

著有《我的東引 你的小島》散文集。

漁場後臺

林敬峰

總有人喜歡對拖網漁業獵巫，好像漁網上的重鐵鍊夸夸夸是刮過他的心他的肺。但這不妨礙他們大啖胭脂蝦刺身、享用居酒屋的燒烤竹輪、涮石斑火鍋蘸沙茶醬——那些有華麗包裝的生活都或多或少有拖網魚的影子……

下著雨的大溪漁港蹲著個阿伯，乒乒乓乓在剖盲鰻，於是走近攀談。

「這無目鰻安怎賣？」

「你愛這个喔？內行！」

阿伯站起身在圍裙上抹抹手。

「你愛予代客抑是家己煮？」

「我家己煮啦。」

「哦，你是學生乎，做研究的。」

這句話愣住了我，傳聞漁民都對研究者懷有芥蒂，而我自認與其他採買的民眾並無二樣，但卻被他貼上了危險的標籤。（再者我也不是做研究的學生，我只是想揀些隨著拖網被捕獲，樣貌特殊的下雜魚做標本而已。）不過既然被冠上這名號，不如順勢藉著研究生的名分繼續瞎扯，雖說膨風水雞刣無肉，但只要不被尖刀戳，就也不會被人發現我一肚子的壞水。

「今仔日下雜仔敢有收？」

「無啊，經銷商無愛收矣，下雜仔全部倒去海底，恁做研究愛揣樣本較無法度矣。」他一邊用手比劃漁港那一頭的下雜魚棚，還有港外擾動的大海。

我點點頭，付了錢，提著包好的盲鰻，轉身步入雨中。

沒有下雜魚，似乎也失去非得去漁港不可的動機，鎮日蜷縮在臺北，偶爾癮頭犯了，就到對山的菜市場巡一回，看看攤上一成不變的赤鬃、午仔、白帶、鱸魚，或乾煎或紅燒或豉蒸，呼吸不平的平底鍋傳來的腥味解解乾癮。

直到半年後的某天晚上，突然生出了一絲「碰壁了也沒差」的想法，於是從陰暗的桌底扯出背包，胡亂塞進大小塑膠袋就睡去了，準備趕明早的火車。

室友走了進來，說他接了個舞臺設計的 case，「文明的野蠻人，」他說，大概是劇名。「滿好看的，很好笑。」一邊把劇本傳給我。正好，拿來打發漫長的車程。

火車很晃，手機裡的字很小，讀著讀著車廂一個蹦跳就把螢幕裡的文句甩到遠方，得重新找起。室友說的沒錯，劇中人確實荒謬，兩對夫妻因爲雙方的兒子打架，在有酒和水果派的和解大會，露出了漂亮大衣下包裹著的鋒利的爪與牙，如魚叉槍一般胡亂上膛發射，嵌入倒楣者的耳朵。

爲了死不了人的小事，人們能大動肝火；如果換做的是死得了人的事呢？一件遙遠而攸關人命的事？他們大概會衣冠楚楚的坐在客廳的皮沙發，從細脖子的酒瓶裡倒出液體，一邊啜飲一邊漫談那些只有有錢人啃得動的藝術與文學。

一件要不死人，要不死魚的事。

爲了趕沒必要趕的火車錯過了早餐，於是到港邊的便利商店抓了個飯糰，向戴鴨舌帽的阿伯討了半張桌子慢慢吃。阿伯帽沿很低，眼鏡戴得更低，兩眼忙碌在手機裡彈跳的畫面，偶爾才從壓低的帽沿和鏡框之間擠出一點狐疑的眼神。

「你來買魚仔？」

「著啊。」

「對臺北來的？」

「著啊。」

「你開餐廳的乎？」他的瞇瞇眼中有種銳利的篤定，不知是看到了我常進出廚房的一身油煙，或純粹只是賭者的矇混。

「毋是啦！我家己愛煮爾。」

「按呢喔。有咧看棒球無？」他話鋒陡轉。

「無呢。」他點點頭，自顧自地說起了各個選手的打擊、守備、得分、犯規，不顧對面的我滿嘴飯粒一臉笨樣。講到一個段落，他再次擠出一線目光看向我，微微傾過手機讓我看到螢幕畫面，如隔著水看魚。

「跋筊啦。」

好吧，廚師一事大概眞是他的瞎猜，不過至少他不是猜研究生。

漁船進港後先到魚市場晃晃，魚市裡人很多，我注意到一對小情侶。他們不像婆婆媽媽一瞪眼就要看穿魚鱗魚皮魚肉魚骨，看出這是兩天前的凍貨，一張嘴就要大刀砍價兩百百五一百算了不要轉身走人；也不如做研究者那樣徘徊、穿梭，對尋常魚鮮視而不見，銳利的眼神劍指心中的好貨，問價、付錢、打冰、離去，沒有廢話，不拖泥帶水。這對情侶站在路中間，有點猶豫，有點不知所措，女生對魚只分得出「紅色的」和「白色的」，男方則通通回答「不知道那是什麼欸」偶爾對長相怪異的魚獲加註一句：「應該是深海的吧。」觀光客，我想，我也有了漁港阿伯辨人的眼睛。

漁工推來一臺板車把小情侶趕到一旁，裝的是紅喉、皮刀、白帶，還有一籃子巨物，推車的漁工咧嘴對我炫耀：「地震魚喔。」是一尾近三米的石川氏粗鰭魚，小情侶似乎看傻了眼，與盤子大的魚眼互瞪，隔了一會男生才弱弱吐出一句：「這是深海的吧。」

此魚身長體大，又長相詭譎，總被認爲是不祥之兆，此魚一出，天塌地崩。又有好事者謂此魚「龍宮使者」，從深海竄出，將預來的兇災報予和海賭命的人。報兇？拖上來大塊大塊的剁開，一公斤喊到三百五，怎是凶兆。

看到一攤老闆娘手上提起一尾熟悉的身影，箕作氏兔銀鮫，個頭不小，適合與豆瓣醬同煮。開始接觸下雜仔之後就對這類兔唇鼠齒、烏翅綠眼的深海魚癡迷，當即搶上一步問價。

「頭家娘，白魚虎按呢賣？」大溪這魚的名字給得不明不白，是知情者的黑話。

老闆娘瞟了我一眼，並不直接回答，反而從不知何處變出一條烏溜溜的大物，扔到我手中。「閣有這款的啦！」我差點叫出聲來，因爲突然的重量和差點滑脫的魚、因爲極力僞裝採買者卻仍被識破的身分，還有更多是因爲手上的非洲長吻銀鮫。臺灣有紀錄的銀鮫一共五種，其中喬丹氏銀鮫極爲罕見，餘下的太平洋長吻銀鮫、黑線銀鮫、箕作氏兔銀鮫皆已納入我的典藏，如今手上捧著這尾魚，開始感謝老闆娘看透我拙劣的演技。

老闆娘把魚扔給我之後就招呼別的客人去了，我抱死魚傻子一樣站在旁邊。用指扠度量魚身，用手臂掂掂重量，翻了翻各種生殖器官，想了想宿舍已經爆滿的冰箱，撥了通電話。

「非洲長吻銀鮫，公的，三尺左右，六斤多，好標本，要不要？」

「要！」

「你有地方冰吧？回到臺北拿去給你，錢再說。」

「好。」

下雜魚棚似乎有人影，不似半年前賣盲鰻的阿伯所說的「無收矣」。一邊走近一邊拿出手機查看室友剛剛傳給我的舞臺設計圖。沙發、地毯、單腳站的立燈，掛畫、擺飾、當季的藝術期刊，浴室裡有水聲，插座能傳出電。坐在觀眾席，看到的這肯定是一戶有錢人家漂亮的客廳一隅，畫一般被裱框供在眼前；但若你悄悄避過舞臺監督的視線溜到這潔白的牆片之後，你定能看見那些七岔八岔的木料、狂亂塗抹的粉筆記號、螺絲綳緊的牙和釘槍戳瞎的眼。你突然被一根斜斜伸出的角仔絆了一跤，正要暗暗咒罵時，卻從不住晃動的布景中看出竟是它支撐了整個結構。

我說你啊，就好好待在外頭當個無知的觀眾，享受劇場炫目的幻覺吧！何苦走進後臺揭露這一切呢？

下雜魚棚有三人進出，都不是熟面孔：最年輕的一個著粉紅的上衣，風吹草一般的頭髮，耳機耷拉在肩上；一名壯漢拿著套了酒的奶茶，滿臉堆笑，露出滿嘴黃牙和燒到濾嘴的菸屁股；一個身材高大壯碩，皮膚黝黑，圓臉上戴著一副小小的方框眼鏡，他是年紀最大的一位。耳機、笑臉和眼鏡，我無法得知他們姓甚名誰，只能如此代稱，像命名陌生的魚。

幾艘魚船泊岸、卸貨、離去，把新來的魚獲翻了翻，不少有趣的東西。大口長頷鮃、環紋海蝠魚、日本松毬魚、白鰭袋巨口魚、鬚叉吻魴鮄、阿里擬角鯊、布氏盔簑鮋、日本單鰭電鰩，我一邊揀一邊咀嚼這些拗口的名字，堆砌無意義的聲韻。眼鏡拿了一副手套給我，努努嘴要我戴上，然後拉起地上的水管，叫我把水閥打開，朝著一落落的死魚噴灑。

「按呢較袂臭啦。這魚仔疊做伙會發燒，愛予伊沖冷水，無就會臭。」我點頭嗯了兩聲，他把水一併澆在我的褲子上了。

「這攏偌深的啊？」

「百五、兩百，無足深啦。你看足濟鰻條仔。」他俯身把幾條在地上蠕行的蛇鰻拾回籃子裡，鰻魚攏啊攏又掉回了地上。

「這攏愛做飼料喔？」

「著啊！」

「愛飼啥？」

「石斑、虱目魚、鰻，絞絞咧攏會使啦！」都算是臺灣自豪的養殖魚。眼鏡從魚堆裡扯出幾條帶魚扔進另一個籃子，把錦鰻和硬尾仔分別放進另外兩個籃子，耳機和笑臉也加入這個行列。我拿了人家的魚又沒有付錢，不如幫著做些工，有樣學樣把籃中的魚挑出來。

「其實這嘛會使食，毋過傷細條無人愛買。」眼鏡看我握了滿手的帶魚這樣說。

我瞥了一眼手中的帶魚，凸眼破皮，完全沒有五指釣帶的闊氣，給我我也不要。反正這貨，人不吃魚吃，待到他被絞碎入了養殖魚之腹，我再去超市買真空包裝的切塊石斑，省得惹這一身魚鱗腥臭。

超市的魚和魚港的魚是不同的，在超市魚被殺清、分裝、貼上漂亮的貼紙——通常是烹飪完成的魚鮮料理，要不就是某某職人捧著漁獲對鏡頭咧嘴大笑。超市賣的不是魚，是肉，是現代人不願弄髒的雙手、是毋須背負死亡生命的心安理得、是層層包裝東遮西擋扼殺觀眾視角的劇場幻覺。

回程的車上，室友來了一通電話。

「你晚上有空嗎？跟我去廢料區撿些東西。」他說的是地下室的橘色塑膠桶，那裡塞滿了前幾檔演出結束後拆下來的布景結構，準備要送去刨成木屑。

「可啊，你要啥？」

「一些角仔吧，松木、柳安都行。夠長、上面沒釘子的。拿去做我的舞臺。」

「好啊，沒問題。」

掛斷電話，癱回臺鐵的座椅上，想著背包裡的魚和拖魚的網。總有人喜歡對拖網漁業獵巫，好像漁網上的重鐵鍊夸夸夸是刮過他的心他的肺。但這不妨礙他們大啖胭脂蝦刺身、享用居酒屋的燒烤竹輪、涮石斑火鍋蘸沙茶醬——那些有華麗包裝的生活都或多或少有拖網魚的影子，成粉的、成末的、成漿的、成醬的，和少數有幸保有頭臉的。不過只要不知道，或裝作不知道，任誰都可以好好享受盤中的美味，食畢後洗淨雙手，然後大加批評底拖漁船是無差別的集體屠殺，做一個站在道德制高點的文明人。

那我呢?我又是誰，帶著什麼樣的角色穿梭前場後臺?做菜的、做標本的、來觀光的，或是一個差勁的做研究的傢伙?是個共犯吧，我想。帶著獵奇的心理，一次次從屍堆中把死魚摳出來，扔進防腐液裡、標本罐裡，和文字嘈雜的句子裡，最後攤在眾人面前，看死魚的鬼影在其中載浮載沉。

林敬峰

我是螞蟻獵人、蝙蝠聽眾、貓仔追隨者，
我任林野的豔陽在皮膚上烙下印記，
與植木扶疏的土壤共色。
生於盆地埔里，被群山予以更多的溺愛，
於是我走向群山，用有限的感官與她對話，
並爬梳成文，試圖讓生命在文與字之間現蹤。

深溝釣魚大賽

——拋網決勝負！

胡冠中

大賽中似乎只有我使用拋網。拋網的缺點是難，網具容易破損，水太深不能用，水太急不能用，水中有障礙物一樣也不能用。拋網的優點是快，無需等待，如今我理網、拋網、收網，只需要大概兩分鐘的時間。

確定要拋之後，剩下的就是地點問題了。我們在店外張望了一下，決定走向對面的停車場，當我示範完將拋網交給江權祐後，心裡突然後悔起來。

週五共同店有開，所以我又過去鬼混。和芳儀在店裡聊著聊著的時候門開了，我回頭，就看到去年前年大賽的冠軍走進店裡。

蝸蟻是上屆和上上屆的冠軍，看起來很黑，讓我想到我有個學長叫蔡黑，肩上掛個腰包，天氣很熱不知道爲什麼還帶毛帽；權祐是當地的學生，看起來像個宅宅，至少臉起來像，他那顆有點宅的頭接在不那麼宅的身體上，讓我想起他在江湖上渾號「半獸人」。

在深溝釣魚大賽的規則中，未成年者須與一名成年者組隊方可參賽。蝸蟻已經成年，權祐今年十七，兩個人於是成爲一支讓人義憤填膺的隊伍。他們就像是蝙蝠俠與羅賓，福爾摩斯和華生，只不過我比福爾摩斯高一點，而那個華生又比我高半個頭。

大敵當前我強做鎮定，要打敗我不能靠拳頭，要靠抓魚。於是我很有風度地上去找他們打招呼和聊天，交流一下資訊、點位以及競賽策略，我很高興地跟他們說羌仔連埤外面的溝圳有不少高身鯝魚，他們也很高興地跟我說他們沒抓過。接著江權祐和芳儀借完水下相機之後，我問江權祐要不要學拋網，他說好，我走到停車場就後悔了：我在幹什麼？爲什麼我要幫助自己的對手呢？

這個時候反悔就沒有風度了，我只好不甘心地示範一遍，然後把網掛在江權祐身上，結果他一拋就拋出個半開，我表面喝采叫好，內心毛骨悚然：天啊太可怕了，這人不只是我的對手，還是個拋網奇才。螞蟻勸江權祐用獎金買張拋網，我聽後非常恐懼，走到旁邊雜貨店買舒跑壓驚，回來的時候停車場多了個路過的老人，正教他們另一種拋網方式，這個方式對我挺管用，至於江的網則纏成了一團，我的心於是放下了一點點。

「你要不要學拋網？」我問螞蟻。

「不要。」他回答得很乾脆，殊不知拋網這項技術可能會左右比賽。

「我感覺螞蟻所有上傳的資料點位都是公開的，我也是，這代表大部分他找到的東西，我也能找到，我找到的東西，他也能找到，所以剩下不那麼容易發現的物種，就是這場比賽決勝負的關鍵。」我跟芳儀這樣說，她點點頭，我跟螞蟻這樣說，他也點點頭。

據說，螞蟻兩人將大賽區域分割成一塊一塊，然後地毯式地夜巡、設陷阱，不眠不休；我則列了一份歷屆大賽的物種清單，確認點位，以各式各樣的調查方式挨個點名。

基本上，我的調查方式以水下攝影爲主。大賽期間，我先在羌仔連埤記錄了二十多種物種後便向其他水域探索，當水質汙濁的時候，就棄相機改用撈網，這也是螞蟻奪得前兩屆冠軍的工具，我先是在羌仔連埤外面的水溝撈到過往沒記錄過的高身鯝魚、在鼻仔頭公園撈到香魚，接著又在內城撈到許多毛蟹和兩隻無辜的鱉。與其說是一種調查方式，撈魚不如說是一種狩獵的技藝：眞正的調查方法是目視法，撈網只是把生物抓起來而已。

清單上的名字已經蒐集一半了，接下來我所欠缺的物種不是數量稀少、晝伏夜出，就是喜歡待在髒髒的地方。爲此我準備了四個蝦籠，以秋刀魚爲餌，希望能捕獲泥鰍、鱔魚和一些甲殼類。

陷阱種類繁多，不過原理都很類似，都是開口大、入口小，易進難出，從定置魚網到以寶特瓶自製的蝦籠都是如此。有的陷阱會等待獵物進去躲藏，有的會放置誘餌主動吸引獵物，常見的誘餌有魚肉、麵包、豆餅等等。不過比起斟酌誘餌種類，我覺得如何隱藏你的陷阱才是重點。在水邊閒晃時，時常可以發現別人設置的陷阱，而你設置的陷阱也會被他人發現。大賽期間，我放置在深溝國小前的蝦籠連著水草被人清走了（不過後來我又在南澳撿到一個），因此我常說陷阱這東西就像共享單車：總是來來去去，如果離開了也別掛心，只需要耐心等待下一段新緣分，不能放眞感情。

我用蝦籠捕獲了幾隻粗糙沼蝦和日本沼蝦，至於澤蟹則是我回到羌仔連埤用踢擊法找到的：那是一種運用腳掌與水流，將生物趕進網中的方式，進入網中的生物通常不大，除了魚類、十足目以外，也被用來調查水生昆蟲。《世界溫帶淡水魚圖鑑》表示這是一種「日式的魚類調查方式」，不過在我接觸魚類時，臺灣已經有不少將此一技能操作到出神入化的專家。記得大三那年，我在臺東有幸與位不可思議的農夫一起找魚，他拿著自製的網具在溪石間擺弄幾下，然後展示一尾約四十公分長的鱸鰻，這嚇壞了當時的我，他卻一臉沒什麼好驚訝的。

講完種種調查方法，我終於可以開始來講抛網，這是大賽中最需要技術的調查方法，也是最有故事的調查方法。

即使在網路上有不少教學影片，我還是花了不少時間並仰賴幾個路人的手把手教學才學會抛網，如今想起來，一切都相當值得。

抛網分成傳統與美式兩種，操作方法略有不同，不過都是藉由巧勁使甩出的網張開。抛網的缺點是難，網具容易破損，水太深不能用，水太急不能用，水中有障礙物一樣也不能用。抛網的優點是快，無需等待，如今我理網、抛網、收網，只需要大概兩分鐘的時間。

大賽中似乎只有我使用抛網，一開始的目的其實只想逮住羌仔連埤中的幾條圓吻鯝，然而在圓吻鯝之後，我的漁獲就只剩下慈鯛以及幾種鯉科溪魚。直到七月二十二號，我都還不知道自己會在深溝抓到日本禿頭鯊。

那天禮拜五，下午六點，我照著芳儀指示來到深溝的一處大排，在前幾屆的大賽中，此處是羅氏沼蝦這種外來種的熱點，應該是從附近養殖場跑出來的。張望一下，寬六、七米、深兩米的大排中不少垃圾，水質很差，一票紅胸鰂和慈鯛在裡頭打滾，也許會有土虱或鯰魚吧。我決定晚上再來看，拋個兩網就走。選定一處水圳流入大排的地點，理網、拋網、收網，整理漁獲時，我注意到在雜魚之中，卡著一條八公分的日本禿頭鯊。

事情是這樣的：綜觀四屆釣魚大賽，日本禿頭鯊在歷年中僅有八筆紀錄，這是因爲深溝離海較遠，禿頭鯊幼魚從海中上來要經過的距離不短，而平原地帶中的農田地景又不適合其生存，才導致數量如此稀缺。我曾在大湖溪流域中試圖以浮潛尋找這種魚，結果無疾而終。檢視 iNaturalist 的紀錄，都是分布在一些莫名其妙的地方，如今一切都說得通了。

日本禿頭鯊的幼苗往蘭陽溪上溯，途中進入深溝農田水圳錯綜複雜的水系，此處距離大湖溪尚有一段距離，但有些個體已經長到無法攀岩而上的體型，只好留在骯髒的大排。大排的水對該種溶氧應該太低，我那條禿頭鯊選定溶氧相對豐沛的出水口度日，結果被我用拋網捕獲。晚霞正盛，我站在道路一側，凝視大排下游——彼時那條日本禿頭鯊的幼魚，也許就順著這道水路上溯，穿越廣袤的蘭陽平原，我極目遠眺，欣賞美景，以沉默感嘆大自然與生命的奧妙。

騙你的。

我興奮的鬼吼鬼叫，停不下來，七手八腳把日本禿頭鯊裝進觀察盒，接著繼續鬼吼鬼叫。我拍了幾張照，上傳群組炫耀，然後看著牠。在東北角的獨立溪流中，日本禿頭鯊是最普遍最無聊的物種，多的像是貓身上的毛，我從來沒想過我會對日本禿頭鯊投以如此熾熱的眼神。我看著牠，伸手摸了摸牠，拍了張照，然後重複剛剛的行為一遍，捧著那條魚像捧著五千塊，觀察盒對我彷彿大賽的獎盃。

啊，在這場大賽中，神明站在我這邊。

如果看到有人在戲水處拿著上述的器材搜索，十有八九就是釣魚大賽的參賽者了，為此只要在路邊看到有人攜帶裝備，我就會上前搭訕。

禮拜四，下午我暫時結束田文社的跟拍，前往三年前紀錄衛氏米蝦的熱點（事後從額角判斷，那應該是多齒新米蝦或擬多齒米蝦），路過共同店前十字路口的時候，我的對向有兩個人騎機車前往內城的方向，肩上扛著兩隻撈網。我想了想不對，感覺這兩人來頭不小，於是掉頭追上等紅燈的他們。

「你們是來參加深溝釣魚大賽的嗎？」

「呃……對。」

（短暫的沉默）

「你是蟻又丹？」

「呃……對！」

「我叫冠中。」我說，「我們還會再見面的。」然後我拉下安全帽面罩，帥氣地朝反方向離開，沒有回頭，回頭就不酷了，很酷的漫畫都是這麼畫的，很酷的電影都是這麼演的。

胡冠中

宜蘭人，在水域棲地多樣的環境長大，
一不小心讀了華文系，
讀的時候慢慢想起來自己其實沒那麼喜歡看書，
反而比較喜歡看魚。
這麼重要的事到底爲什麼會忘記呢？
沒關係，不重要，反正總算是想起來了。

牛屎鯽的迷思

李政霖

我們那些身披神奇虹彩的小小水中鄰居們的生存姿態，牛屎般多的牛屎鯽，也漸漸被淡忘、抹除了，留下的，是像我這樣一個「樂不思蜀」的現代人，吃著鐵牛大批耕出來的甚至國外進口的米飯，只能想像出公主、王子的故事。

在一個農村水塘裡，有一隻體色華麗的牛屎鯽王子，和一隻泳姿曼妙的牛屎鯽公主相遇了。

「這水塘的味道不對。」小巧卻絕美的他們擁有這水塘裡最豔麗的色彩，所以他們的愛情結合絕不能馬虎。傳說自古以來，高體鰟鮍（牛屎鯽）與田蚌一族締有盟約，只有田蚌參與的愛情，才得以圓滿。爲了尋找這偉大愛情的見證人，他們離開水塘，游入溝渠，開啟了偉大的旅程，去尋找「田蚌教母」。

闖蕩一番後，竟發現他們的水塘周邊水路都斷了，根本出不去。

歷經劫難與等待，一場西北雨下來。

「味道對了。」牛屎鯽公主、王子循著西北雨的味道，總算找到連通的水路，躲過假好心來打鑼鼓做媒（其實只想伺機呑掉這對愛侶）的鮎呆兄、土虱嫂，來到了「新樂園」。

在田蚌教母見證下，公主王子的愛情修成正果，與田蚌交換了互相扶植幼子的承諾，牛屎鯽在田蚌殼內產下愛情結晶，田蚌也把幼子託付給剛成爲母親的牛屎鯽公主，給予他們的愛情最神聖的祝福，同時是最深切的寄託。

自從知道牛屎鯽與田蚌有著「互相托育」的共生生活史之後，我的想像曾經是這樣的童話故事，甚至還畫了看似考究的「寫實」生態場景，畫面中包含著一對公母魚和一顆田蚌。後來在野外的觀察中，才發現這完全是一廂情願的誤解。

相戀至今十八年了，不可能再欺騙和我一樣年屆不惑的妻子，說她風華如舊——縱使她一定會信。

這天我們腳下踏的是當年定情的城市溼地自然中心步道。園區多年來代代相承的環境工作者們努力下，濕潤微風中的泥香依舊，身邊的她背包裡所裝配的物件，從望遠鏡、圖鑑與哲學書，慢慢演進到今天的奶瓶、圍兜等等育嬰用品、還有逾期的繳費單，其歷史峰迴路轉不在話下，對比當年一個天真一個瘋狂，不堪回首。

「ㄟ，ㄟ……」兒子不久前才剛送走自己的第一年，還只能發出少數語音，小手指著木棧道旁的生態池裡一個角落。我隨他的視線看去，耀著天光的水面下，隱約有桃紅、藍綠的色塊閃動，驚喜中認出那是一群高體鰟鮍。

難得的畫面呀。一般牛屎鯽的流水型棲地，水總是混濁，視線不佳，往往只能以誘餌蝦籠捕撈上岸，無法直接隔水觀察。而此地涓流的入水經人工營造的泥土、水草沉澱過濾，水色清澈，步道旁莕菜等水生植物圍繞，魚兒聚集，是少數極易觀察的地點。

那些來來去去的色塊顯得十分忙碌，我調了一下腦內專屬於野外觀察者的視覺頻率旋鈕，視線稍稍突破晃動波光的屏蔽，曾見這群往返奔忙的小魚，大部分是體色斑斕的公魚，但也有渾身銀黃純色、僅背鰭帶一黑斑的母魚偶而現身，他們時不時看起來就情緒激動亂竄，似被什麼吸引著，是食物？還是……？

是田蚌！水下的底泥裡隱約顯露著兩道殼緣，殼開了小縫，中間探出有著柵狀構造的入水口與較小的出水口。我高聲叫道：「牛屎鯽的繁殖群集耶！」一旁的小傢伙嚇了一跳，跌坐在地上。

仔細看著興奮的公母魚動作，心中期待看見文獻上描述「產卵管伸入田蚌鰓腔產下卵粒」的場景，卻遲遲沒有出現，只見母魚拖著顏色鮮艷卻顯得笨重的產卵管，在田蚌入水口附近晃著，公魚們每隔幾秒，就瘋了似地向田蚌這裡爭先恐後地推擠翻游，產卵排精的動作可能沒發生，或者就隱沒在那一片混亂之中……。

牛屎鯽母魚的動作總是曖昧不明，一直沒讓我等到「見證愛情」、「交換承諾」

的瞬間，倒是眼前景象讓我恍然大悟，我那關於公主王子的童話幻想，根本毫不實際！奼紫嫣紅的閃爍魚影，演示的可不是什麼相識相依的聖潔戀曲，根本是一場身不由己的混戰——是的，即使兩性的終極互動，孕育愛情結晶的場景，也是一個你爭我奪、意義僅止於繁衍驅力甚或情慾本能的生存戰場，如此而已。

「ㄟ，爸比注意一下你兒子啦。」孩子的媽皺著眉頭念道。

跌坐地上的小小孩一時站不起來，索性在地上爬開來，還一面東抓西抓途經的野草、落葉等等新奇事物。我一箭步過去將他輕抱起來，拍掉他身上與手上的塵土，聞到嬰幼兒特有的輕淡乳香攙和了汗酸味，孩子因爲動作被突然打斷而嘴歪眼斜，咿咿呀呀地抗議起來，眼看就要爲了自我安撫而把手指放進嘴裡吸吮，媽咪急急忙忙在背包裡翻找著濕紙巾給他擦手，還不忘輕輕地瞪我這失職的爹一眼，我想上前扶住她沒關上拉鍊的背包，結果手長莫及，包裡的東西散落一地……。

牛屎鯽爲何被稱作牛屎鯽？有一說法是，牠們當年如牛屎般多。

小老闆因爲白天玩得足，特別早入眠，我躺在床上被懸念翻擾，潛出臥房，上網查了許多資料，重新構築自己對於牛屎鯽的認知。

這種體長不足十公分的漂亮小魚，如今只能在化學汙染不嚴重的緩流河川旁流、零星的農田水塘、水路網通達且環境自然的圳道內，才能找到牠們的族群。

但把工業化、水路固定化、水泥化的時代巨輪往回逆轉，牛屎鯽是許多中老年臺灣人幼年的美好記憶，就如會動的塑膠公仔。牠們過去分布在全臺低海拔各地的農田、埤塘、灌溉溝渠中，換句話說，就在農村人家的日常生活領域裡。

再往回轉，那麼人類出現以前呢？我想像著，牛屎鯽原應是分布在河川出山區後，水路大幅發散所形成的溝渠、埤塘等等水體，甚或不定期氾濫的沖積平原上的低凹地區水域，通常成群活動於水生植物繁茂的緩流或靜水區。這樣的原始棲息特性，應該是很難在同一塊水體上代代相承的，因為即便河川主流的流量尚有豐水與旱年之分，主流之外的水域，肯定更會受到週期性或不定期乾旱的影響，而乾涸或變得不宜生存。再加上牠們在生殖上對田蚌的依賴，更是大幅降低了一對牛屎鯽「香火永續」的機會。

所以，關鍵應在於「多」。牛屎鯽，或說大部分的魚類，族群繁衍存續的圖像，相較於人類來說比較近似亂槍打鳥的機會主義，在某塊適宜的水域繁衍出超大量的「儲備族群」，在乾旱時有足夠的量可以耗損，而在洪泛時也足以拆分爲各個小族群，分散到其他的棲地，增加更多存續的機會，這裡失敗，至少那裡成功，「我」失敗，至少「彼人」成功。

一對牛屎鯽的重要性，距離所謂的公主王子可是天差地遠，牠們更像是牛屎鯽「祖靈」手中的一筆基金，爲了分散風險，而放置到不同的時間、地點去錢滾錢，一切憑藉著「機率」，得到整個族群存續數量上，更大（或更永續）的獲利。在牛屎鯽的世界裡，個體的自我實現無足輕重，在傳宗接代場景上的演出如此擁擠混亂，自是理所當然了。說不定整群銀亮斑斕的小魚在混濁的水體裡亂竄閃動，還更能吸引同類異性的注意，前來分享資源，大夥既是競爭，亦是互利呢。至於愛情、至於承諾，那是什麼，可以吃嗎？

說到互利，那「田蚌之約」的殊勝印象，似乎也搖搖欲墜，雖然牛屎鯽的繁殖近乎百分之百依賴著田蚌，同時協助田蚌帶走幼子，尋找更好的水域落地生根，但田蚌所「託付」的幼兒可不是孱弱之物，這類雙殼軟體動物的幼體，被稱爲「鉤介幼蟲」，顧名思義，殼上長著鉤狀構造，牠們正是以此構造附著在「寄主」身上。在養殖業中，被寄宿的魚，遭鉤介刺入處的組織常會異常增生，嚴重者導致血管堵塞，有些會形成頭部充血紅脹的症狀，甚至死亡。

鉤介幼蟲不但會趁著成魚前來放卵時，寄生在成魚產卵管、尾鰭臀鰭之上，幼魚在其田蚌母體內成長時，也會附著在幼魚身上。如果用超特寫鏡頭觀其畫面，恐怕更像是田蚌以庇護所的表象魅惑牛屎鯽前來放卵，一堆寄生蟲伺機暗度陳倉，而非兩造歡歡喜喜地互相託付。

猜想，牛屎鯽依賴田蚌畢竟是事實，牠們身上或許有些維持平衡的防禦機制，例如長長的產卵管可能就是爲了盡可能拉開魚體和「危險的小東西們」的距離，也或許能夠以這樣一個「誘敵裝置」，盡可能讓多一點鉤介幼蟲前來附著，以稀釋幼魚遭到染指的機率。然而以上都只是看資料時的推論，或許牛屎鯽也根本沒有什麼防禦機制，一切就是憑藉機運，有些幼魚就是活不下來，而只要有少數能夠逃過一劫也就夠了，總比全部乾死在一個淺塘裡來得好。

若是這樣，那麼這個「易子而育」的聖約，就只有一個眞正的稱呼，叫做「鉤介幼蟲病」，而繁殖成功的牛屎鯽只是「感染」此病或幸運擁有免疫力的「倖存者」罷了。

我看著當年花不少時間畫的「牛屎鯽公主王子與聖潔的田蚌教母」，反省，爲何直覺地就給出這樣的角色設定？

或許在四十年前那個人稱「奇蹟」的年代，許多歷經年幼貧困、手足多少夭折的戰後嬰兒潮世代做爲父母，隨著臺灣錢淹上腳目，公主王子的個人主義開始萌芽，島嶼上的每個人興沖沖地撰寫著自己的腳本：要穩定生產，於是用工廠取代森林；不想再看天吃飯，於是用大廈占據農田；不願再面對西北雨釀災，於是用生硬的水泥固定了搖擺不定的水文。用單一可預期的故事線，取代了多點多面發展的風險與機會，然後，我們那些身披神奇虹彩的小小水中鄰居們的生存姿態，牛屎般多的牛屎鯽，也漸漸被淡忘、抹除了，留下的，是像我這樣一個「樂不思蜀」的現代人，吃著鐵牛大批耕出來的甚至國外進口的米飯，只能想像出公主、王子的故事。

事實上，牛屎鯽如今也正如牛屎般多，只是牛屎變得很少見了。

出了工作室，看到伴侶也出來享用難得的自由時光，慵懶地盤坐滑著手機。淡水的夜很靜，我們都能聽見房內小兒短促而規律的呼吸聲，那聲音成爲這新居夜間的基調，將在這幾年內取代牆上時鐘的秒針滴答聲。「剛查牛屎鯽的資料發現，我那張圖根本完全畫錯了，之前看他們撈的時候就都是整蝦籠的，我怎麼就沒想到他們本來就會是一整群的呢？」

我的公主轉向我，淡淡地笑著輕聲送我一句回應：「爸比，地上被貝貝玩得亂七八糟的，你要不要幫忙收一下？」

「累耶，就讓他亂一下啦。」

「好喔。」

李政霖

一九八一年生於臺北。
曾是小學自然領域教師，
二〇〇九～二〇一三年繪作「臺灣野鳥手繪圖鑑」，
現職自然生態藝術工作者。
作品關注野生動物與自然棲地、溪流水域生態、
人文與生態的結合。

遠上山

在山裡，我們用背影交談

雪羊

山裡的人們用背影交談，背影可以告訴你很多事：他是強健還是虛弱、是能保護自己甚至推己及人、或者是一個喜歡驚喜的人，總是百寶袋般從背包裡掏出各種神奇的東西，讓人總是期待著他的背影。

背影，可以說出多少不同的故事？家長在廚房中烹飪的背影、踏進校門回眸時那個離去的身影、車站別離時伴侶的依戀剪影……在我們的人生中，或多或少會遇見讓我們記憶深刻的背影，有愛、有思念、有不捨，述說著一段又一段人與人間的關係。

或許我們從沒想過，進入一座山、開始一段攀登之旅時，我們能用背影彼此交談；絕大多數的人，很難想像這樣一種既純粹、又充滿信賴、而無聲的人際關係。在社會中，與陌生人建立關係，依靠的是各種訊息的交換，可以是言語、可以是文字、可以是肢體。我們總是試著拆解對方的武裝，帶有試探的同時自我保護著去理解對方話裡的含義、試圖接近對方的眞實面貌。

但登山不同。

當我們與全然陌生的對象組成隊伍上山時，或許交談量不及一晚的網路聊天室，但我們很快就只能剩下眞誠。因爲山會用祂粗糙的大手，拔掉人們身上所有不必要的言語裝飾，只留下與生命必須相關的那些知識與技能，以及剩下的，一個人最赤裸的人格。

言語與心靈的武裝，對山而言只是消耗精神的多餘累贅，那時人們面對的不再是人與人之間的爾虞我詐，而是更高層次的、直接與生命相關的嚴峻自然考驗。折磨著肉體的同時，人們很難再有力氣戴上那標籤著「社會用」的冰冷面具。

結伴旅行，若將交談的比例降低，那或許讓人覺得索然無味，但山旅的本身就是這樣的調性：絕大多數的時間，人們不交談。取代交談的是我們做出的每一個動作、眼神、不由自主吐露的詞句、肢體的關心、此起彼落的喘息聲，還有，瞳孔中映著的，前方那個背著可能比人還大的背包的背影。

山裡的人們用背影交談，背影可以告訴你很多事：他是強健還是虛弱、是能保護自己甚至推己及人、或者是一個喜歡驚喜的人，總是百寶袋般從背包裡掏出各種神奇的東西，讓人總是期待著他的背影。而象徵著山人第二生命的背包，也可以看出這個人的性格，他是細膩、是粗獷、是懂得投資、還是能省就省、是注重設計與細節、或是外表不拘小節、象徵力量的碩大可靠、又可能是極致輕量化的精巧……

每當我跟隨在前輩身後，他堅定、碩大而沉穩的背影，傳達給我的是邁向目標的嚴謹與決心，好像每一步都經過精密的計算，朝著目標的方向進發。無論是烏拉孟的絕壁、又或是木瓜山西稜那雜亂無章的倒木森林之中，那登山家的背影，總爲後輩指引一條跟隨的道路。

一切，盡在不言中。

語言的比例降低了，更顯得個體與個體之間互動的純粹，就算是木訥的人，也不用費盡心思去思考要怎麼和隊友說話。因爲不說話，就是最好的交談，無意識遞出的行動糧，象徵著友誼的橄欖枝，將珍貴的能量分享給你想表達友好的對象，沒有任何裝飾的連結起人與人。

爲什麼到了山上，人們會變得比日常更樂意分享？我不知道，或許是因爲身爲同一個物種，一同處在這個對所有生物一視同仁嚴酷冷峻的大自然中時，從內心深層所喚出的惺惺相惜本性吧。有個形容，是當人類停止相互廝殺的那一刻，就是擁有共同敵人的那天，我想面對宏偉無疆的山林時，或許眞有那麼一點點這樣的氣氛也不一定。

也只有到了山裡，我們才會發現，原來除卻了語言，人們還擁有這麼多可能。

雪羊

本名黃鈺翔，

以成為一個用筆與鏡頭感動眾人的登山家，

在崇山峻嶺間努力追夢的青年。

山岳之間，有太多的美與感人的故事，

我希望能讓更多的人看見山林的眞與美，

找回源於自然的那份感動。

尖山

陳姵穎

畢竟是中央尖山呀。這僅是一路艱難的開端。沿著溪谷逆行而上，起起伏伏、忽左忽右地涉水。巨石壘壘，偶見足以成橋的倒木躺臥溪床，顫巍巍穿行其上，猙獰森然的自然力量，讓人倍感渺小。

夏至尚未抵達，臺北盆地的東南山區，空氣黏稠悶蒸，風彷彿遺忘了這處蕨類蔓生的山坳，起頭就是漫長的上坡，「會不會又不小心走到天黑？」我問領行的夥伴C。她說當然不會，這條路線比陽明山東西大縱走的公里數少了快一半呢。「想想妳都爬過中央尖了，中央尖也沒有多長啊。」

「哪裡沒多長？我們在溪谷走多久？碎石坡又爬多久！」明明就快喘不過氣，此番荒唐言仍驅使我擠出肺部剩餘的空氣反駁。C真是標準的「好了傷疤忘了疼」，雖然我多半也是這樣的——多日的山行過後，待脹如梅花蘿蔔的小腿消腫、不再受揮之不去的飢餓感驅使而大肆進食、裝備洗晒收妥、引發肌肉不適的堆積乳酸褪去，那些疼痛、喘息、忐忑、疲憊……已遠得像晨醒時模糊不清的殘夢，多半只記得盛開的高山杜鵑、清晨穿透森林的光線、壯麗綿延的大景、夥伴的笑聲這類美好的片刻。然而數月過去，中央尖山的冷酷仍未自我心中離開。偶爾，恍惚之際，聽聞之際，言說之際，彼時的感知便如鬼魅般不招而返。

因爲是中央尖山。因爲不是每一座山都如中央尖山。

自群山中遠眺過中央尖山多回，一九一四年由地型測繪技師呂野寧定下此名，那刀削般的山容獨一無二，任人再怎麼不會認山頭也難以錯認。位於中央山脈主脊北端、隸屬岳界劃分爲北一段的中央尖山，標高三七〇五公尺，百岳排名第十一，是與大霸尖山及達芬尖山同列爲「臺灣三尖」之首者，環山部落的泰雅族人視之爲聖山。在國家公園步道系統從〇至六的分級中被列爲第五級，需花三至五天以上的路途不僅遙遠，途中更有涉水及攀岩等困難地形。儘管走過幾趟縱走，體能與技巧始終孱弱的我，對於攀登中央尖山一事不曾心存妄念。於是自背起裝備、行進再行進，乃至親見三角點的第三日，無數次悄然於心底喃喃自問：我爲什麼在這裡？

我爲什麼在這裡？原因很多，也很少。蔓延的瘟疫裡，前一年踏足的高山僅有三、四月之交的雪山西稜線與十一月初的屏風山，以一方不織布覆面、甚少外出的每一日，十足懷念逾兩千公尺之上海拔清新冷冽的空氣。終於山屋漸漸開放，領隊P幾度相勸，隨著他年紀漸長，此行或將是他最後一次帶這條路線，而能與相熟的夥伴同行的機會總是難得，不去預設登頂與否，走到哪算到哪。儘管自認對中央尖山毫無執念，仍難抵親入一山的誘惑（或可說，是召喚？）最終我抓緊時間讓核心肌肉回溯負重行進的記憶，抱持著不求登頂只求沿途不落隊與該撤退就撤退的打算，跟著夥伴出發。

從思源埡口一路往南湖大山的方向前進，踏足第三回的七一〇林道，唯一的改變是十三天前坍方的 6.1K 處附近新開了一段坡度陡至六十度的臨時高繞路線【註】，抵達經常被作爲休憩點的木桿鞍部，就要右轉順著南湖溪支流的乾溪溝陡降三百公尺的高度；狹窄溪溝內，石塊濕滑滲水、青苔遍布、倒木枯枝橫陳，即便打著護膝，仍能清楚感受股四頭肌頻頻發出無聲嘶喊。

在南湖溪山屋旁搭帳度過一夜，第二日要陡升四百公尺，我們在玉山箭竹叢及鐵杉巨木糾結盤繞的樹根上下鑽伏攀行，一個拐彎抬起頭，一棵提早迎接花季的玉山杜鵑在晨光中燦燦晃蕩，衆人沉重的呼吸立時轉爲昂揚的驚呼。隨著愈發接近稜線，地面逐漸鋪滿柔軟乾燥的松針地毯，兩棵樹徑至少要兩三人張臂才能合擁、枝幹相倚的華山松靜立松林中央，夫妻樹營地到了。

越過此嶺，我們正式跨入中央尖溪流域。

一路下切三百公尺到溪畔，起先爲了避免浸濕登山鞋走得曲曲折折，即便多半時候溪水不及小腿肚，杵著登山杖跳跨石塊、維持平衡之際，已能感受溪水強悍沖刷的力道，遠比在能高安東軍末尾涉過的萬大南溪強勁。不涉水太難，我們仍得下背包換穿溯溪鞋，臨行前於運動用品量販店購入的水陸兩用鞋鞋底甚薄，一踩進溪裡便倒抽一口氣，明明陽光如此耀眼，可料峭春寒的三月，溪水豈止是冷，體質虛寒的我每邁一步只覺凍得刺骨。

天色將暗前，我們總算抵達以木板搭建、貌似頹傾卻始終屹立不搖的中央尖溪山屋。草草吃過晚飯，收整攻頂包與頭盔，七八個鐘頭後就要摸黑出發。然而，雷雨來了。聽著隆隆雷響與簌簌打在帳面的雨水，讓人輾轉難眠。明日，還攻頂嗎？此行，大概就停在這兒了吧？莒光日也不壞的……我重新閉上眼。

凌晨三點半，在臨帳傳來的窸窣聲中驚醒，雷雨不知何時停了。顯然往山頂的路還是要走的。未料的是，恐懼來得那樣早。

出發不到半小時，在黑暗中聽著中央尖溪瀑布淙淙嘩嘩地掩蓋了眾人登山鞋敲擊岩石的足音，隨即一面高達十米的垂直岩壁便矗立在頭燈映射的光線中。攀爬地形向來是我的罩門，儘管岩壁上有釘有繩，Ｐ仍從背包翻出細繩，讓Ｌ在我前頭一邊上攀、一邊幫我確保。我大口吸氣，跟著L或指或口述的抓點與踩點爬了又爬，天色愈發明亮，終於站上壁頂，卻見接下來的路斜切直下溪畔，先行的夥伴正緩緩下攀，縮小成拇指大的人偶。右側一片空無，唯有底部奔騰的中央尖溪。

我察覺自己雙膝顫抖，轉頭望著L，無助地吐出一句：「怎麼辦？我懼高症犯了。」

懼高卻對山著迷的矛盾，大抵與生命中的所有弔詭並無二致。我總以只凝視足尖半徑三十公分的距離，勉強與暴露感帶來的巨大不安對峙。後方的夥伴們很快便會站上這方窄地，沒有多少容我退怯的空間，L重新在我腰間打上繩結，背對著空無，抓著繩索，我數著呼吸一步步倒退著下切到底，無法感知分秒或其他。終究踏到溪畔平坦處，坐下任夥伴揉捏因緊繃而過度使力的上臂時，噙了大半途的淚仍舊潰堤。

畢竟是中央尖山呀。這僅是一路艱難的開端。沿著溪谷逆行而上，起起伏伏、忽左忽右地涉水。巨石壘壘，偶見足以成橋的倒木躺臥溪床，顫巍巍穿行其上，猙獰森然的自然力量，讓人倍感渺小。地圖上直線距離短短的四公里，置身其間卻是如此迂迴漫長。當最後的高繞結束，黝黑中閃著銀灰光點的巨大碎石坡流淌於視野，彼端的山坳即是山友們口中好比海市蜃樓的主東峰鞍部。

我們緩緩上行，猶如修道之人。隨著坡度益發傾斜，一行人逐漸拉開距離，強風呼嘯，僅能以各自的步伐行進。

前方夥伴的身影愈來愈小，我已無力跟隨，受地形阻擋，回頭亦不見後方的夥伴。恐慌再度湧上，但若停下，風寒效應會讓身體失溫，繼續往前、往上是更好的選擇。然而懷疑的念頭出現，想家的念頭出現，思念之人的臉龐出現，我何以在此的疑問出現，麥克法倫在《心向群山》寫下的「希望，恐懼。希望，恐懼——這就是登山的基本節奏。在山上，生命越接近自身的滅絕，似乎往往，就會活得越熱烈：在瀕死的瞬間，活著的感受會空前鮮明。」竟也浮現。此刻的憂懼、疲憊、孤寂，便是「活著」的感受嗎？活著從不等同喜樂。

尋找著指引方向的疊石，H自後方出現，我們結伴。有時我痛苦的視線對上她的臉，身處同一職場、給過後輩不少指引的她便低聲便告訴我：「不要想。」

不能想，只能走。

在無數次奮力撐抬身軀往上的某個瞬間，右手扳住的板岩自交疊的碎岩縫間崩落，周邊或大或小的岩塊如同被異響驚擾的水鹿，以排山倒海之勢在眼前蹦跳奔來，我在失措的微弱尖叫聲中跟著坍落的石塊一併下滑，同時感覺右腿脛骨狠狠一痛。

兩三個喘氣間，趴在碎石坡上的我知道自己已然停下。渾身發顫地跪爬起，抖著聲回應稍遠處大聲確認我是否安好的H，沒有立即站起，慢慢翻身蹲坐原地，雙手撫按痛處，反覆告訴自己：深呼吸。深呼吸。冷靜，冷靜下來。我繃住整身肌肉，不讓沾染兩頰的水痕演變成抽泣，知曉一旦哭出聲，被驚嚇猛然推至崩潰邊緣的自己將徹底丟失意志。可無論繼續或撤退，我都還需要它。

風聲獵獵，以吸吐仔細收攏散落的怯懦，再次站起，朝H、更遠之處的夥伴及鞍部，邁出一步，下一步，再一步。

有別於荒涼暗沉的碎石坡，中央尖山的鞍部竟是一片祥和草原，銀白色的主峰頂就在右前方，於薄霧間時隱時現。除了接近頂峰的最後一面岩壁，一路可謂坦途。翻過最後一塊大石，在先行抵達的夥伴們的呼喚聲中，望見三角點的當下，心中竟無多少震盪，滿腔情緒大抵都在碎石坡上那一滑耗盡。甚至不在乎登頂照中的自己是否顯得狼狽，所想的僅是得趕緊吸食能量膠補充體力才行。登頂從來不是終點，下山之路遠比上山漫長，所有越過的險阻地形，統統要逆著再行過一遍。此刻仍非能放鬆的時候。

然而當稍晚抵達的S甫於狹窄的山頂站定便伏身岩石啜泣，我伸手擁抱她的時間裡，眼眶隨之濕熱。爬升這一三〇〇公尺的難與苦，親歷才有數。此座嚴峻剛硬的山峰，自一九二八年由包含鹿野忠雄在內的「中央尖山攻峰隊」留下首登紀錄以來，不知見證了多少行山之人的汗滴與淚水。唯有山知道。

下行碎石坡的半途，夥伴低喃著雲來了，我們短暫停下步伐，一同凝視著重新成爲遠方的鞍部漸漸被黑雲籠罩，「窗口關上了，我們很幸運。」

天未亮到天復黑，終於返抵中央尖溪山屋。下兩日回程，心頭壓力頓除的衆人於潭邊戲水，亦多了蹲踞石上細觀輕緩於湛藍南湖溪溪水裡擺尾的櫻花鉤吻鮭的閒情。平安下山的我們，皆是幸運之人。往後，再於群山間辨識出那尖中之尖，無庸置疑的，是依然會靜默瞻仰那銳利的山型，再次被刻進體膚的一切樹影、水花、風聲與岩石襲捲，並恍惚嘆懷：自己竟也曾踏足那裡。

註：現太魯閣國家公園另闢 5.1K 處直上松風嶺的新路線，6.8K 登山口巨大的二葉松成追憶，地貌與路徑的改變如同某些生命的必然。

陳姵穎

報紙副刊編輯，
採訪與文字作品散見報刊及網路，
並收錄於九歌年度散文選。
喜歡自然，不管在平地或高山，
走路時總會被花草樹木鳥獸蟲魚給勾住目光。

山女

劉崇鳳

上圈谷漫步，雙手打開能感覺到更多的風，另一雙手搭上來，妳們圍成了圓，合唱綠度母心咒，她在圓外跳舞，恍若無風也無雨。那一身登山裝啊，包含護膝，竟成了最適切的舞衣。

風雨不停歇，細葉杜鵑依舊一直開。
山是粉嫩的紅，氤氳的綠。
鼻尖是潮濕的水氣，風愈來愈冷冽，整座森林，都在呼吸。

妳說，若我們夠清醒，可以知覺全宇宙爲一體，風裡有鳥的振翅、松的芬芳、動物的鼾聲、祖先的傳喚，所有生命在終結前吐納給世界的最後一口氣，都混融在這裡。

煙嵐穿行於山徑上，盤旋在杉林腰際，妳一個轉身，睜大眼，說怎麼會有這麼高大的樹？樹在風裡跳舞，妳邊說，邊手舞足蹈起來。

軟軟厚厚的苔蘚舖滿樹幹，綠意深不可測。一行人坐下，她抬頭仰望，說森林就是這樣相互倚賴的，植物的競合關係和人類多麼相像，地底下菌絲的互聯網超乎我們想像，緊緊抓住土地。冷冽與潮溼未曾令我們停止說故事，聽見冠羽畫眉的叫聲了嗎？還是白耳畫眉？沒有太陽的山徑上，一邊走著一邊在心裡數數，林子裡深山鶯的鳴叫在高分貝滑落前往上提了幾次？十八次？廿一次？喔……聽說牠可以連續上揚三十次。

深呼吸，濡濕的水氣滿載山的秘密，人們搖搖頭，說天氣太差。一整週，未曾眞正晴過，有經驗的、無經驗的，都折返了。只剩我們，繼續攀升……。

人們說，上面只有「白牆」（大霧瀰漫無展望之意）。嗯，白牆有什麼問題嗎？能見度不高，就不值得去？

不，真正的存在不是用看的，雨霧朦朧之時，山的野性益發鮮明。它召喚心中的靜定之力，不專注覺察，便可能走不下去。

大風在南湖圈谷旋轉，窗外的呼嘯是什麼終於明白，妳們私語，說眾神在開會。縮著身子在山屋裡圍圈，交換人生一回又一回。

山屋門一開，冷雨自屋簷滑落，斜風毫不費力能令傘開花，每一次如廁都像作戰，披上冰冷溼透的雨衣，投身風雨前，永遠都要蹉跎與掙扎。我們無法阻止，無法阻止身體運行，屎尿會來，妳被迫冒著風雨去蹲伏。活著，愈濕冷，愈明晰；愈狂暴，愈清醒。

大風冷雨中，一行人背上小背包走向谷地深處，迴身一看，南湖山屋呵，這伴隨我大半青春的紅白小屋，這麼隱沒霧裡，多少個故事多少次追尋，關於山野、環境、人性、各種渴望與欲求。而我還是會上來，探看這裡千百種風情，訴說地底埋葬的垃圾與足跡。我曾一人獨享風雨，彼時有未解的孤寂，而今有一群人，一群女人，無畏風雨地穿越，抵達，她們以行動告訴我：「妳不孤單。」看不見不代表不存在——我們呢，不是來看大山的，是來給大山看的。

於是這世界顛倒了、平衡了、混融了。天氣不好再不是不上山的理由，原來入山不為看山，而是遇見覺醒清明的自身。寒冷與無明都是為逼出全新的溫暖與澄澈。見過大山眞面目的人可能是盲目的——如我，多想要大家能看見啊，指著不遠處，看到鹿野忠雄說的那一道銀河嗎？「南湖的地形就是那樣喔，一片片銀色的平板石岩上，錯落灌叢，太陽照射的時候，整個谷地都會閃閃發亮！」

女人們瞇著眼望向指向之地，除了朦朧白霧，什麼也沒有，多數人不在乎，反正看不出來，注意力放在身體，專注在風雨裡走路，「冷只是一種感覺。」只要接納，其餘全是禮物。

上圈谷漫步，雙手打開能感覺到更多的風，另一雙手搭上來，妳們圍成了圓，合唱綠度母心咒，她在圓外跳舞，恍若無風也無雨。那一身登山裝啊，包含護膝，竟成了最適切的舞衣。圓柏群請你聽見，人類的有知以及無知，愛欲癡傻都在這裡。而當，當我們圍聚山屋裡，環顧一室空蕪荒茫，那些說好要上來的人呢？說好喧囂吵雜的客滿呢？

山給我們的是一片白茫茫的安靜。誰說風雨無情？雨愈冷而心愈熱。

山屋裡妳們各自縮在睡袋裡書寫，振筆疾書的是什麼？明明這裡淒風苦雨什麼都看不見……妳的鏡頭霧掉，自動對焦當機；妳的手凍到無法穿好褲子；妳走到內褲濕掉；妳借了她的中層保暖衣；妳在碎石坡上被大風吹倒兩次；妳懷著無邊恐懼穿越五岩峰；妳的背包套飛走了被撿回來；妳在泥濘濕滑的陡坡一邊滑壘一邊哼歌……當雨靜靜停了，妳望著天空，衷心讚嘆：「天氣好好喔！」我才明瞭女人的天真與可愛，到底有多麼強大。

餐後，聊起圈谷山屋底下埋藏多少垃圾的秘密。眼淚冷不防滑落，五十七歲的她啞著嗓子問：「我們可以做些什麼？」多年前，一個十歲的女孩也曾在這裡這麼哭著問我，記得她因撿不完的垃圾握拳捶打溪邊石頭的側臉，當無知醒轉爲有知，人類會因此甦醒，赤誠的土地之愛，無關乎年紀。

多年後，當我再回來，轉身一刻看向南湖圈谷。如果有一處地方，一來再來，像一面鏡子，照見二十歲到四十歲的自身。這裡收納了我的年輕孤傲，狂妄自大；也牽引出我的謙卑自省、慈悲與智慧。晚間九點，當我再一次關掉頭燈，蹲踞在灌木叢間如廁，兩手圈住自己，呼嘯的風打著光涼的屁股，雨滴不停自衣襬滑落，山屋閃耀的警示燈在風雨間就快要看不見，我依舊能感到心安，那是與山深刻的連結，群山靜默不動，如大佛盤坐，我不過一隻螻蟻，匍匐爬行其間，一次又一次，來這裡吸吮祂的乳汁，發現人類的勇敢與深情，無知與盲目，無論狂風暴雨，或天朗氣清。

就這麼下山，帶著山裡醒覺的眼睛，微微發痠的身體，走過五顏六色的車水馬龍、走在隱隱發臭的河道旁，在高級火鍋店舉杯慶祝，衆女子的傻氣與謹慎。在狂風驟雨的高山、或雜亂無序的家室，無論何時何地，當妳懷疑自己無法重整、無能穿越，都會記起山間那一列穿著雨衣褲，全身滴水卻篤定上升的步伐，只為一次，無憾的夏日。

劉崇鳳

繁榮都會中長大，
二十歲後接近大自然，
三十歲後返鄉耕讀。
大學時代登山至今，
著重生態心理學與登山社會學的探討，
散文與專欄散見各大副刊／雜誌，
探討人與土地、文明與自然的連結。
代表著作《我願成為山的侍者》、《女子山海》等，
兼職自然引導員和肢體開發導師。

歲末山行，當時間剝落一地

廖昀靖

可是，我們拋不掉肉身，靈魂沒辦法自己下山，再累再疼再讓自己抬不起頭的身體，都是自己珍貴的身體，只有它能承載自己邁開腳步，只有它能感受空氣中的霧水沾撫臉頰的濕潤沁人，只有它能碰觸有溫度的千年老木撼動渺小的自我。

「老實說這是我的第一次，有點緊張……」

「好好享受。」

眼前的大男孩眨著大眼有些不好意思地笑著，他背負約 60L 的登山包，腳下一雙登山鞋、登山褲、外套以及雙手緊握的一對登山杖，和他一樣，閃亮著新光。

這種宛若新生的「第一次」永恆珍貴，不論後來有再多次的山行，那第一次感受大山給予的純粹喜悅，像是離開童年許久後，再次得到重返初生的入場券，重新拾回沒有框架與追求的雙眼，用身體眞切的感受世界。

「我已經四十歲啦，但才發現人生有好多事情都沒做過。」還沒遇到猛猛斜坡，我們把握緩路交換著生命。和山友共行的對話像一起織一條不知道顏色、也不知道長度的毛毯，而它終能以驚奇的美麗溫暖包裹，舒緩高山的冷空氣。

「爲什麼會有這個發現呢？」我好奇，那顆投擲向日復一日腦袋，打破慣性的尖石是如何降落。

「去年有與我年紀相仿的同事走了。還有家裡也有些變化……」他的語氣裡含著溫柔的笑，盡可能地讓聽者沒有負擔的聆聽。

「啊，這坡也太陡！」然後是一大段的喘氣聲。

我集中精神調整呼吸，讓每一個步伐自然地發揮能力，心臟像一顆躍躍欲試的幫浦，呼吸系統也得揮別日常的慣習，加碼好幾倍的力量努力運作，更不用說那負重的肩膀、腰際，張開的胯部，來回磨損的膝蓋——身體漸漸脫離城市熟悉的節奏，在空間的變化下，和時間產生新的關係。

「我現在才爬山，果然太老！」大男孩完成斜坡，大口喘氣望向眼前無盡的路，他的睫毛像一扇美麗的窗花，點綴著深邃的黑色眼珠。

我也喘著氣，搖搖頭。「一點也不會，每個人都有自己靠近山的速度，那和歲數沒有關係。」我很想這麼說，但我的呼吸系統正在奮力工作，一句話都不讓我吐出來。稍稍平息狂浪般的心跳後，兩千多公尺的山裡，偶有窸窣對話如深冬所剩無幾的枯葉飄落，大多時間是寂靜的。一陣大風，松濤湧起，像一首傳唱千萬年的老歌，萬物都會跟著複誦。

「時間在大自然裡，似乎不是那麼一回事。」我看著大山壯景，一邊把玩那顆敲擊山友生命的關鍵尖石：「失去和死亡」。生命是有限的，這是人人都知道的事，但「時間」大都以功能性的姿態羈絆在生活中，當意識到時間，通常與規範、溝通脫離不了關係，爲了與外在世界保持友善互動，時間作爲一種工具，在日月之間費心裁切，往效率和成功的方向發車——然而不論這輛車上坐著的是多優良的駕駛，車輛的終點，卻仍是「死亡」。

「有機車，大家讓一下路！噢，有兩臺喔！」山友們夾道列隊，有些人還忍不住舉起手機，要將這兩千多公尺山徑裡運送山屋物資的野狼機車車隊拍攝下來。我心裡閃過一絲鬼魂，幾週前一位高山協作因車輛打滑跌落山谷。死亡是攀在手邊的提醒，它拉扯著你，讓你更用力在生命裡踏步。

身體累了，畢竟在城市的肉身大多擔任承載靈魂的角色，它是腦袋的僕人，沉默地載著它行動，甚至很多時候，我們將肉身擱置，它只需要被放在電腦或手機螢幕前，以最低耗能的模式運作，我們的靈魂或稱爲意識也能自由徜徉在虛擬世界裡，在社交網絡中叱吒風雲，拋下肉體更加輕盈。

也因此身體的疲憊讓人陌生而恐懼，那一道不知名的疼痛傳達著什麼訊息？某處的酸楚是哪裡用力不對？明明一副用了幾十年的身體，卻比路邊隨租隨還的汽車還讓人摸不著頭緒？於是腦子裡浮現各種可能：「天吶，下一個坡我還爬得上去嗎？」、「現在是下坡，回程時變成上坡，我能做到嗎？」、「等等，我的腳是不是要抽筋了」、「我眞的好喘，心跳這麼快合理嗎？」未知的害怕變成對身體能力的質疑，斷訊的網路也無法讓人 google 一下。

可是，我們抛不掉肉身，靈魂沒辦法自己下山，再累再疼再讓自己抬不起頭的身體，都是自己珍貴的身體，只有它能承載自己邁開腳步，只有它能感受空氣中的霧水沾撫臉頰的濕潤沁人，只有它能碰觸有溫度的千年老木撼動渺小的自我。身體的有限性，在大自然中使靈魂的高傲放下姿態，謙卑的與身體共處，成爲靈敏的接觸器，汲取未曾或少有的難得經驗。

身體的有限性讓人注意到生命的「有限」從來不曾離開，如果生活是一臺按表操課的電視頻道，那我們眞該將「生命有限」製成 Logo，永恆地放在畫面右上方，不管在播映任一時段的節目：喜劇、悲劇、政論節目或國際新聞——死亡會都堅守崗位的站在那裡友善的招手提醒。

走過一處大崩壁，隨著天氣與季節，崩壁的路徑也會改變，但不變的是它脆弱的土層，滑動的碎石子，可見「注意落石，請勿逗留」等標誌警示危險。我懷著惴惴不安的心經過，再回頭望這一處冰冷灰色的崩壁時，突然覺得它張著無所謂的臉，往山裡的風景看著，毫不在意人們的經過或無法經過。

在山裡，留意到時間的存在，卻也感受到時間的不在：隨時改變的大崩壁、萬年大山、千年神木，腳下的一顆石子都是人們的大前輩，但它們從來不在意自己是否為「千萬年」，生態的時間尺度之下，人們的一切如此微觀而渺小，於是我們守著的年歲，四十歲、二十歲、六十歲……似乎都無了差別。

日出而作日落而息，是人們最早的約定。但上山必須要早於日出攻達三角點，幾乎成為山友們狂熱的誓約。人們在夜黑零下的溫度朝著這一塊至高處前進，一個個捧著炙熱的心臟如要將體溫獻祭那樣義無反顧地行走，為了攻頂的成就、為了神魂顛倒的美景、為了自我實現，每一個獨一無二的個體都與自己有不一樣的承諾。

「要日出了！可是月亮也在，好亮。」太陽從金邊上攀，晃晃明月也沒有要退場，日月相映。在三角點處，我的腦袋早已凍僵當機，血液循環也抗議罷工，腳趾與手指的末端正歷經極大考驗疼痛不已。風聲呼嘯，雲海快速滾動，月亮穩定的發亮，太陽不在意眾人驚呼的冷靜登場。

這一天原是平凡的一天，和昨天、前天意義相等的一天，但人們卻給了它一個神聖的地位：「一年之末的十二月三十一日」。這一日之後，我們再次從「一」開始，放下上一年度的錯誤，將自己洗淨，抹去，重新灌滿希望。一路下山，不少山友正往山裡去，準備在山中跨年，每個人口中都唧著那句：「新年快樂」，我聽見舊時間剝落的聲音。隨著海拔越低，手機開始有了訊號，明年的計劃、新年新希望、因為連假而暫緩的工作，似乎又隨著功能性的時間概念悄悄爬上身。

「爬完了——」回到登山口，一輛載我們上山的九人座休旅車已在等候，而我們開始討論等等的交通安排與時間——它像一臺穿梭時空的魔法車，等著把我們送進日常的時空軌道。我們面帶笑意，甩了甩身上的水氣與登山杖的泥土，小腿大腿緊繃的肌肉，肩膀的痠痛都扎實的存在。有一刻我稍稍這麼想，但願這些疼痛帶來的提醒能長久一些，偶爾，能忘記歲數與年份，記住身體與生命的有限，練習活在當下每一刻。

廖昀靖

桃園大溪人，稻浪中翻滾長大，

中文系、藝術行政與管理研究所，藝術行政工作。

每一日都感覺初來乍到世界，

喜歡書寫時身體與世界的暖度。

熱愛的植物、動物與土地都充滿魔法，持續對話。

夜幕低垂後……

方秋停

日間婆娑昂揚的綠意入夜後沉寂為整片黑，天空與鄰近山巖融合一起，鐵杉、紅檜、二葉松等擎天枝幹於黑幕中化作無形牆垣，一束亮光指向高空，於樹冠上來回巡探，如馳名劇院介紹嘉賓現身的排場。

夜幕低垂，白天轉成黑暗，古人把握光陰秉燭夜遊，今人積極發展觀光安排夜間行程，帶人自另個角度遊賞世界，豐富視野。

膽小的我向來怕黑，直覺暗夜詭異神祕，爲不同神靈的轄管境地。對夜景雖然好奇卻心存畏懼，也因爲這質性，每次夜觀總留深刻記憶。夜有驚奇也有美麗，杜牧〈秋夕〉詩：「銀燭秋光冷畫屏，輕羅小扇撲流螢。天階夜色涼如水，臥看牽牛織女星。」寫出夜色及心境美好，爲夜景賦予恆久詩情畫意。成長歲月中仰觀滿天星斗、靜候曇花逐層開展、或於路邊瞥見流螢亮起一盞盞溫馨燈火，眼眸心神便受鼓舞。

不知何時起平地罕見飛螢，閃動記憶裡的螢光移往郊野，日月潭、竹山鹿谷、奧萬大森林、鯉魚潭附近⋯⋯，兒女年幼時每到春夏交替一家便開長路，彎繞斜坡入叢林，提水壺帶防蚊液並準備紅色玻璃紙包覆照明燈，往赴與螢的約會。

午後雲層漸厚，盼望天候多些水氣又擔心下雨，期待心理參雜著疑慮，靜候天色一分分轉暗。傍晚人潮會集，林蔭環繞，刻意壓低的聲息窸窸窣窣。黑雲棲停樹梢，霧露化成點點翩飛想像。夜越濃黑，睜眼閉眼已無差別，心情不自主地緊張起來——怕錯過更欲搶先見著第一點光亮。不經意間，首發光點於不起眼角落現身，幾聲激動提醒旋即分散開來，然後便見水霧當中開出一朵朵亮彩，一雙雙眼眸攀著點點螢火互放光亮，匯成漫天歡喜。童話書裡的情節眞實上演，大人小孩一同婆娑起舞，雙手輕捧，將誠摯祝禱隨那微光送往天上。

螢如山中精靈存在記憶，卻被繁忙的車水馬龍逐遠，多年後想起，須得重新理解牠的去向與來蹤。二〇一八年兒子赴美前全家走了趟東勢林場，他扛負鏡頭、三腳架，與其他攝影愛好者鎖定最好的拍攝角度。我棲息路旁，抬頭望向他已然茁長的身影，對螢的期待心情似同當年。

夜幕拉下，以黑翅螢爲主的螢光映現眼前，始如仙女棒到處閃爍點畫，隨後光點絢爛連結。沿著坡路走，兒子手中鏡頭不停調轉角度，我凝神瞧望那神奇光點，心底疑惑：今夕何夕，下回流光集會何處？

年長後早睡，夜遊機會漸少。那回夜宿大雪山，於逗趣生態導覽員引領下，留下一次愉快經驗。

日間婆娑昂揚的綠意入夜後沉寂爲整片黑，天空與鄰近山巖融合一起，鐵杉、紅檜、二葉松等擎天枝幹於黑幕中化作無形牆垣，一束亮光指向高空，於樹冠上來回巡探，如馳名劇院介紹嘉賓現身的排場。導覽員胸有成竹卻也夾帶些許不確定感，亮光於林間逡巡，衆人目光隨之忽高忽低，最終靜止於右前方樹洞。飄忽眼神跟著導覽員低沉的語音駐停洞外，好奇眼神追隨光束，幽暗中似有黑影移動，屏息心神踮起腳尖，再仔細看便見那彩妝臉龐楞楞回望——啊！是白面鼯鼠，平地串連起興奮耳語。瞧那卡通臉龐張瞪圓呼大眼，側身一轉，長尾自頂上垂掛下來……

「飛啊飛下來——」衆人集氣，儘管知道白面鼯鼠不會飛，主靠前肢延伸至後肢踝關節的飛膜藉氣流滑行，仍期待牠滑翔的綺麗畫面。等待滯停，白面鼯鼠似乎不想動，刺眼光線不宜照射太久，只好熄燈離開，任那可愛生靈藏身黑暗。

行程繼續，手電筒朝下照出前路，導覽員提醒我們放輕腳步與聲量，幽默說要保持低調奢華。不明蟲鳴彰顯夜的清寂，濃黑森林雖無界線卻讓人放不開腳步，斜坡、圍欄，遠望渾沌近觀則有高低平緩差異。行走半晌，時間似乎靜止，導覽員突然停步，指著左前方斜坡要我們看——濛濛霧中似有凝止黑影，衆人迅速集聚目光重組隊伍。導覽員將燈光對準前方，只見那長鬃山羊頭頂圓錐洞角，深褐身軀融合夜色，金亮雙眸直瞪著我們。衆人驚喜想多看一會兒卻不忍心，於是關閉手電筒移動腳步。已窺夜之玄祕，此行已無遺憾，卸下機心走往回路，於半路遇見覓食山羌。

夜幕圍攏，水聲潺潺，陣陣蛙鳴如漣漪傳動清涼夜氛。夜宿高山，想像自己棲身樹梢或平躺草地，霧露澤潤，現實腳步逐層踅往夢裡，天明後將憑依印象重走一回，印證夜中所見景致。

方秋停

一九六三年生，
曾任《明道文藝》總編輯、爲明道中學退休國文老師。
著有散文集《原鄉步道》、《童年玫瑰》、《兩代廚房》；
短篇小說《山海歲月》、《耳鳴》、《港邊少年》；
臺中學叢書《書店滄桑：中央書局的興衰與風華》。

夜觀

許哲齊

逐漸地，我們的視覺、聽覺等感官敏銳度也會逐漸打開，注意樹枝草葉，注意山壁岩縫，注意小洞土堆，注意山溝水壑，仔細聆聽聲響……

被都市繁忙擁塞的空間擠壓，人們走向大自然，以為調劑紓壓的解方之一。有人逐漸戀上大自然，想學習自然觀察，摸索大自然的一切，儘管大自然的確是生物學家威爾森（E. O. Wilson）所定義的「地球上所有不需要我們而可以獨立生存的一切」，但入門者能期盼跟隨厲害的生態觀察家，走上一回，盼能從觀察大自然的蛛絲馬跡中得到樂趣。日間的自然觀察熟悉後，更想進階試試夜間觀察。

夜間觀察，對不熟悉的人來說，難免有疑問：晚上外面黑漆抹烏地是要觀察些什麼？會危險嗎？

在夜裡，大自然中能見到的東西與視覺感實迥異於白天。當野外四處整片闃黑，在照明用手電筒射放出的光線圈照下，夜間觀察所見範圍有限，卻會使人集中視線，提高注意度，可能因此看到不少白晝不會見到或不會特別注意的物事。

夜晚的野外世界與白天的感覺截然不同，夜觀時就像走進一個平行時空中，你會驚訝眼前所見有如是存在於異次元空間般，爲何平時從沒見過？

許多昆蟲、動物到了天黑才出來活動的夜行性生物，牠們日間休息，臨暗才開始活躍，透過夜觀才較有機會一窺那些白天都不見蹤影的生物樣態。

當手電筒照向黑暗處，夜觀好戲就一幕幕展開：

趴在樹枝似乎已熟睡還懸垂著長長尾巴的斯文豪氏攀蜥，讓人擔心牠會不會不小心摔了下來；模樣頗嚇人，俗名「喇牙」的白額高腳蛛，在姑婆芋葉上露臉，雖然牠也會在家中陰暗處出沒，但野外相遇時看起來似乎就沒那麼可怕。

各類蝸牛，非洲大蝸牛、斯文豪氏大蝸牛、高腰蝸牛、青山蝸牛……爬在不同葉面、岩土上，更有無數只能先拍照待回去再查圖鑑的不知名蝸牛，接連現身，好整以暇地緩慢移動身軀。抬頭望去，枝葉間有著張網等待食物自投羅網的人面蜘蛛，細細圈圍的蛛網還沾掛著幾顆水珠。

爬動於石頭上的東方水蠊，外觀深黑色、背板油亮，乍看像是某種甲蟲，若知其實牠跟蟑螂同類，有些人會嚇得倒退幾步，牠看起來並不像小強那麼討厭。

粗糙皮膚上布滿顆粒狀毒腺突起，四肢粗短，屬於臺灣特有種的盤古蟾蜍，模樣不太討喜，卻也經常出現在夜觀時的視線裡，牠跟其他蛙類一樣都是夜裡會讓人眼睛一亮的小生物。

記得某回在太魯閣得卡倫步道夜觀，沿途見到眾蝸牛、蟾蜍、各類小昆蟲，大夥兒四處搜尋東西分享所見，有人不經意把燈光往左右半空中掃過，赫然發現一隻長蛇出現於步道側邊枝頭上，背部黃褐色帶幾許黑褐橫斑，腹部白色，身長約一米多，身體攀捲於樹枝，頭部較頸部稍大，還略往前橫空伸挺著，本來夜觀時要盡量保持安靜，但衆人見到有蛇，仍不免引來一陣輕呼與騷動，雖說已算很節制了。

這是一隻有輕微毒性但對人類無害的大頭蛇，在手電筒光線照射下，牠的眼睛可以明顯見到垂直的瞳孔，囿於忽地被燈光照到，身形凝定看似沒有什麼動作，卻不時從口中吐出蛇信，顯示牠正警戒著周圍動靜，也或許牠正在尋找獵物準備進行覓食獵捕，無端被我們打攪。大夥兒對著這隻大頭蛇指指點點，認眞端詳一番拍照記錄後，留下牠繼續潛伏於樹梢上。

還曾發現一隻停駐於蕨葉上的蜂，黃黃黑黑的，乍看之下以爲是那令人爲之色變的虎頭蜂，只是會在夜裡出沒還在樹葉上停留的，應該別有他物才對。

細看這蜂身體褐色，有著一對細長黃色末端捲起略呈漩渦形的觸角，胸部背板上緣有黃色橫斑，中央有黃褐縱斑，翅膀紅褐色，外緣較黑，腹部紅褐色具黑色環紋，原來這是俗稱「蛛蜂」的一種蜂類——黃帶蛛蜂。

蛛蜂之名，並非形容外表像蜘蛛，而源於其獵捕蜘蛛的習性；牠們是蜘蛛的天敵，主要以捕捉蜘蛛爲食，蛛蜂的狩獵技巧非常高明，能獵捕甚至體型遠大於自己的蜘蛛，當牠鎖定目標後會用尾部螫針對蜘蛛注射毒液，蜘蛛隨即痲痺無法活動，只能任牠宰割。

那隻被我們發現的黃帶蛛蜂看來似乎是在葉上休息，我們觀察一會兒後趕緊移開燈光，但願不要太過驚擾牠。

有回在西寶國小的夜觀，帶領的生態老師特意拿著手電筒來回掃照遠處樹梢間，邊要大家留意是否有閃光出現，果不其然，一會兒就發現在燈光掃過時一處枒間閃耀著兩小顆白光，那是一隻全身紅褐色的大赤鼯鼠，雙眼在燈光照射下呈現的反光，當被燈光照到後，牠會忽然傻呆住，一動也不動，也因此，山林裡的獵人覺得牠是極容易用槍瞄準獵捕的動物。

與大赤鼯鼠同屬松鼠科的白面鼯鼠也會有同樣反應，除了因眼睛的反光，還有就是牠白色的臉部與腹部，容易辨認，燈光照到而在枝頭上攀趴不動的萌呆樣甚是可愛。

聲音，也是夜間觀察時的重點。

夜裡靜默行走在野外步道上，聆聽山林間的種種聲音，會發現周遭充滿著此起彼落的不同聲響，泰半聲音是非常規律地出現，少數則是突然冒出響個一兩次，然後就銷聲匿跡。缺乏夜觀經驗者，於初次進行夜觀時總會驚訝地發覺，原來野外的晚間聲音那麼多樣，如交響樂般。最常聽到的是各種蟲鳴，可能是聲音悅耳的螽斯正振翅高歌，或是蟋蟀嘹亮高亢叫聲，又或者是唧唧復唧唧的蟬鳴聲，還有就是蛙類發出的各種嘓嘓聲，有人可循聲辨位找到蟲隻、青蛙所在，更加添了夜觀樂趣。

當進行夜觀一段時間後，逐漸地，我們的視覺、聽覺等感官敏銳度也會逐漸打開，注意樹枝草葉，注意山壁岩縫，注意小洞土堆，注意山溝水壑，仔細聆聽聲響，收穫遠超過預期的，每回的夜觀，只要在過程中有一、兩個特別的相遇，就不枉此行。

我印象極其深刻的一次夜觀，見到蟬蛻的過程。親睹一隻蟬從蛹殼中蛻出，似乎用盡全力衝出蛹殼束縛，在完全掙脫了蛹殼後，翅膀猶蜷縮潮濕，掛停在蛹殼上靜待翅膀伸展，隨著翅膀慢慢變乾展開，牠彷若獲得新生，我不由得讚嘆大自然的神秘奧妙，那一幕雖非如何驚天動地，卻給人一番新的生命體驗，感動莫名。

當觀察得有點累時，我常暫時關了手電筒停下腳步，靜聆周圍響起的蛙叫蟲鳴，放鬆地大口幾次深呼吸，此時若正逢微風輕拂而過，更是身心舒暢，稍事休息後再繼續未竟的行程，心中對夜裡所得，滿是感恩。

許哲齊

大學主修化工的資深廣告人，
穿梭於廣告業務、創意、企劃等領域。
目前爲東吳大學企管系兼任講師及企業行銷創意顧問；
領有國際領隊及華語導遊執照，
自一九九六年起成爲太魯閣國家公園解說志工至今，
也是臺北「青田七六」導覽志工。
著有《太魯閣行旅散記》、《太魯閣行旅散記2》。

安土

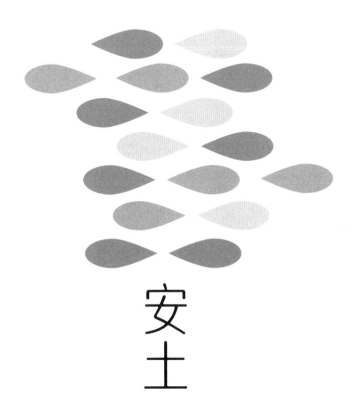

成年・禮

曾琤

賽夏族人在成年禮中，對於山林植物熟稔程度的要求，並非意圖將植物二分為可用或無用，而是一種與山林共存、將自身性命與山林相繫的儀式。

踩著巨石之間的間隙，我汗如雨下，一步緊接著一步，彷彿想追上眼中所及的綠，丟下一身的倦與疲。

在窄小的山徑上，一隻黑狗從我腳邊竄過，停在前方約略兩個大步的距離，毛色在陽光下黑得發亮，然後回頭，清澄的大眼望著我，彷彿看穿了這個旅人，沒有目的地追逐著自己也不知其所以然的迷惘。

許多人說苗栗南庄的這片森林，沒有熟門熟路的賽夏族人引路，很容易迷失方向，怎麼走也走不出來。長老指著前方，說他小時候曾被蒙著眼睛帶到此處，被長者要求自己找出到特定地點的路徑。當舉目所見，皆是披天蓋地的綠，前一秒的艷陽，下一秒就被陰影吞噬。當時的他，只知道痛哭，然後，哭。

亙古恆常（或無常）的野林之中，年輕的孩子，因找不到歸途，驚懼而落淚。這裡，是「沒有門的地方」。爲了讓遊客不要在森林中迷失，管理當局用盡各種方法，除了適度修改路線、不斷的宣導、提醒遊客要記得隨身攜帶必要的食物、衣物、手機、行動電源，還特別標示「手機有訊號」的指示牌，提醒大家要照著指示牌走。只是這一切都無法讓遊客抵抗山林的魔力，總是在其中掉了魂、沒了神，失了方向。只要進了林，彷彿向山靈交出理智的羅盤，只能在其中任憑神祇的擺弄。

賽夏族在邁向成年的訓練之一，就是教導孩子們，能在山林之間保有絕對的明晰與洞見。他們無懼山林之大，跳躍於巨石、山徑之間；無畏千變萬化的山中氣象，定靜、謙卑的順服著山稜的曲線，憑著記憶找到歸途。

而踏進山林的旅人，偶有無法抵擋強大的森林氣場，甫一進林，即被氤氳之氣衝亂了元神，沒了方向。當被綠林無邊無際的圍繞，置身其中，往往更明確的感知軀體與靈魂的距離。汗水與疲憊將意志與肉體解離，如果讓自己的理智放手，那真會忘了自己的前世今生、愛戀嗔癡。遑論歸途。

我隨著長老的步伐，踏入成年禮的試場。接下來，會是喚起與祖靈相繫的記憶？還是遺忘？

要通過森林的考驗，不是找到回家的路就好。你必須，先活著。

長老遞上一片葉子，要我放進嘴裡咀嚼。我猶疑了片刻。自以爲是的文明機轉在腦中快速的建起了防衛機制。

這不行！

沒吃過！

有沒有毒？

我還忙著天人交戰，長老早隨手將葉子塞進嘴裡，一邊咀嚼著，一邊露出透心涼的神情。

「我們的孩子九歲之前，要經歷第一次成年之前的考驗，過程中有一項任務是，我們要在這森林中，找出五種藥用植物。」

我看看手中的葉子，趁長老不注意的時候撇過頭，吸了口氣，將葉子淺淺的放進齒間。不一會兒一種透著清涼的香氣緩緩溢出，很快充斥了整個口腔。

賽夏族人面對身體病痛，不管是外部傷口或是內部疾患，皆從牛樟樹的葉子、枝幹、樹皮到樹根等部位取材做藥引。在賽夏族傳統信仰中，病死、意外死或戰死的靈魂，在靈的世界裡仍然痛苦，因此會將惡終的軀體帶到牛樟樹下，讓樹靈來醫治惡終的靈，得以在靈界無病無傷。

當某個時刻，倘若我們必須在這林間，面對生死交關，我們真能在樹靈的腳邊活下來？還是屆時只能棄守，向上蒼祈求對渺小生命的一絲憐憫？

面對死亡，我們畏懼，進而用盡各種手段，證明我們才是生命的主宰。精密的醫學技術、以統計精算的存活率、對症下藥的治療……，曾幾何時，我們忘記應該治療的是一個完整的人與魂，而不只是某個症狀的消除或緩解。

賽夏族人在成年禮中，對於山林植物熟稔程度的要求，並非意圖將植物二分爲可用或無用，而是一種與山林共存、將自身性命與山林相繫的儀式。當我們認知生命的有限、生老病死的無常，便會更深切感知，山林之間取與不取、用與無用，所應採取的分際。生死之間，不過是與山林之間，彼此對於生命的對話與辯證。

活著，也許是一種嚮往；而當我們病了，或是接近死亡，也許我們該做的，是傾聽，交付自己對於生命的執念與癡妄，讓眞正該被治癒的，找到它的處方，無論受傷的，是身體還是心靈。

遠方響起悶雷，一行人不由得加快了腳步。近日午後的滂沱大雨，總來得令人措手不及。我們知道，接下來的，是雨神的千軍萬馬。

踏著交錯的石稜下行，來到一處下凹的谷地，溯著苔蘚往前，一棵參天巨木矗立在谷地的中央。衆人魚貫繼續向前，我卻不自禁停下了腳步。從低處抬頭望向伸向天際的樹頂，像朝聖一座巨佛，一時無語，唯有平靜。

遠方又傳來悶悶的雷，接著是由遠而近的雨聲。我下意識的想找避雨之處，卻未見一絲飄雨。原來濃密的樹冠扎扎實實的阻擋了雨勢，我們因謙卑地親近樹靈，而得了庇蔭。這是一棵百年牛樟，昂然獨立。粗如巨蟒的藤蔓纏繞林間，像是守護者，捍衛著牠們的神靈，也守護著生者和亡者。

繁茂的樟樹林曾吸引無數爲了樟腦經濟利益前來的漢人與日本人，時光流轉，今日樹靈俯視的，是虔敬的賽夏族人與旅人過客。

同行者許多人轉身，背對著樹，開始合影。而我找了個面對著樹的遠遠的角落，席地坐下，仰望著樹梢，像是進了佛堂的弟子，等著神靈和我說些什麼。

在人手一機的時代，照相不再是僅限於專業技術者或一小群文青的特殊癖好，每個人都能在強大的鏡頭與濾鏡設定下，拍出過去僅有專業攝影師得以呈現的光影片刻。但看著鏡頭的我們，有多少眞正記錄下環境的眞實？而不是僅僅看著眼中的自己？

遊人們還在爲鏡頭中的自己爭執著站左邊些還是站右邊些，有人熱情的喊著我過去合照，我微笑著搖了搖頭，忽然想到自己戴著口罩！沒了笑容的搖頭，不啻是無禮的回應，連忙拉下口罩補上笑容，試著讓這樣的婉拒有些溫度。

疫情當下，不知曾幾何時，嘴角上揚成了必須刻意爲之的禮儀。難道是神靈的警示？在提醒世人，此時享有的陽光、空氣、水、自在的呼吸、皆是危脆的暫存及小確幸？

如果今天擁有的一切，明日將不復存在，當我們面對神靈，心中的祈願，會是追求長存的永恆？還是只願保有無可替代的此時此刻？

雨聲漸歇，我們繼續在大樹與藤蔓間前行，專注於腳下巨石與沙泥的間隙，綿密的蒼綠苔蘚，包覆住眼見所及的石頭、樹幹、藤蔓，輕撫其上，竟是毛氈般的柔軟。這是山靈用尊榮的綠毯，迎接虔敬的旅人。

這一刻，彷彿與現世的自己脫離，等待與前方的、不可知的，另一個自己，相遇。終於知道爲什麼許多人，會執迷於山林中的獨行，那近似於一種移動中的禪定，大汗淋漓，沒有好惡嗔癡，只聽見山中蟬鳴，跟自己的呼吸。

想起入山之前，長老帶領著眾人，在入山處對著代表神靈的立竹，以竹籤串肉、竹杯盛酒，向祖靈祈求平安。無非也是在此刻同時放下自身的執念與俗世的紛擾，以謙卑之姿，將純淨的自我交給天神。竹子上綁著的芒草，承載著山靈的護佑，當年的賽夏族獵人會將竹子上的芒草放在身上護身，如果順利返回，則會在入山處向神靈致謝，並摘取新的芒草，虔敬地綁回竹子頂端。

我們從來就並非真正的孑然一身，透過與神靈儀式性的相繫與解離，才真正完整了自己。

潺潺水聲，河谷自清沁的山澗開展開來，陽光自樹隙撒入，在水面閃起粼粼波光。能見天的有水之處，這是賽夏族人的神聖之地。

過去的賽夏族人，只要行到此處，必祈求天的祝福：婚嫁之人，須忘卻過去的遺習，迎向新的人生；喪家行經，須放下過去的憂傷，自清泉的洗滌中復原；征戰的勇士，自潭中掘取力量前行；遠行的族人，向上天祈求賦予面對未知的勇氣，邁向新的旅程。

身爲遊人，我知道這是與山靈最親近的片刻。因爲繼續前行，我們都將遠離山神的庇佑，再次沾滿一身的俗世塵土，繼續爲無邊際的現實拚搏。我俯下身，讓雙手浸潤在冰涼的山泉中，這是一個俗人，向山靈的無聲祝禱與祈求。

黑狗跟著主人的腳步前行，在高低起落的巨石上下跳躍，有時跑在主人前方，有時又刻意向後頭跑來我們這些跟隨者的腳邊，彷彿是隨行的守護者，深怕我們落了隊。

主人是個膚色黑黝、身材壯碩的男子。同行者說他之前是山老鼠，後來因爲自己的部落與林管處簽訂夥伴關係協議，開始發展山林綠色產業，便改成養蜂，現在是當地原住民合作社的成員。

看著他的側臉，臉上只有如同腳下巨石一般的稜線，沒有表情。

這就是成年了吧！不再年少輕狂，放棄與俗事爭奪資源，平靜的與山林共存。

成年，不再是到了特定年紀所舉辦的歡慶儀典，而是對自身價值與能力做出承諾的關鍵時刻。我們不再測試孩子們是不是能在迷霧森林中找到回家的路，而是期待其是否展現勇氣與膽量。眞正的長大，不是年齡的大小，而是責任的承擔及智慧的累積。

賽夏族人，面對時代的演變，成年禮有了不一樣的內涵。而對於進入山林的遊人，從入山、放下，經過汗水、雨水、泉水的洗滌，無論之前爲何，當離開山林的當下，已不同以往。

成年禮，是一場試煉，只有通過考驗者得以享受讚譽與承擔責任；也是不能也無須回頭的轉折，先經洗禮，方如浴火重生。

山林，是試場，也是記憶與遺忘、存活與死亡、此刻與永恆、試煉與重生的展場與見證。

曾琤

政大公共行政學系博士生，
著迷於文字、書寫、及對世間萬物的理解。
研究興趣為公私協力、山林治理。
相信無論是學術研究、文學創作、
或是每日的行動與實踐，
目的皆在追求異見之間的同理與共好。

有一點刻苦的生活

陳牖心

我過的日子簡單，帶點刻苦。石造與磚造的家屋被山包覆，樹林密布，老建築終年涵養濕潤。每每步入秋冬季的雨日，寒氣襲人。初來乍到的深秋，衣服洗了也無法晾乾，在室內搭起臨時晒衣架，燒盆炭火，細細煨著讓衣服水分逐地褪去。

近幾年，每到年終之際，邁入新的一年之初，我總會溫習幾本珍愛的書籍——女性務農者書寫其農耕與園藝的生活種種，她們的日子吐露了在忙碌農活細密的皺褶中，縫入所愛之事：縫紉、插畫、香草、料理。恬淡的滿足感，洋溢在字裡行間。與這些前輩女性紙上交流，就像服了一帖安心良藥，內心更加確立：這一年我也想這般過日子。

九年前，我在一紙圖畫上描摹出理想的家：山邊的家屋，耕作生活，養隻黑狗，燒柴煮水烹茶，座落在只有區間火車會停靠的小村。彼時，在城市中工作與生活蠟燭兩頭燒，而後離職，與夥伴們島內移居宜蘭務農，一路上尋尋覓覓著何謂我想要的農耕生活。搬過好幾間的房子，耕過幾塊不同的水田，兼任幾個不擅長與擅長的工作，情場上也分手了幾次，想望過幾個想移住的他鄉……。

順著自然而然來到面前的因緣，我有一天發現自己現下的生活竟是九年前圖畫的實現。這是個被淺山包圍的老房子，腹地裡有老欉柚子樹林與相思樹林，其間交錯月桃樹、血桐樹與無盡的姑婆芋、咸豐草。我除了養黑狗花貓，也收留四隻狗。這裡有黃土灶，我燒柴煮水洗澡，甚喜歡以灶煮食與染布。在非常安靜的時刻，可以聽見淺山山腳下火車奔馳在軌道上的聲響。

我過的日子簡單，帶點刻苦。石造與磚造的家屋被山包覆，樹林密布，老建築終年涵養濕潤。每每步入秋冬季的雨日，寒氣襲人。初來乍到的深秋，衣服洗了也無法晾乾，在室內搭起臨時晒衣架，燒盆炭火，細細煨著讓衣服水分逐地褪去。

我們刻意保留接近原始的生活，減少電器設備。這裡沒有洗衣機，入住頭兩年，每逢食堂工作的假日便是我的洗衣日，我格外明白書上讀到國外餐廳廚師的假日就是到洗衣店報到，洗上一整個星期的衣物。我則是爲自己一件又一件手縫的衣著，帶著珍愛的心情徒手洗著。

我們沒有沖水馬桶，每隔幾週需要清理生態廁所堆肥。我先用鋤頭在果樹左近的空地挖淺坑，用獨輪車載上堆肥箱，埋進淺坑裡，覆土後再覆上雜草，讓堆肥慢慢化爲果樹下的肥分。清空的堆肥箱洗淨後，再置放原位，鋪入來自木工廠收集而得的木屑。我在手作的花器裡換上新的插花，生態廁所窗子外的風聲悄然，竹林靜靜，我欣賞這份陰翳的禮讚。

我們的水來自山泉水，一段週期水量便會銳減，想來是水源頭爲沙石落葉淤積。宜蘭山區雨量之多，卻又必須掛心來水有限，實在矛盾。總要步上水源頭，清理砂石落葉，讓水流暢通。每每步入林間深處，聽聞濺濺流水聲，心曠神怡。嘴裡雖嘀咕麻煩，然心裡明白，一旦踏進瀑布的山神聖域，總是心底寧靜，渾身舒坦。熱浪來襲的夏季，溯上瀑布，情不自禁在水流下沐浴長髮。

溯水源頭之路徑有三，這條路徑腳下步伐尤須謹慎，但風景深邃迷人：拾山坡而上，再向下連接溪谷平地。陽光從高處林梢穿透，淺淺的光亮映照在溪谷，彷彿自己化身精靈，走在童話故事裡粉彩畫的森林。越過溪壩，再拾坡至瀑布區。這段路徑最能拾得深林裡各種林相的落枝，背上竹籃筐，吆喝阿狗們相隨，這是牠們愛極了的探險。某次，阿貓和體積最短小的阿狗全程跟上了瀑布，回家當晚牠們累呼呼睡得可熟了。

我為燒柴生火準備柴薪，多在陽光日子中沿著淺山山路採集小葉欖仁、相思樹等落枝。頭兩年的秋冬，我貯備的柴薪總是不夠。因為宜蘭的晴日太短暫，夏日的我忙著做發酵食而忘了未雨綢繆。這一年總算記得從春日就開始收集柴薪，細枝粗枝分類一捆一捆綁縛。又蒙鄰居修枝麵包樹，才有些耐燒的樹幹。

幸好擁有現代設備的廚房，我可以保有便利性沉浸在我最愛的料理時光中。這是個擁有六隻動物的大家庭，我每天要爲動物們張羅兩頓餐食。簡單的生活中韻律著充實的勞動節奏。

這樣的簡單生活，不是指單純的生活作息。我做料理也耕作，我做裁縫也染布，我教課也寫作……生活面向多元，比起朝九晚五的上班族，或許我還不夠單純呢！我的簡單生活，是減少能源設備，也因此需要付出更多勞動力，是身體帶有一點刻苦的生活。

所謂「由儉入奢易」，我則認爲過慣了有點刻苦的生活，信奉這是一種生活態度時，實則難以轉奢。經人勸說多時，這一年，我讓山腳下的洗衣店分擔我的家務勞動；讓除濕機與暖爐協助打造一個較怡人的居住空間。

然而，年復一年自然環境的條件不盡相同，習慣了與濕氣爲伍，又有其他挑戰迎面而來。這一年的蟲子特別地魯莽，張狂的螞蟻處處咬嚙阿狗與人類；阿貓捕捉到屋內的老鼠多了，我在夜裡要攬貓放生懨懨一息的鼠輩（牠的鼠玩具寶貝）；雨量益發滂薄，濕透整座屋子。

雨日一多，貓狗沒處玩耍便在屋內打架，遊戲娛親。這樣帶點刻苦又知足常樂的日子，昇華爲內在的幸福感。是的，我沒有教人稱羨的薪資、居所、頭銜，這是如修行一般而得的內在幸福。

我珍惜生活中所擁有的物質與人們的愛，相信著我是領受許多人的擺渡而平安渡過生命之流。我沒有隨身攜帶那幅理想家園圖畫，而我有一天來到這個境地了。祂一一實現願望清單，且在我執著想要領養一隻黃狗時，最終卻與黑狗作伴，爾後才恍然大悟我圖畫裡的是黑狗，如此細微地都分毫不差。

我信任宇宙，相信祂這一路上九年的鋪陳，是累積我擁有足夠的體力，敢於應付生活上的勞動量；是沉潛我向內在探索的嚮往，得以勝任悠然的獨處。在這帶有一點刻苦的日子裡，我梳理了生命由來，寫就一本著作。這刻苦的生活，爲我擺渡航向她方。我正在生命的航程上，也許待我再次寫作完畢，擺渡人就要喚我彼方已到。

陳牖心

本名陳怡如，

出生新竹香山，現居宜蘭礁溪，

著作有《泥地漬虹：女同志×務農×成家》、《漬物語》、

《食農小學堂：從田裡到餐桌的食物小旅行》。

每一場寫作都是打開心內門窗，有心人行走有情人間。

像照顧嬰兒一樣，替泥土蓋上被子

李盈瑩

這裡頭沒有蚯蚓，沒有蟻群所建築的地下城市，且因為日常勤於拔草，當然也沒有菜根以外的雜項，採收而來的苦澀葉菜或許是土壤無聲的抗議。

接觸耕作已邁入第十年，即便是同一種作物，年年的氣候不定，時有豐年，時有歉年；每一年種下菜苗的體質強弱也全憑運氣。然而在眾多不確定因素中，關於照養土壤一事，倒是隨著耕作經驗與各種試誤，逐漸有些心得。

還記得初次投入種菜是在北部近郊，當時尚未遷居宜蘭，家附近的菜地取得不易，也因爲開墾範圍極小，新手農夫懷抱著滿腔熱血躍躍欲試，對於菜地的照顧自然是無微不至，我相當「勤奮地」將土壤裡的大小石塊、自然生長的咸豐草、昭和草、含羞草及各種禾本科雜草一一清除，將菜地整理得極爲乾淨，滿心歡喜種下地瓜葉苗、空心菜苗、南瓜等春夏作物，耐心靜待收成之日。然而這一切卻在歷經四個月後，日漸發現地瓜葉的風味趨於苦澀，空心菜則呈現細瘦的葉形與青黃不接的色調，眼前的菜地經過我的照料後，竟成了一塊表面平整、內裡堅硬的水泥盒子，成了一塊了無生機的人造之地。

「貧瘠」一詞以如此具體的方式在我眼前展現開來，這裡頭沒有蚯蚓，沒有蟻群所建築的地下城市，且因爲日常勤於拔草，當然也沒有菜根以外的雜項，採收而來的苦澀葉菜或許是土壤無聲的抗議。

那份熱切於今看來，確實是勤奮過了頭。土壤最好的面貌應該是「鬆軟」，原先生長於泥地裡的雜草或許不是萬惡敵人，它們無所不在的細根其實如同打蛋器那般在地底下默默作業，一面透過伸長的鬚根把土壤攪鬆，一面涵養水分，並與農作物的根系進行地下交易，交換彼此的菌根菌，維持土壤豐富的菌相。

我將菜地重新翻耕，並將周圍割除的雜草、日常吃剩的果皮菜渣覆於其上，巴掌大的田園看如一席墳，正安眠著，等待復甦復活。

用一整季的徒勞換來一份經驗。有了這段經歷後，遷居宜蘭所接手的每塊菜地，我都謹守覆蓋物的重要性，不再讓豔陽及暴雨反覆摧殘土壤肌膚，整地時也適度保留雜草，斬草不除根，並維持一定的雜草高度。

只是，什麼樣的覆蓋物才是土壤最理想的面膜？蘭陽平原每年耕作大面積的水稻，碾米過程產生的粗糠外殼在農村十分容易取得，便成爲我耕作之初最常採用的資材，我在一座緊鄰灌溉溝渠的砂質壤土菜園運用粗糠覆蓋菜畦，秋冬之際雨水豐潤，土壤尚能保濕，但適逢一年比一年還要乾渴的春夏季節，粗糠易吸水的特性，反而將偶一爲之的雨水「中飽私囊」，雨水被中介的粗糠抽稅了，再加上其均勻細小的質地層疊起來過於密合，阻隔了雨水滲入土壤的機會，覆蓋一段時日後，若將粗糠翻開，會發現底下菜畦仍然一片乾硬。

這幾年我開始嘗試以稻草作爲覆蓋物，乾枯的稻草蓬鬆有致，即使替菜畦鋪疊數十公分厚，當雨水落下時，仍能穿越層層枯草浸潤至土壤之中，幾週後翻閱查看，馬陸、蜈蚣、鼠婦等小型生物藏匿其間，堆疊的稻草就像菜地搭建的茅草屋，創造出微型的遮蔭空間，提供野蟲棲息乘涼。

總是要親身試驗後才得以罷手。其實只要環顧四周老農的菜地，清一色幾乎都以稻草爲覆蓋物，或許早在更久以前，生活在農村的人們便已知曉各種天然資材的差異特性了。

有趣的是，粗糠或許不是菜園覆蓋物的首選，卻是運用在雞舍的天選之材，其極易吸濕的特性，覆蓋於雞舍的土壤表層，與雞屎簡直一拍即合，加上粗糠細小輕盈容易扒開，最適合不安分的雞爪時時攪和，這一和，粗糠吸附了雞屎，再透過雞之抓耙充分混合，雞舍在晴朗之日幾乎不會產生異味，倘若因露天放養讓粗糠淋濕了，等到天晴再次受日照眷顧，粗糠也能回乾。

一種資材一種特性，適得其所是最好的安排。我亦曾試過在春夏季節以塑膠布覆蓋砂質壤土的菜地，數月後再次翻開又見到了灰撲撲如水泥般的死寂狀態；然而同樣的資材運用在黏土菜園，當初趁晴日已充分翻耕過的菜畦，受到了塑膠布的保護，仍能維持鬆軟質地。也許是由於黏土本身保水，但忌濕潤時豔陽直晒，因此塑膠布發揮了遮陽之效；反之，砂質壤土易流失水分，毫無透水性的塑膠布只是將整條菜畦乾封其中。

曾聽聞村裡老農有個習慣，當他們預備離開水田或菜地之前，總會順勢將鞋底沾附的泥土敲落下來，還之於土地。或許世界在初期本是無土的，在歷經時代的大水沖積、歷經老一輩人將平原上一顆顆大石徒手搬離田間，才逐漸有了厚土，這解釋了農村長輩何以連丁點泥土都不願虛擲；以及每每在農村走逛，那介於正路與水溝之間，那條狹長淺薄的畸零地總有人拿來種菜，只因土壤曾是那樣得來不易的事物。

李盈瑩

現居宜蘭，以採訪撰文為生，
飼養小雞數隻、耕作辛香蔬果三十餘種，
著有《養雞時代：21 則你吃過雞卻不瞭解的冷知識》、
農趣小品《與地共生 給雞唱歌》、
紀錄青春山海的十年散文《台灣小野放》，
以及在地旅行書《花東小旅行》、
《台北小旅行》、《恆春半島祕境四季遊》。

黑夜過後的痕跡

郭彥仁

順手拿起一顆被咬過的芭樂，把已知的線索放在大腦之中排列組合：晚上沒人待在果園，因此兇手是利用夜晚入侵果園、圍籬是被動物大力撞開、草地上有大型動物的踩踏痕跡、芭樂樹被大型動物拗斷、地上掉滿果實。

還真像是黑熊所為……

「最近正在產季，這樣下去不是辦法。」

「痕跡不會騙人！兇手一定會留下蛛絲馬跡……確實過往有先例，只要別讓牠得逞，其實就不會再來。」

接近晚上九點，一通陌生電話打過來。幾句對話向我確認身分之後，對方開始不停傾訴這幾天的突發狀況。我試著插嘴安慰對方，一邊點開剛傳來的照片。一棵芭樂樹，折斷的枝條散落地上，草叢中棄置幾顆被咬爛的芭樂，果肉仍呈現鮮紅色澤。我試著放大照片直到有些模糊，反覆尋找，想看到一些關鍵的線索。無奈手指左滑右移都無法發現答案。

「先生，無論是不是黑熊，我推測牠還會再來，我建議你必須做好準備。」

我就像私家偵探，常常接到陌生人的求助電話。有時語氣聽來怒火中燒，十萬火急，偶爾話筒傳來疑點重重卻異常冷靜的聲音，充滿誇飾指證歷歷，雲豹都曾被列爲嫌疑犯。

看見平時呵護的果樹，在即將收成之際卻遭逢意外的訪客破壞，確實讓人心急如焚，急忙四處求救。爲了避免夜長夢多，果農上緊發條加快採收的速度，爲了應付各種入侵者，農夫使出五花八門的招式，有人放假人，但似乎效果不佳。有人把沖天炮綁在線香上，運氣好可以持續數小時發出鞭炮聲。有人病急亂投醫，在果園放置毒餌，甚至在竹竿上掛猴子屍體示衆。

「動物偵探」其實不是一份正式職業，只是，在年復一年看到許多動物因人枉死之後，爲了減少人與動物的衝突，我憑著對野生動物習性的認識，開始協助農民解惑。扮演動物偵探就像爲兩個陌生世界充當翻譯，必須細心觀察動物的行爲，掌握關鍵的因素後化繁爲簡向人類述說，這樣才能找到和平共存的生存之道。

「臺灣獼猴最討厭了，每一顆果實都會咬幾口。」

「因爲動物對環境變化很敏感，如果感到不安全，會邊走邊吃，避免掠食者突然出現。」

「山羌更是多到氾濫，傍晚就在菜園裡吃嫩葉。」

「那是因爲山羌不像水鹿，牠們偏好取食纖維較細的植物……」

不過，看見嘔心瀝血栽種的果實被棄置在地上無法採收的心痛，再多動物行爲學的解釋都無法緩解。我一邊安撫，一邊提出實質的改善方案，必要時也到現場排解一觸即發的衝突。

臺灣黑熊是體型巨大的猛獸，只要疑似有熊出沒，消息會迅速傳開。但是多數人根本沒見過臺灣黑熊，卻把狗腳印認成黑熊掌印，或恐懼之下錯把大黑狗看成小黑熊。雖然大部分的熊出沒都是無中生有，掛上電話之後，我不免有點憂心，畢竟附近曾有登山客目擊黑熊出沒，還是必須謹愼以對。

動物偵探的工具包，不外乎比例尺、鑷子、採集袋跟手電筒，還有幾臺自動相機，以及熊鈴和防熊噴霧罐。爲了方便說明黑熊的習性，我也順手從書架上掏了本圖鑑，一併塞進背包。

隔天一早，套上雨鞋，跳上機車朝山裡去。果園圍繞通電圍籬，猴子不太可能爬進來。芭樂樹枝被折斷，也不像猴子的覓食方式。所以，兇手是孔武有力的傢伙，像是黑熊……大腦再次咀嚼照片中的場景。

爲了應付獼猴與野豬，農夫煞費苦心在果園周邊設置許多陷阱，通常是在動物必經之路挖洞放一個套索，不知情的動物經過踏到陷阱會觸動彈簧收縮，鋼索會立刻縮緊抓住牠的腳。不過，這樣的陷阱卻常常抓到其他動物，曾經就有黑熊誤觸陷阱，幸虧即時通報才避免了進一步傷害。

黑熊的數量稀少，一般人也認爲黑熊距離人類遙遠，只是許多跡象顯示春、夏季節，黑熊常常到低海拔覓食楠木的果實。黑熊多半怕人，不過爲了吃，有時會鋌而走險。其實，野生動物離我們很近，只是牠們不想被人類發現，多半在夜晚出沒。除此之外，島嶼地狹人稠，棲息地的消失與破碎化似乎注定了人與獸會上演資源爭奪戰。

我與委託人約在產業道路的入口處。春雨過後的森林，山的味道變得十分濃郁，山棕的花香撲鼻而來，遠方稜線殘存幾棵香楠大樹，除此之外，映入眼簾是整座山坡的果園。通完電話沒多久，就看到一位大哥騎著野狼快速衝下來，我想應該就是他了。標準果農身材，年約六十歲，腰際配著修枝剪和鋸子，頭戴帽子，絲毫不忌諱別人知道他的政治傾向。

一見面，他不停訴苦：「我早上五點就要進果園，天一亮就得注意猴群，開始放鞭炮驅趕，這兩週是採收期，是關鍵！」不等我回話，他接著說：「但是，前天早上一到果園就發現大事不妙，圍籬底下被翻開了，樹枝被折斷，果子落滿地，這眞是糟糕，最近正是採收期。」

「跟過往不一樣嗎？以前沒有發生過嗎？」

「沒有，以前頂多是猴群，但這次很不一樣，你一定要去看。」

我被對方這番描述激起了鬥志，但依然故作冷靜。從見面開始我都只是觀察，然後閒話家常，例如作農很辛苦吧、芭樂怎麼賣？

猴群危害很嚴重嗎……委託人邊客氣回覆，邊快步領我前往現場，看得出他非常在意。

我走到照片中的現場。地上果子散落，多數被咬一口，有的被踩成碎片。

「昨天我看到的時候就是這樣，應該是動物趁半夜進來吃。」

他手上拿著撿起的芭樂，指著被啃過的地方，「這是牠吃的，沒錯吧。我們幾代人都在這邊作農，到孫子已經第四代了，種果樹也是技術，不過，作農都一樣，靠天吃飯，我難過的是看見芭樂被動物咬一口就丟在地上。」他邊走邊講，話題再次回到黑熊身上。

「黑熊嗎？黑熊很少只咬一口就離開啊。」我在內心默默回答。

隨後，他帶我快速爬往邊坡俯瞰果園，我注意到森林與果園之間隔著一道薄薄的黑色紗網，下方被動物大力撞開露出一個洞。

「你看……這一定是被黑熊弄壞，我在這邊待這麼久了，偶爾會聽到熊叫，上週還聽說有人看見一頭黑熊在馬路上走。」

「確實很像大型動物的獸徑，但因此認定是黑熊，結論似乎下太快了。」現場看似雜亂，我小心繞過案發現場，在果園外側仔細搜尋。

動物進來一定會留下痕跡，像是排遺、腳印或休息的壓痕。我以案發現場爲中心，以漣漪式向外擴大尋找，仔細搜尋關鍵痕跡，對連珠炮般的提問一概充耳不聞。

順手拿起一顆被咬過的芭樂，把已知的線索放在大腦之中排列組合：晚上沒人待在果園，因此兇手是利用夜晚入侵果園、圍籬是被動物大力撞開、草地上有大型動物的踩踏痕跡、芭樂樹被大型動物拗斷、地上掉滿果實。

還眞像是黑熊所爲，不過仔細想想還是有些不合理，人工栽種的芭樂樹並不高，黑熊可以站立，根本不需要折斷樹枝就能咬到果實。還有，爲什麼草皮上有兩排連續的足印，難道不只一隻黑熊？我自問自答起來。

盯著被踏平的草地，拿出比例尺拍上幾張照片。眼前的痕跡與心中各種假設糾纏在一起，必須小心翼翼抽絲剝繭才能做出正確的推論。正當我陷入苦思之際，一陣氣味撲鼻而來，這才發現是手中的芭樂散著一股芬香，不自覺驚呼「這芭樂好香」，大哥一臉苦笑對我說：「當然香，所以才擔心。」

回神之後聽見喇叭正緩緩放送鄧麗君的〈甜蜜蜜〉，音質不佳，但曲調熟悉，我跟著哼上幾句，輕快的節奏混著大冠鷲的叫聲，歌聲讓我心頭一鬆，暫時脫離推理的緊繃情緒。

但我還沒找到答案，既然有黑熊的腳印，被撞開的地方有沒有可能勾到熊毛？牠從哪邊進來又從那邊離開？我點亮頭燈，仔細搜尋圍籬上是否勾到熊毛，不時抬頭觀察果園的地勢，想像自己是一頭黑熊，嘗試還原半夜案發的經過。「兇手是不是黑熊？是吧，總覺得牠在周邊徘徊，我一個人工作遇到熊該怎麼辦？」正當我出神之際，果農忍不住連番追問。

「別擔心，我看一下，必要的時候可以請人來支援。」

「我看也沒辦法怎樣，稍早請來兩個人，他們隨便看看就走了。」

果農不經意的一句話，卻是關鍵，突然我心中的疑惑都有解答。原來一早有另一組人來過，人類就是一種大型動物，而黑熊的掌墊跟人類腳印相似，草地又不比泥地，不會留下鞋印或黑熊的趾頭痕跡。我一心想著黑熊，卻忽略人類腳印的可能性。既然如此，一切的觀察都有合理的解答了。

我帶著果農走回到案發現場，單刀直入解釋所有的疑惑。

「大哥！你的芭樂應該是真的很讚喔，大家都很愛，要不要把果園改名『熊蓋D（臺語發音：豬）芭樂』。」我接著說：「你剛拿的芭樂是被猴子咬過的，你仔細看，果肉上還有獼猴犬齒的咬痕。」

「腳印跟拗斷的樹枝，又怎麼解釋。」大哥露出狐疑的表情看著我。

「這邊是早上來訪的人走出來的痕跡。」我邊說邊走向另一側。「你看，這像踮腳尖走路的是蹄印，從圍籬一路進來，應該是一頭大山豬，樹下還有牠休息之後壓平的痕跡喔，我剛剛從草地上發現幾根豬毛，山豬很愛你種的芭樂喔，吃飽還睡在旁邊。」

原本擔憂黑熊出沒的果農，聽著我逐一解析現場的痕跡之後，如釋重負笑著說：「我以前常碰到專家不懂裝懂，不過聽你解說眞的很專業，我信你了。」「不過，到底是誰折斷芭樂樹？」

我並未立刻說出心中的答案，請果農給我一點時間在果園架設數臺自動相機。爲了確保能拍攝到夜晚來訪的訪客，我特別在農地之中找到幾條疑似的獸路。果不其然，隔天自動相機就拍到夜晚現身的兇手了。我匆忙點開影片，想看清楚黑夜的訪客到底是誰。黑暗之中，隱約看見微微身影在晃動，露出一個長鼻子，沒多久一頭大山豬悄悄入鏡。牠像做下犬式一樣熟練地壓低身體，從圍籬底下鑽了進來，不疾不徐走到一棵結實纍纍的芭樂樹下。我正想山豬要怎麼咬住果實，牠就突然用後腳站立起來。只見牠搖搖晃晃，重心不太穩固，卻奮力蹬地向上跳試著咬住芭樂樹枝，接著不斷前後跳動，直到折斷樹枝，然後就在相機前大快朵頤地上的芭樂。

我們看著畫面中山豬為了吃努力跳不停。

「把圍籬加強，山豬就進不來了，這麼可愛，不要抓牠啦。」

我試著探探口風。或許看見牠可愛逗趣的模樣，一掃前幾天黑熊出沒的陰霾，幾秒之後，他一臉無可奈何，苦笑著說：「好啦，我聽你的，改賣山豬芭樂。」

「既然眞相大白，你等下回家帶一點芭樂，還有甜柿，我跟你講，我種的甜柿也超好吃，猴子專挑我這塊地的甜柿吃，而且牠們眞的很厲害，只拿又大又甜的吃，眞的氣死人。」

暗夜造訪的兇手現身之後，果農確實鬆了一口氣，而我卻抬頭看著果園旁那棵山麻黃，思考著該怎麼開口跟他說：「樹幹上有新的黑熊抓痕。」

郭彥仁

畢業於國立屏東科技大學野生動物保育所。
大學時期即跟隨「黑熊媽媽」黃美秀副教授
從事野外臺灣黑熊生態研究。
熱愛山與冒險，從事動物研究多年之後
對於山與野生動物有獨特的自我信念，
期待在自然之中透過身體經歷與追蹤等待的方式
看見野生動物眞實樣貌。
爲了展現信念，尋找野生動物足跡遍及世界各地，
包括在中國青海省三江源自然保護區旅行一個月等待雪豹，
也曾經爲了體驗星野道夫的自然觀，
獨自前往阿拉斯加荒野拍攝棕熊與美洲黑熊。
著有《走進布農的山》。

人類事

讓香息縫補於無形

鄭育慧

芳療師在芳香植物的陪伴下，邀請受作者的靈魂交流共舞，一同探索出新的身心平衡。芳療師的手，是意念的延伸，透過肌膚的撫觸，體察每個瞬間各部位觸覺感知的不同，配合呼吸和表情的改變，即時隨之調整，在芬芳的時刻，觸及身體裡的魂，這樣的溝通方式，比話語更精微、細緻，也更加誠實。

如果選擇一個職業，是選擇一種觀看世界的方式，我仍在摸索芳療師——與植物合作，將香氣引入人間的角色——怎麼回應這世界所發生的一切？

今年清明連假過後，有兩週的時間，我跟隨 Nicole 老師來到臺東市立殯儀館，爲 0402 太魯閣事故罹難者的家屬們進行芳療。Nicole 老師是臺東聖母醫院芳香照護推廣中心的主任，已有二十多年的芳療資歷，曾帶著精油走過許多災難現場，以香氣陪伴身心承受巨大衝擊的人們。

我首次與 Nicole 老師相遇，起因於花蓮的震災，那時我還是個大學生，聽聞災情讓許多人無家可歸，於是決定參與茉莉花園發起的芳療計畫，到避難收容中心當芳療志工。那時 Nicole 老師也和兩位資深的芳療師從臺東帶了幾箱精油，一同前來服務。

現場好幾位失眠多日的受災戶，在短短二十分鐘的按摩中便熟睡了，原本緊繃焦慮的收容中心，充滿各種植物芬芳的氣息，在香氣中，我注視著人們舒緩的面容，進而天眞地相信了一個幸福浪漫的幻想：無論走到怎麼樣的境地，身爲芳療師，就可以永遠和香氣待在一起。

然而這次前往殯儀館前，我卻感到遲疑，面對失去孩子的父母，我做什麼都於事無補，那麼我該抱持什麼樣的心態進行工作？要怎麼才能穩穩陪伴正在經驗痛苦的他人，同時維持自己身爲人的溫度？我能足夠透澈，把生死都視作自然的循環嗎？

身爲必須不斷置身現場的芳療師，究竟要站在何處，才能安穩正視必然的死別和病苦？

抵達殯儀館，走向悲傷輔導室的路上，我瞥見路旁一隻白腹秧雞的屍體，牠已被移到一棵桃花心木下，一旁的草叢傳來環頸雉雄鳥拍翅、宣示領域的喊喊聲，更遠處的鳳頭蒼鷹也發出求偶時的熱烈鳴叫，提醒我身處春季的野地，大地承載死亡，同時也生生不息。我跟隨 Nicole 老師的腳步再往前走，更往人群靠近，空中一隻白尾八哥降落靈堂的屋頂，鮮黃的腳爪踩踏三角形屋頂的尖端，對著底下布滿白帳的廣場，牠挺胸，開嗓。

進入安靜的室內，放起輕柔的音樂，家屬在我眼前的椅子坐了下來，是一位兒子驟逝的母親。我打開《芳心好美》系列的複方精油〈心靈花園〉，沒有解釋任何成分，只將我帶有香氣的雙手放到她面前，輕輕搧動，請她深呼吸，讓香氣環繞她。接著我使用了按摩油〈達瑪〉，在她的肩膀和背上，隨著輕柔的撫觸，她的身體漸漸變得柔軟，我順勢拿起她的手，安放上我的手肘，同時以另一隻手緩緩爲她塗上按摩油，瞬間她嘆了口氣，全身的重量彷彿隨著這口氣掉了下來，我感到生命的氣息失落，自己也如塵土，向下墜落。

身旁一位女孩說起哥哥的哪些部位透過鑑定找回來了、哪些部位骨折，可能還要裝上義肢，「媽媽說，就讓修復師慢慢修。」Nicole 老師輕輕爲這女孩按摩，手放上她的肩膀，又撫滑過她的手，女孩坐在椅子上，以生硬的語調，自顧自地、慢慢地說。

在各種植物精油與人的呼吸交織流動的氣息中，肌膚的撫觸、零碎的語言，像是某種無形的縫補，和拼湊。

「當你來到我面前，你可以坐在這張舒服的椅子上，閉上眼，或許你會看見一片漆黑，這時我打開精油，請你聞聞心靈花園的氣味，你可以做幾個深深的呼吸，感覺植物芬芳的氣息，同時也許你會感覺到身體慢慢放鬆了下來，內在有個空間變得開闊，很好，呼吸加深了。

通常你不問，我就不會說，你確實可以好好滿足於這享受，不必知道這個香氣裡含有什麼精油，但如果你懷抱好奇，那麼我也很樂意告訴你：裡面有檸檬、甜橙、杜松漿果，它們是陽光下香甜圓滿的果實，像充滿熱情力量的孩子，活潑地想探索這個世界更多；還有檸檬薄荷、芳枸葉，你的呼吸會隨著這個氣息變得更加輕盈通透，腹部、胸腔、肩膀和頭皮也都會變得更輕鬆。

如果你再聞得更深、更仔細一些，對，讓身體更加放鬆、呼吸越來越沉澱，你會發覺欖香脂和高大的喜馬拉雅雪松早已把你包圍，守護在四周形成穩固支撐的結界，在身體之內，香氣牽引記憶緩緩流動，身心都舒緩下來，待在這裡，很安全。」

這些話，我通常都不會說。

在臨床的芳療工作，芳療師時常看起來像「單純在做按摩」，但事實上，按摩的背後有許多「無聲的工作」，尤其在個案量大、時間緊迫的工作現場，芳療師要能精準理解對方當下的身心狀況，即時挑選最適切的精油，直接就對方所關切的重點提供需要的支持。敏銳的觀察力、對精油的瞭解與快速掌握，這是許多芳療師花費大量心力學習，但在現場卻鮮少被詢問，也甚少被看見的無形功課。

而看似只有肢體活動的按摩，其實精華不在於任何可見的手法和動作。按摩，是一連串「喚醒覺知」的過程，芳療師本身必須足夠沉穩寧靜，帶著純粹的心念，接受按摩的人才能在觸覺與香氣的陪伴下，好好和身體相處，進行專屬自己的身心整合。

芳療師的手，是意念的延伸，透過肌膚的撫觸，體察每個瞬間各部位觸覺感知的不同，配合呼吸和表情的改變，即時隨之調整，在芬芳的時刻，觸及身體裡的魂，這樣的溝通方式，比話語更精微、細緻，也更加誠實。

於是，我對芳療按摩的理解是：芳療師在芳香植物的陪伴下，邀請受作者的靈魂交流共舞，一同探索出新的身心平衡。

我們來到其中一位罹難者的靈堂，四周放滿鮮花，她的家人們正圍著桌子摺蓮花，姐姐看見我們，笑著說謝謝你們，讓我們每天都睡得很好。她說妹妹的身體在花蓮被找到的時候，身上還戴著耳機，手機螢幕停留在一首歌，〈在這座城市遺失了你〉，於是 Nicole 老師放起這首歌，而我反覆聽著：「你的故事，存在一個需要密碼的盒子，紀念時刻，打開卻會冒出一陣陣白煙……」

那時整個空間瀰漫了白色的煙霧，卻不像是焚燒紙錢或任何物品的煙，小說《華氏 451 度》寫到一群不願遺忘、堅持要守護某些珍貴記憶的旅人，爲了保存記憶，踏上艱困的旅途，行走時，旅人在心中靜靜思忖：

「在這樣的日子裡，要說什麼才能讓這段旅程稍顯輕鬆？凡事都有定期，沒錯；拆毀有時，建造有時，沒錯；靜默有時，語言有時，沒錯；這些都對，但還有什麼？

在河的這邊與那邊有生命樹，結十二樣果子，每月都結果子；樹上的葉子乃爲醫治萬民。」

葉子眞的會爲了醫治萬民而存在嗎？我其實不這樣相信。自然界中，植物並不會想著要醫治誰，它們就只是單純、如實的存在，僅此而已。

我鬆開姊姊的馬尾，放下她的頭髮，再次打開了心靈花園，空氣中滿溢檸檬、甜橙、杜松漿果和芳枸葉潔淨的氣味，她笑了一下，對同桌的親友們說：「妹妹的同學昨天有來幫忙摺元寶，還說『她現在很 rich』，超好笑的。」

頓時整桌充滿了笑聲，我看向靈堂的照片，那位年輕的女生也和家人們一同笑著，瞬間，我似乎明白並肯認了那段關於生命樹的文字，必然出自一位心念溫柔的醫者。

Nicole 老師特別多帶的心靈花園，搭配按摩油達瑪，恰好十二種植物精油，配方包含了植物的根、莖、葉、花、果，還有負傷時自傷口流淌、至表層凝結、幫助修護的樹脂。這組氣味蘊含了生命完整生長的過程，負傷與癒合。

達瑪（Dharma），名稱音譯自梵文的「法」，意謂世界的一切法則和所有現象，成分是大馬士革玫瑰、橙花、永久花、岩蘭草和檀香，香氣溫柔沉靜，像是無聲訴說：天變，地變，愛也會變，在大地的轉化中，愛會化作多種形式。

當我再次打開這組氣味，彷彿再次看見了殯儀館外的那棵桃花心木，以及樹下那隻死去的白腹秧雞，你曾聽過白腹秧雞特殊的鳴叫嗎？牠們喜歡躲在有水之田，或是潮濕的草叢裡，叫聲像在吶喊「苦啊、苦啊、苦啊……」當我與這隻不再鳴叫、眼神成為深邃黑洞的白腹秧雞，一起待在桃花心木下，牠的右眼望向哀傷沉重人間，左眼看向生生不息的野地。

風吹來了，周圍的樹與草叢發出細微的沙沙聲，我倚身樹木，再次聽見失去摯愛的嘆息，伴隨愛慾高漲的鳥鳴；我聽見眾人在靈堂凝聚，手摺蓮花，說著下個階段很「rich」，眼淚伴隨祝福和歡笑，芬芳的氣息滿溢；我聽見環頸雉拍起翅膀，而我靜靜站在土地上，和植物在一起，自然的脈動年復一年，萬物週而復始地流轉，這也許就是我以芳療師的角色回望世界的姿態。

鄭育慧

東華華文文學系畢業，熱愛觀察生態，
走路時常戴著望遠鏡，
生活充滿香氣、瑜珈、閱讀和動筆。
現爲ＩＦＡ英國國際芳療師，
在臺東聖母醫院及各部落實踐全人、綠色照護，
關注整體身心靈與環境的和諧平衡。

捧花練習

古乃方

一年後，這束捧花已經乾燥，藍玫瑰的花瓣變成泛黃的黑，洋甘菊也都脆化。而最美的竟然是芒萁，時間沒有帶給它痕跡，捲曲的蕨葉還有著野生的性感氣息，像是永恆的裸體。

冰箱拿出一捲報紙，攤開來是青苔。把海綿削成一顆球，墨綠色鐵絲剪短、折彎，成了U字釘。青苔敷上海綿，用U字釘固定。青苔邊緣的咖啡色要摺好，滄桑要藏。

婚後，開始跟朱老師上插花課，主要是因爲有了新房，人和傢俱都有了，還有空間讓花可以伸展。會和朱老師結緣，是因拍婚紗照，跟老師訂了捧花一束。訂花，不是一鍵下訂單，而要到朱老師家面談，老師會看新娘的感覺和打扮，來搭配適合的花。

說起來也有點像算命，而我常常把許多事用得像藝術家聯展，婚紗照也不例外，捧花也就隨老師自由創作。

開妝是九點，在攝影棚敷著面膜時，穿著米色圍裙的花藝師拿著一大束花上來。驚喜包，會開出什麼樣的風格呢？我先開襯紙，三朵巨大的白玫瑰長在枯枝上，每朵都比我的手掌還大。仔細看，薄瓣白嫩，邊緣也沒有出現滄桑黃邊，是好幾百片花瓣手工黏成的玫瑰。

老師花多久時間，才拼出這三張白玫瑰的臉？查了查，這種技法叫格拉美利，每一朵要至少黏十小時，歐洲公主結婚都要有。攝影師和先生也都說好看，只是太美，若穿上白紗會顯得太多，不夠東方。

我愣了愣，說：「要不就裸體好了？」婚禮大小事處理多，便知道新娘話語權最大，先生也沒意見，攝影師一聲令下，清場。

先是獨照，我抓緊鏡頭，鬆開，順勢向後，喀嚓一聲按下快門。整個攝影棚都是暗的，只有長條罩對著側臉打出柔光。用唇瓣呼氣，自信放鬆才是最美麻豆。造型師拿著小風扇吹著鬢角髮絲，當它往顴骨輪廓線服貼時，我向右旋轉五度，眼神再飄回鏡頭。棚內一切都好控制，很快就抓到感覺。

「花可以進來了。」攝影師說。三朵大玫瑰放在前景，巧妙的角度擋住重點部位。燈在我身上閃，游移的光點像是光撒下樹葉，在地上隨風搖曳的光影。突然間覺得自己不是在臺北棚內，是在月光從樹葉間撒落的原始森林。

「頭不要動，眼神再飄向我喔。」攝影師 cue 我。下眼瞼輕輕使力，試著讓每一望眼都是迷濛笑意。某一個瞬間，小風扇吹過格拉美利，柔軟的白色海浪順著我的身體，緩緩靠近。

那張照片成了經典，極簡的背景，我剛剛好的髮絲吹起，往顴骨的弧線服貼，側臉看向花。枯枝互映長腿，線條才是東方。

把照片傳給朱老師，老師回了三個字「東方力」。我想，東方的至美來自內在的和諧，人因花美，澄澈的那種淨美。

生活裡我是有點畏光的，喜歡拍花，但是人呢，總覺得一個背影就好。婚紗照第一次讓我知道光打在臉上的感覺，才發現，那樣的凝視，幾乎是愛了。用喀嚓聲說，光在你身體裡，你要活出自己。

婚禮也大概像是攝影展結合頒獎典禮，婚紗照拍得開心，讓我更期待婚禮。而準備婚禮，很多瑣事煩心，從六禮挑選，到雙方家長政治角力，婚禮場地到桌位安排，女方家長贊助了攝影錄影，男方家長說小朋友長大了要靠自己。下嫁。高攀。門當戶對。價值觀不合。這些詞不斷在家裡出現。

畢竟是喜事，我為了要保持喜悅，報名了朱老師的線上插花課。插花課的花材要想辦法自己買。所幸閨蜜開了間花店，我揪她一起上課，花材也直接跟她買，還可以一起練習。

第一堂課是做青苔球，練習做出一個生態系。青苔常見，家裏花園矮牆總是爬滿薜荔和苔，像是中世紀。最難的是削海綿，一個正方形的海綿要先削成球型。

其實是爲了省錢，因爲正方海綿一塊只要十塊錢，如果買現成的球型海綿就要二五〇，削不削？

削完球體後，噴水，把青苔敷上海綿，用U字釘固定。再把白櫻花的樹枝剪幾段，綁上十八號鐵絲，兩個青綠色的鐵絲先像是剪刀腳，跟著樹枝的弧度旋轉，然後用鑷子收緊，插入青苔裡，水分冒出，苔球腳成型。

老師說，苔球因爲有了櫻花樹枝腳，就離地了，懸空起來，作品張力就出現了。我倒是覺得做起來像是苔球外星人。苔球上我插了三朵黃色鬱金香，鵝黃配苔綠，淡雅裡有些嬌豔。

老師看了我的苔球外星人，建議花的位置要呈現不等邊三角形，這樣層次才會出來。我乖乖改，像是在改作文。

閨蜜的苔球上插了朝顏。我好奇她爲何要選這麼難伺候的花？她說，因爲一天就謝，才讓人珍惜。起初聽她這話，覺得很霸氣，但想想，是因爲她開花店，花謝了就可以馬上補，不像我還要去她家拿。

我只能插鬱金香、火鶴之類的，撐比較久。老師還以爲是我的性格務實，喜歡會等人的花。

婚禮也需要很多花藝布置，朱老師說他老了腰疼，婚禮布置要在短時間內跑上跑下，很快又要撤場，對腰不好。加上我打聽了老師的價碼，可能需要賣車子才請得起老師，也就算了。自己出點子，請其他花藝師幫我完成夢想。閨蜜一聽到我要結婚，拉著我的手，說花別買了，她想送我花。

隨著婚禮逼近，我不斷確認每一個細節的完美，甚至還做了一個紙糊的婚禮會場。什麼我都想備案，萬一下雨那可能抬轎變成迎親車隊，萬一閨蜜沒送花，我先自己多買一束，當作基本盤。

婚禮前一週的捧花課，我上得特別認真。捧花的關鍵是葉子，梗很細，上面很多開衩，是綁花束的資優生葉材。

這道理很好理解，捧花要讓新娘捧，手要好抓，葉子又要澎澎才浪漫，所以下細上澎。老師示範時，先把手噴冷水，因爲手太熱會讓花很快死掉。把花材葉材分類，紅玫瑰五朵，三枝火鶴，一朵白帝王，一把洋甘菊，葉材有垂榕果和尤加利。顏色也分類，紅的玫瑰和粉紅火鶴一起，白帝王和洋甘菊一起，葉子都綠色系一起。若色系太散會像酸辣湯。

猜猜什麼先綁？先綁粗的硬的短的，彎不了的放最中間。莖最粗硬的是白帝王，我剪短帝王莖。火鶴不容易失水，也先綁。玫瑰綁完後，握著尤加利葉。拳頭輕抓上方葉子，底下用另一隻手滑過去，葉子就刷地被捏掉。拇指和食指抓緊花束，葉子根部不離開虎口。最後有空隙的地方，用洋甘菊來收尾，讓捧花的邊界出現弧度，搖晃的幸福原來就是這樣。

綁捧花很像是在綁頭髮，有時候綁得太緊，得拉幾根頭髮出來，製造空氣感。兩朵紅玫瑰一高一低挨近，像是姊妹走進理髮廳，大玫瑰狂野，小玫瑰柔弱，放在一起大玫瑰的粗獷就收斂。紅玫瑰給大臉人的造型建議：頭髮稍微蓋住兩側，才顯臉小。

老師說，綁起的莖剛好是新娘腰的三分之二最美。還好我腰很粗，綁一大束放在腰間，還差不多是三分之二的比例。

我喜歡的捧花，是像剛剛好的蓬鬆亂髮。過去在婚禮多見的是熱鬧的花束，圓滾滾塞滿一整把，但才不要花也跟著我肥。

閨蜜綁捧花已是老手，我抓得東倒西歪時，她就輕鬆抓出捧花底部的螺旋腳。她的高低層次，花草錯落的方式浪漫優雅，但我的隨意就變成肖婆。「第一次綁捧花啦，綁久就會了。」她還安慰我。

「等疫情高峰過後，妳們再來臺北教室多練習。」老師也傳 line 來打氣。

「婚禮的花，我就送捧花好了。」閨蜜說。「好期待。」我抱了抱她。

婚禮沒有收禮金，新娘的朋友還會拿到喜餅，我默默期待著親友送的禮物。婚禮當天，在新娘房等了又等，婚顧著急，時間已到要進場了，還沒等到她送的捧花。我只能拿出早準備好的備案，白玫瑰配上一些垂榕果和尤加利葉，簡單優雅。

或許下次去朋友的花店買花材時，她會送我一大束玫瑰？我替她著想。婚禮濃縮著我的人際關係史，新娘容易走心，各種眉角都會燃燒。

婚禮後，找朋友拿插花課的花材，她給了我一個黑色花筒，裝滿白玫瑰、洋甘菊、垂榕果和尤加利葉，錢還是照算。太期待開花花就會早謝，園丁的臉開不出玫瑰，或許就是這樣。

婚紗照背板拆下來後，又捨不得丟，放在客廳。格拉美利，那三朵白玫瑰的臉，好像提醒我一種不需要他人的高貴。

花捨不得丟，我看著花筒，覺得好像少了點什麼。是時間嗎？還是一種滄桑的決絕？我到陽臺剪了幾隻芒萁，想讓植物的時間軸更有層次。再把白玫瑰倒掛，等它渴到不能再渴。

在某個脫水到快乾死的瞬間，我用紙把花包起來，根放進鍋子裡，加水煮，再滴上群青色的顏料。渴很久的白玫瑰，開始吸顏料，很快一把白玫瑰就被我染成群青色，加熱後的花莖有股草腥，混合著玫瑰花尾韻的酸氣。拇指和食指抓緊花束，去掉底部的葉子，莖的觸感光滑安靜。

捧花中間是藍玫瑰，側邊是尤加利葉和垂榕果。芒萁是蕨，貼在最外圍的弧度，而空隙處再用洋甘菊點綴，抓住山野爛漫。下方螺旋腳成型後，上方的蓬鬆感也到位。伸出雙手環抱花束，讓藍玫瑰靠近腰腹，彷彿是再自然也不過的事情。

一年後，這束捧花已經乾燥，藍玫瑰的花瓣變成泛黃的黑，洋甘菊也都脆化。而最美的竟然是芒萁，時間沒有帶給它痕跡，捲曲的蕨葉還有著野生的性感氣息，像是永恆的裸體。朱老師替我製作的格拉美利也是如此，幾百片花瓣薄嫩的水氣不再，三朵大玫瑰成乾燥花屍，而枯枝毫無褪色。

枯枝比枯花好看。花就是太興奮，才會瞬間老焦。期待太高就容易直墜懸崖，我修剪著期待和失望的莖系，練習綁出自然蓬鬆的關係。

古乃方

太陽水瓶、月亮天蠍。彰化員林人。
臺大財金系、英國愛丁堡經濟碩士。
正職爲香水調香師。
目前蒐集的小徽章：臺大文學獎，林榮三文學獎。
正進行國藝會補助的氣味小說《香鬼》創作計畫。
手指長得像甜不辣、左臉比右臉漂亮、
脖子和大腿有痣、喜歡翻白眼。
喜歡吃 omakase。

新陳代謝

半覺羊

我這時才覺得鄰居在頂樓地毯式的封上鐵皮頂，連女兒牆都完整的包起，切斷跟水的接觸，也是絞盡腦汁的與臺灣氣候拚搏。

「臺灣的城市就是醜，鐵皮屋頂也是醜，亂七八糟的鐵窗、第四臺天線與廣告看板，都好醜喔。」兩位裝扮時尚的年輕女子，隔著公車玻璃，對著外面街道，指指點點，那時我建築系剛畢業，深感恨鐵不成鋼，都覺得自己愧對了他們。

說臺灣城市醜，已經不是新聞，而我也不是第一次聽到，這樣的議題，吵了有十多年。

放眼望去，那些骯髒的磁磚，老舊的外推鐵窗，白鐵色的窗框，甚至沒貼磁磚的水泥牆隙縫，填滿了霉垢，女兒牆邊的水漬都長出綠苔，廢墟的即視感若隱若現。再加上屋頂加蓋的鐵皮，藍綠紅鮮豔的烤漆，或者鏽去的褐色，搭上閃亮的屋頂水塔，各種破褲的補丁，貼滿了癩痢頭皮。

爭奇鬥豔的廣告招牌，橫空出挑，爭先恐後，深怕「我的醜你看不到」。

那兩位女子怎麼說都無法反駁。放眼望去，總會有扎到眼睛的東西。

她們開始說著出國遊玩的好時光，哪個城市多酷，哪的風景多美：「京都好優雅，那裡的建築都好可愛，歷史古蹟好有味道，臺灣都沒有這種地方。」漂亮小姐頻頻點頭，另一人又說了：「上海現代飯店與辦公高樓都好高好酷，商場好大好華麗，公園景觀綠化也很美。」

所以我們的城市既沒有京都悠久，也沒有上海新穎，卡在一個不上不下的年紀？

我心裡這麼猜測著。

也有些人說臺灣人沒審美，這種一竿子打翻一船人的評論，難以深究。

因爲臺灣並不全然像他們說的那樣，有些建築還是美的不像話。

就像國父紀念館，一直以來是我心中最美的建築代表之一，它存在的故事闡述了一位現代主義的歸國建築師，面對窠臼與封建的思維下，必須替推翻帝制的革命先鋒建造一座中國宮殿，這是再不過愚蠢與矛盾的要求，王大閎建築師茶不思飯不想的天人交戰下，做出了些許退讓，妥協著自己的堅持，將被否決的原案，那個只有兩坡屋頂的現代玻璃盒，改成四坡宮殿式屋頂，並且在主面上掀開了一個優雅的飛弧大挑簷。對我來說，這是一個「破」，破了陋習與傳統，開向公共民主的歡迎姿態。

室內展示孫文的相關文物，戶外則在大屋頂的遮蔽下，外廊成爲舞蹈社團或者聊天聚會的所在，是絕佳的親民活動空間。

這是經過萬般掙扎後所展現的美麗態勢，這也足以代表我們的處境與狀態。

這是富有脈絡與優雅兼具的故事，所延伸出來的建築設計，不就是文化細節的展現。

如果是追求前衛，我們的新建案也能有創新的設計思維，並不亞於其他城市。

所以映入那些時尚女子眼裡的「醜」，追根究柢是什麼造成的？

直到我搬進那些被嫌醜的四十年老公寓，才逐漸了解。

老房已經破舊不堪，自己做設計，找了工班，把室內重新裝修，調整老公寓的體質，把廁所防水做新，把水管電線重新布置，將老鋁窗換上氣密窗，刨牆重新打底粉刷，地板也翻掉重鋪。至於立面上的雜七雜八，最終還是敵不過自己審美這關，把原來封在窗上那醜陋的外推鋁鐵窗給拆了。

這一拆，惡夢竟然來了。

沒了外推的雨庇，每當豪雨洗刷牆面，剛裝修好不到半年的窗臺竟然發壁癌。

我的外牆成爲面對臺灣氣候的第一道防線，面對毫不歇息的地震與豪雨反覆伺候下，成爲一塊蓬鬆多孔隙的吸水海綿。

我這時才覺得鄰居在頂樓地毯式的封上鐵皮頂，連女兒牆都完整的包起，切斷跟水的接觸，也是絞盡腦汁的與臺灣氣候拚搏。

地震與氣候的問題，連新案子都抵擋不住，完美無瑕的防水也無法經的起反覆日晒雨淋與地震的搖晃擠壓。即使能擋得住二十年，也擋不住五十年。

七〇、八〇年代的經濟起飛、房地產爆發，讓各地城市快速增長，就在那時，我們城市的主要景觀，也因爲這些爲數衆多的公寓逐漸成形，但舊房難改新，一但建成，就是四五十年的存在，當年炙手可熱的房產，都已老態龍鍾。

經過不斷的摧殘與修補，狗皮膏藥的老公寓才如此氾濫，如此不堪。

地震不會消失，極端氣候只會越來越嚴重，在相對健全的民主制度下，換來的就是相對緩慢與謹慎的都市發展更新。

那麼，在老建築還得繼續存在的數十年裡，我們應該怎麼去照料這些「老而不休」的結構，讓它能永續、宜居、又順眼？

我們得接受人會老，建築也會老，而臺灣的建築老得更快。

「跟老古董，老傢俱，甚至跟年老後的我們一樣，時間的摧殘是無法阻擋的，建築更甚，如何 Well aged，好好地變老，才是關鍵。」那個處理老宅更新的朋友，語重心長的說著。

因爲老公寓裝修讓我吃盡苦頭，所以找了他來聊聊，我們就在萬華的一間老屋咖啡廳聊著。

這間老咖啡廳，跟我裝修的想法相近，幾乎保留了原先的結構與隔間，但是重新處理壁面，改動了窗框與窗臺，地板也重新鋪配，選了一些老傢俱搭配，有很濃的老厝味，配上咖啡與甜點，是許多年輕人愛來的地方。

「現在這種老瓶裝新酒的空間很多，我手上的案子也大多是這種，變成咖啡廳、書店、買手店，或像你一樣翻新居住空間，都有可能，也都經營得還不錯，但這是一種活絡空間的手法，卻不是替建築續命的方法。」他說的很實在，精神性瀕死跟物理性瀕死還是有很大的落差。

「老了也要續命，老餐桌的桌腳爛了，也得換一支，建築呢？」我自己這麼問著，心裡冒出了在念大學時，看過的一張圖，是ARCHIGRAM倫敦建築電訊派所畫的Plug-In City隨插即用城市。

「ARCHIGRAM？你說幾個英國老建築師組成的自HIGH團體，盡畫些蓋不出來的東西嗎？」朋友笑著說。

「他們組成這個團體的時候，還算年輕呢。」

他們用一張張的手繪圖，來闡述天馬行空的想像，會移動的、會飛行的、能隨插即用的城市，都躍然紙上，但能被實踐的僅是少數中的少數。

那張隨插即用的城市剖立面圖，畫著建築的構成有多個節點，能夠在彈性的架構下，增加樓層，置換空間，並有四十五度角斜向交通連結，可以在城市中輕易的水平垂直移動。

每個公寓都是一個模矩化基本單元，能夠組成安裝，甚至可以更替，讓建築有增生替換的彈性，隨著歲月增長而代謝，保持年輕。

「工廠產出模矩化元件到現場組裝，已經不是什麼新鮮事，但仍然沒有能夠以公寓為單位，做更換的案例。」朋友說著。

我認同：「是啊，就連東京的中銀膠囊塔也沒能成功替換過。」

中銀膠囊塔的外觀就像是方塊膠囊所堆疊圍繞，方塊是可拆卸的單元，主面開著圓窗，從外表就能感覺出與其他公寓有極大的不同，尤其那些斷開的空隙，與重複的單元，為的就是能夠輕易經由吊掛機具拆卸，並且從工廠中生產出模具尺寸的單元，替建築更換部位。

這是當時代謝派的經典代表建築，由黑川紀章建築師所做的設計，並被完整建造出來，跟建築電訊派的想法有異曲同工之妙。

這件事情讓我日思夜想。

撇去 Cyberpunk 這種科幻反烏托邦的資本階級頹敗的設定，也許這眞的是呼應永續城市並且展現不斷延續的美。

我後來從事務所辭職，前往倫敦建築電訊派所在的倫敦大學取經。

離開臺灣時，從松山機場起飛，俯瞰臺北西區，直到淡水出海口，大屯火山群雄偉的展臂環抱，淡水河沖出的袋狀空間，盆地的多樣豐富地形，那時我覺得臺北市，遠遠的看，不是我在臭屁，是眞的好美。

在海外留學工作十年，經歷了倫敦、紐約、上海、深圳這些城市的開發，他們也面對著城市汰舊逐新的難題。

儘管大家都知道要減碳、永續，對新建築有著無比新穎的願景，但那些老舊的、無法被移動或被輕易拆除的，都是大家絞盡腦汁想破頭也難有完美對策的部分：倫敦這種歷史老城，狹窄的街道設計，原先的馬道得作爲車行，負荷出現了問題；紐約的消防鐵梯掛在建築外立面，只因老建築內部已經沒有空間增設消防逃生；中國的鐵拳式土地徵收更新，則是任何問題請買家吸收。

十年後回到家鄉，那些說臺灣醜的聲音還是宏亮，將全球主流城市拿來比較，只會陷入無止盡的輪迴，比不出結果，因爲他們是他們，而我們，有自己的特殊性。

新的技術，我們可以學習，而且學的跟大家一樣快，但是那些舊的、我們有點不太喜歡的、卻仍被依賴依存、且尚能提供生活居住的老建築，我們該怎麼對待？

難得的同學會，往日的年輕學子都成為了建築師與老總們，坐了一圈，談著當年的風景，互相恭喜對方的新建案新設計，每個都是絞盡腦汁、淋漓盡致。新建築是進步神速，但那些老建築，仍然原地踏步。

相互取暖之後，我依舊沒有解方，只能且戰且走。

大家都很明白，房地產一旦賣出，牽扯的就是個人財產，有著個人意志的延伸，並不是建築師說了算，更不是政府說了算，而這個財產，還總是跟別人的財產死黏在一起，所以財產老了要怎麼修、多少錢修，還得財產擁有人答應了才行。有時候這樣的複雜難題，比買房還難上許多。

我窩在老公寓的沙發上，外頭下著大雨，外牆已經刷過一層又一層的防水漆，心裡仍有著陰影。

打開電視，想忘卻這無形的壓力，看著老電影《Blade Runner（銀翼殺手）》，當年導演雷利史考特在導這部片時，大量採用了東京、香港這些高度發展的亞洲城市樣貌，來形塑未來，一種不受拘束、自由增長，就像片裡的強化人類，可以置換器官肢體續命，甚至成爲更強壯的存在。

「臺灣不也是如此富有生命活力，如果不能打掉重練，那麼就更換零件。那不就是我們可能的樣子嗎？」這個念頭過了十年，依舊在腦裡糾纏。

當特斯拉釋出德國新廠房的影片，裡面一體成型的車體鈑金讓我大呼過癮，汽車製造業的工法經過馬斯克近乎瘋狂的魔法焠鍊後，更加爐火純青，那建築有沒有這樣的機會，能透過更新穎的製造規格更上一層樓？

各家一級網路巨頭紛紛投資元宇宙，虛擬的世界如果能結合實體，那建築的外觀就變得彈性許多，ＡＲ／ＶＲ的美化下，能展現更多變的想像空間，不再是四五十年的同一張臉。

這個世界轉動迅速，讓人措手不及、技術日新月異、氣候迅速變遷，連我們對美的審視也不停的改變。

那麼要求一棟建築，成爲動也不動的百年大業，那有很大的概率，會在某個時間點不合時宜，逐漸變得破敗老舊，甚至被視爲醜陋。

黑川紀章的中銀膠囊塔就因年久失修且有安全疑慮為由，才剛被拆除。

「怎麼會面臨年久失修呢？這棟膠囊塔原意不就是用替換的方式作為整體建築的延續，所以才叫『代謝論』。追根究底之所以失敗，並不是無法代謝，而是沒錢代謝。是吧？」

不管怎麼樣，這棟建築的部分元件已成為展覽品，宣示著代謝論的落幕。

原本以為這是高度已開發民主城市的解方，但看來我還是想得太美好。

「建築」這個概念，是個笨重難以變通的存在，如果不加緊腳步，將會是拖累大家的絆腳石。

半覺羊

本名楊順傑，深耕建築專業二十年，
英國倫敦大學碩士畢業，
曾任美國建築設計公司上海辦公室主持人暨設計總監。
曾獲磺溪文學獎及桃城文學獎，
期盼以文學敘述來完整設計思維。

半在陰影裡 半在陽光下：華文環境文選

主　　編｜古碧玲
合作企畫｜財團法人建蓁環境教育基金會

一卷文化
總 編 輯｜馮季眉
書系客座總編｜古碧玲
編　　輯｜黃于珊、高仲良
封面設計｜萬向欣
內頁設計｜黃維君

出　　版｜一卷文化／遠足文化事業股份有限公司
發　　行｜遠足文化事業股份有限公司（讀書共和國出版集團）
地　　址｜231 新北市新店區民權路 108-2 號 9 樓
郵撥帳號｜19504465 遠足文化事業股份有限公司
電　　話｜(02)2218-1417
客服信箱｜service@bookrep.com.tw

法律顧問｜華洋法律事務所 蘇文生律師
印　　製｜中原造像股份有限公司

2023 年 10 月 初版一刷
定價｜450 元　　　　書號｜2TCC0005
ISBN｜9786269684571（平裝）
ISBN｜9786269684588（EPUB）　　9786269684595（PDF）

國家圖書館出版品預行編目 (CIP) 資料

半在陰影裡 半在陽光下：華文環境文選／
古碧玲主編 . -- 初版 . -- 新北市：遠足文
化事業股份有限公司一卷文化，遠足文化
事業股份有限公司，2023.10
　384 面；14.8x21　公分
ISBN 978-626-96845-7-1（平裝）

855 112015538

一卷文化
財團法人 CHENG CHEN foundation
建蓁環境教育基金會　合作出版